네가

있어준다면

**IF I STAY**
by Gayle Forman

Copyright ⓒ Gayle Forman, 2009
Korean Translation Copyright ⓒ MUNHAKDONGNE Publishing Corp., 2010

This Korean edition is published by arrangement with The Gernert Company, Inc.
through Eric Yang Agency.
All rights reserved.

이 책의 한국어판 저작권은 Eric Yang Agency를 통해
The Gernert Company, Inc.와 독점 계약한 (주)문학동네에 있습니다.
저작권법에 의해 한국 내에서 보호를 받는 저작물이므로
무단 전재 및 무단 복제를 금합니다.


이 도서의 국립중앙도서관 출판예정도서목록(CIP)은
서지정보유통지원시스템 홈페이지(http://seoji.nl.go.kr)와
국가자료공동목록시스템(http://www.nl.go.kr/kolisnet)에서 이용하실 수 있습니다.
(CIP제어번호: CIP2010004013)

# 네가 이써준다면

If
I
Stay

게일 포먼 장편소설
권상미 옮김

문학동네

닉에게
마침내…… 언제나

# 차례

## 7:09 a.m.

모두들 눈 때문이었다고 생각한다. 어쩌면 그 말이 맞는지도 모르겠다.

오늘 아침에 일어나보니 눈이 우리 집 앞마당 잔디를 하얀 담요처럼 덮고 있었다. 쌓인 눈이라고 해봤자 채 1인치도 되지 않았지만, 오리건의 이 지역에서는 눈이 조금이라도 쌓여 카운티에 하나뿐인 제설차가 도로를 치우기 시작하면 모든 것이 움직임을 멈추었다. 지금 하늘에서 떨어지고 있는 건 눈이라기보다는 물방울에 가까웠다.

이 정도 눈이면 휴교령을 내리기에 충분했다. 남동생 테디는 엄마의 AM 라디오에서 휴교 소식을 듣자마자 환호성을 질렀다. "눈이다!" 테디가 외쳤다. "아빠, 우리 눈사람 만들러 가요."

아빠는 빙긋 웃으며 파이프를 톡톡 두드렸다. 아빠는 최근에 〈아빠가 제일 잘 알아〉*류의 50년대 복고풍에 빠진 이래 파이프 담배를 피우기 시작했다. 나비넥타이도 맨다. 그 모든 것이 복장을 통해 자신이 한때는 펑크족이었는데 지금은 중학교 영어 교사라는 사실을 냉소적으로 알리는 아빠만의 방식인지, 아니면 교사가 되면서 아빠가 진짜로 구닥다리가 된 건지는 나도 잘 모르겠다. 하지만 파이프 담배 냄새는 좋았다. 달짝지근한 연기 냄새가 장작을 때는 화덕과 겨울을 생각나게 했다.

"용감하게 시도해볼 수야 있지." 아빠가 테디에게 말했다. "하지만 눈이 바닥에 쌓이지도 않는걸. 눈 아메바 정도는 만들 수도 있겠다만."

아빠가 기분이 좋다는 걸 알 수 있었다. 눈이 1인치도 쌓이지 않았지만 카운티의 모든 학교가 휴교를 했고, 내가 다니는 고등학교와 아빠가 가르치는 중학교도 거기에 포함되니 아빠도 예정에 없던 휴일을 번 셈이다. 시내 여행사에서 일하는 엄마는 라디오를 딸깍 끄더니 마시던 잔에 커피를 더 따랐다. "흠, 다들 농땡이를 치는데 나 혼자 일하러 갈 순 없지. 그건 말이 안 되잖아." 엄마가 전화를 걸려고 수화기를 집어 들었다. 엄마가 통화

---

* 1940~50년대에 인기를 끌었던 미국 코미디 시리즈.

를 마치고 우리를 보았다. "내가 아침 준비할까?"

아빠와 내가 동시에 풋 웃음을 터뜨렸다. 엄마가 시리얼과 토스트 정도는 만들 줄 알지만 우리 집 요리사는 아빠다.

엄마는 우리의 반응을 못 본 체하며 찬장을 열고 비스퀵* 상자를 꺼냈다. "좀! 뭐 그렇게 어려운 일이라고. 팬케이크 먹을 사람?"

"저요! 저요!" 테디가 외쳤다. "초콜릿 칩도 넣으면 안 돼요?"

"안 될 거 없지." 엄마가 대꾸했다.

"이야!" 테디가 팔을 흔들며 환호했다.

"너, 아침부터 기운이 너무 넘친다?" 내가 장난을 걸었다. "엄마, 테디가 커피 너무 많이 마시게 놔두면 안 되겠어요."

"테디 건 디카페인으로 바꿨는데." 엄마가 응수했다. "애가 워낙 원기 왕성하게 태어나서 그래."

"제 거만 디카페인으로 안 바꾸면 돼요." 내가 말했다.

"그러면 아동 학대지." 아빠가 한마디 했다.

엄마는 김이 모락모락 오르는 머그잔과 신문을 내게 건넸다.

"거기 네 남자친구 사진 잘 나왔더라."

"정말요? 사진이 나왔어요?"

---

* 비스킷이나 팬케이크를 만들 수 있는 가루.

"그래. 여름 지나고 걔 얼굴 보는 건 이 사진이 처음인 거 같다." 엄마가 눈썹을 찌푸리며 나를 흘끔 건너다보았다. 엄마 특유의, 영혼까지 탐색하는 시선이다.

"저도 알아요." 나는 이렇게 대답하곤 별 뜻 없이 한숨을 내쉬었다. 애덤의 밴드 슈팅스타는 인기가 치솟고 있는데, 그건 뭐, 어쨌든 좋은 일이다.

"아, 어릴 땐 인기도 소용없는데." 아빠는 그렇게 말하면서도 빙긋 웃었다. 나는 아빠가 애덤 때문에 기분이 좋다는 걸 알고 있다. 아빠는 애덤을 자랑스러워하기까지 한다.

나는 신문을 넘겨 공연 정보란을 펼쳤다. 밴드 멤버 네 명의 작은 사진과 함께 슈팅스타를 짧게 소개한 기사가 실려 있었다. 그 옆에는 비키니에 대한 기사가 리드 싱어의 커다란 사진과 함께 대문짝만 하게 실려 있었다. 펑크록의 디바 브룩 베가. 슈팅스타에 대한 기사는 전국 투어 중인 비키니의 포틀랜드 공연에서 지역 밴드 슈팅스타가 오프닝을 맡았다는 내용이었다. 슈팅스타가 어제 시애틀의 한 클럽에서 메인으로 공연했는데, 애덤이 자정에 문자로 알려줬듯 클럽 입장권이 완전 매진되었다는 얘기는 없었다. 그게 내게는 더 빅뉴스인데.

"오늘 밤에 가니?" 아빠가 물었다.

"그러려고 했는데, 눈 때문에 주 전체에 통행 주의령이 내려지는지 봐야 할 것 같아요."

"아이쿠, 폭설이 내릴 것 같은데?" 아빠가 땅에 떨어지는 눈송이 하나를 가리키며 말했다.

"크리스티 교수님이 찾아낸 대학생 피아니스트하고 리허설도 해야 해요." 대학에서 음악을 가르치다 은퇴한 크리스티 교수님은 지난 몇 년 동안 내게 레슨을 해준 분으로, 언제나 나와 함께 연주할 희생양들을 찾아냈다. "언제라도 뛰어난 연주를 할 수 있게 준비를 해둬야 해. 줄리아드 속물들한테 본때를 보여주려면." 교수님은 이렇게 말하곤 했다.

아직 줄리아드 입학이 결정된 건 아니지만 오디션은 정말 잘 치렀다. 내 손가락이 현과 활의 일부가 된 것처럼, 바흐와 쇼스타코비치의 곡 둘 다 그 어느 때보다 훌륭하게 흘러나왔다. 연주를 마쳤을 때, 너무 힘줘 모으고 있어서 다리는 후들거리고 숨은 가쁜데 한 심사위원이 작게 박수를 쳤다. 자주 있는 일은 아닌 것 같았다. 내가 녹초가 되어 자리를 나서는데 그 심사위원이 줄리아드에서 "오리건 시골 소녀를 본 게 아주 오랜만"이라고 말했다. 크리스티 교수님은 그 말을 합격했다는 뜻으로 받아들였다. 나는 그게 맞을지 확신하지 못했다. 그리고 내가 진짜로 그렇게 되기를 바라는지 백 퍼센트 확신하지 못했다. 슈팅스타의 인기 급상승과 마찬가지로, 나의 줄리아드 입학은 상황을 좀더 복잡하게 만들 것이었다. 아니, 더 정확히 말하면 몇 달 전부터 이미 고개를 쳐든 복잡한 상황을 더 악화시킬 것이었다.

"난 커피를 좀더 마실 건데. 누구 더 마실 사람?" 엄마가 구닥다리 퍼컬레이터*를 들고 내게 다가오며 물었다.

나는 커피 향을 들이마셨다. 우리 가족 모두가 제일 좋아하는, 맛이 진하고 검은빛을 띠며 기름기가 도는 프렌치 로스트다. 커피 향만으로도 정신이 든다. "전 좀더 잘까봐요. 첼로가 학교에 있어서 연습도 못 하거든요." 내가 말했다.

"연습을 안 한다구? 이십사 시간이나? 얘, 내 심장이 다 벌렁거린다." 엄마가 말했다. 엄마는 지난 몇 년 사이 가까스로 클래식 음악을 좋아하게 되었지만—"꼭 냄새 고약한 치즈를 좋아하게 되는 과정 같아"라고 했다—긴 시간 계속되는 내 리허설 중에는 늘 즐겁게 음악에 푹 빠져 있는 관객이라고는 할 수 없었다.

위층에서 쿵쾅거리는 소리가 들렸다. 테디가 드럼을 치고 있었다. 드럼은 아빠 것이다. 아빠가 레코드 가게에서 일하던 시절, '다른 데선 무명이지만 동네에선 유명했던' 밴드에서 치던 것이다.

테디가 내는 소음에 빙그레 웃는 아빠의 모습을 보니 살며시

---

* 끓는 물이 관을 타고 올라가 원두 가루를 우려내는 커피 기구.

가슴이 저려왔다. 바보 같은 생각이긴 하지만 나는 내가 록을 좋아하는 딸이 아니어서 아빠가 실망하지 않았을까 늘 궁금했다. 나도 그런 아이가 되고 싶었다. 그런데 3학년 때였다. 음악 시간에 첼로 부근을 얼쩡거리고 있는데, 첼로가 꼭 사람처럼 보였다. 첼로를 연주하면 첼로가 꼭 비밀을 말해줄 것만 같았다. 그래서 첼로를 시작했다. 그게 거의 십 년 전이다. 그 뒤로는 연주를 그만둔 적이 없다.

"더 자기엔 좀 시끄러운데!" 엄마가 테디의 소음에 맞서 소리쳤다.

"뭐야! 눈이 벌써 녹고 있잖아." 아빠가 파이프를 빨며 말했다. 나는 뒷문으로 가서 밖을 내다보았다. 햇살 한 자락이 구름을 뚫고 나오고 있었고, 얼음이 사르르 녹는 소리가 들렸다. 나는 문을 닫고 식탁으로 돌아왔다.

"카운티에서 과민 반응을 보인 거 같은데요." 내가 말했다.

"그런지도 모르지. 하지만 휴교령은 취소할 수 없어. 이미 엎질러진 물이야. 난 벌써 못 나간다고 전화했거든." 엄마가 말했다.

"그건 그래. 하지만 이 예기치 않은 행운을 활용해서 다 같이 어딜 갈 수도 있잖아." 아빠가 제안했다. "드라이브 가자. 헨리하고 윌로 보러." 헨리 아저씨와 윌로 아줌마는 부모님의 옛 음악 친구들로, 두 분 역시 아이가 생긴 뒤에야 어른 구실을 하기로 결심한 사람들이다. 두 분은 크고 오래된 농가에 산다. 헨리 아저씨는 축사를 개조한 작업실에서 인터넷 관련 일을 하고, 윌로 아줌마는 인근 병원에서 일했다. 두 분한테는 아직 아기인 딸이 있었다. 부모님이 거길 가고 싶어하는 건 바로 그 아기 때문이었다. 테디는 이제 여덟 살이 되었고, 나는 열일곱이라 어른들을 살살 녹이는 시큼한 젖내를 풍길 나이는 한참 지나 있었다.

"돌아오는 길에 북반에 들를 수도 있는데." 엄마가 나를 유혹하려는 듯 말했다. 북반은 아주 크고 오래된, 먼지 소복한 헌책방이었다. 서점 안쪽에는 나 말고는 아무도 사는 사람이 없는 것 같은 25센트짜리 클래식 레코드판들이 숨어 있었다. 나도 내 침대 밑에 한 무더기를 숨겨두고 있다. 클래식 레코드판을 모은다는 게 떠들고 다닐 만한 일은 아니었다.

애덤에게는 그 판들을 보여줬다. 물론 그것도 사귄 지 다섯 달이나 지난 후의 일이었지만. 나는 애덤이 웃을 거라고 생각했다. 애덤은 스키니진의 밑단을 접어 입고 발목까지 오는 검정 운동화를 신고, 무심한 듯 낡은 펑크록 티셔츠를 걸치고 너무 튀지 않게 타투를 한 쿨한 남자애다. 나 같은 여자애를 만날 애가 아니다. 이 년 전 학교 음악실에서 애덤이 나를 지켜보는 걸 처음 알아챘을 때 난 애덤이 날 놀린다고 생각했다. 그의 눈을 피해 숨었던 것도 그 때문이었다. 어쨌든 애덤은 내 레코드판들을 보고 웃지 않았다. 알고 보니 애덤도 침대 밑에 먼지 앉은 펑크록 레코드판을 쌓아두고 있었다.

"할머니 할아버지한테 가서 이른 저녁을 먹을 수도 있고." 아빠의 손은 벌써 전화기로 향하고 있었다. "네가 포틀랜드에 가는 데 지장 없이 돌아올 거야."

"갈게요." 내가 말했다. 북반에 혹해서, 애덤이 투어 중이라서, 또는 단짝 킴이 졸업앨범 준비로 바빠서도 아니었다. 첼로를 학교에 두고 왔기 때문은 더더욱 아니었다. 그렇다고 집에 남아서 텔레비전을 보거나 늘어지게 자는 것도 별로였다. 나는 가족과 외출하는 게 너무 좋다. 이 역시 떠들고 다닐 만한 일은 아니지만 그건 애덤도 마찬가지였다.

"테디." 아빠가 불렀다. "옷 갈아입어라. 우리, 모험을 떠나는 거야."

테디가 심벌즈를 챙 치며 드럼 솔로를 마쳤다. 테디는 금세 옷을 차려입고 후다닥 주방으로 뛰어들었다. 우리는 외풍이 심하고 오래된 빅토리아 양식의 집에 사는데, 그 가파른 나무 계단을 질주해 내려오면서 옷을 아무렇게나 꿰어 입은 모양이었다. "여름방학이 시작됐네." 테디가 노래를 불렀다.

"앨리스 쿠퍼?" 아빠가 물었다. "테디, 너 수준이 그렇게 낮냐? 적어도 라몬스 정도는 불러야지."

"학교는 영원히 안녕." 아빠가 투덜거리는데도 테디는 계속 노래를 불렀다.

"못 말리는 낙천주의자." 내가 말했다.

엄마가 웃으며 약간 태운 팬케이크 한 접시를 식탁에 내려놓았다. "많이들 드셔."


## 8:17 a.m.

우리는 차에 올라탔다. 테디가 태어난 후 할머니에게 받을 때부터 고물이었던 녹슨 뷰익이다. 엄마 아빠는 내게 운전하고 싶으면 하라고 했지만 나는 싫다고 했다. 아빠가 운전석에 앉았다. 요즘 아빠는 운전을 좋아한다. 오랫동안 아빠는 어딜 가든 자전거를 고집하면서 면허 따기를 완강히 거부했다. 음악을 하던 시절 아빠의 비(非)운전 원칙은 투어 때 밴드의 다른 멤버들이 운전해야 한다는 뜻이었다. 그들은 아빠를 보며 인상을 쓰곤 했다. 그러나 엄마는 인상을 쓰는 것으로 그치지 않았다. 아빠가 면허를 따도록 괴롭히고 구워삶고, 때로는 소리도 질렀다. 하지만 아빠는 페달의 동력이 더 좋다며 버텼다. "좋아, 그럼 세 식구가 탈 수 있고 비도 안 맞는 자전거를 하나 만들든가." 엄마가 그렇게 요구하면 아빠는 허허 웃으며 곧 작업에 착수할 거라고 말했다.

하지만 엄마는 테디를 임신하고는 단호해졌다. 그만해, 엄마가 말했다. 아빠도 뭔가가 달라졌다는 걸 이해한 듯 보였다. 더는 고집부리지 않고 면허를 땄다. 그리고 학교로 돌아가 교사 자격증도 땄다. 아이가 하나일 때는 성장이 멈춘 채로 있어도 괜찮지만 둘이 되면 이야기가 달라지나보다. 그때는 어른이 돼야 하는 것이다. 나비넥타이를 매기 시작할 때인 것이다.

오늘 아침에도 아빠는 날렵한 윙팁 구두를 신고 멋스러운 재킷에 나비넥타이를 맸다. "눈 치우기 딱 좋은 차림이네요, 아빠." 내가 말했다.

"아빠는 말이야, 우체국 같다고 보면 돼." 아빠가 잔디에 널려 있는 테디의 플라스틱 공룡 하나를 주워 차에 내려앉은 눈을 치우며 대답했다. "비가 오든 진눈깨비가 오든, 눈이 0.5인치가 쌓이든, 어떤 것도 내게 벌목꾼 차림을 강요할 순 없어."

"어이, 우리 친척들이 벌목꾼이야." 엄마가 경고했다. "가난한 백인 벌목꾼을 모독하지 말라구."

"그럴 리가 있나. 그냥 정반대 스타일의 예로 든 것뿐야."

차는 아빠가 여러 번 시동을 건 후에야 간신히 살아났다. 언제나처럼 라디오 채널을 놓고 설전이 벌어졌다. 아빠는 프랭크 시내트라를, 엄마는 NPR*을, 테디는 〈보글보글 스폰지밥〉을 원한다. 나는 클래식 음악 채널을 원하지만 클래식 팬은 나뿐이니 슈팅스타만 틀어줘도 대만족이다.

결국 아빠가 중재에 나섰다. "오늘 학교를 빠졌으니 우리 다 같이 잠시 뉴스를 듣자. 무식장이가 되면 안 되……"

"무식'쟁'이 아냐?" 엄마가 끼어들었다.

아빠가 째려보며 엄마의 손을 꽉 움켜쥐고 교사답게 헛기침을 했다. "내 말 안 끝났잖아. 먼저 NPR을 듣고, 뉴스가 끝나면 클래식 채널로 돌리는 거야. 테디, 널 고문할 생각은 없으니까 넌 CD플레이어를 들어도 좋아." 아빠가 차 라디오에서 휴대용 CD플레이어를 분리하며 말했다. "하지만 내 차에서 앨리스 쿠퍼를 듣는 건 허락 못 해. 절대 금지야." 아빠는 글러브 박스로 손을 뻗어 안에 뭐가 있는지 살폈다. "조너선 리치먼 어때?"

"스폰지밥 들을래. 벌써 안에 들어 있어요!" 테디가 방방 뛰면서 플레이어를 가리키며 외쳤다. 초콜릿 칩 팬케이크에 시럽까지 뿌렸으니 더 흥분한 게 틀림없다.

"아들, 네가 아빠 가슴을 찢어놓는구나." 아빠가 장난쳤다. 테디와 나는 부모님의 음악 수호성인이나 다름없는 조너선 리치먼

---

* National Public Radio, 미국 공영 라디오 방송.

의 우스꽝스러운 곡들을 들으며 자랐다.

음악을 정하고 우리는 출발했다. 눈이 드문드문 남아 있긴 했지만 도로는 대부분 그냥 젖어 있는 상태였다. 하지만 여기는 오리건이다. 도로는 거의 언제나 젖어 있다. 엄마는 문제가 생기는 건 오히려 길이 젖어 있지 않을 때라고 농담하곤 했다. "사람들이 폼 잡느라 조심성 없이 미친놈처럼 운전하는 거야. 그러면 경찰들은 속도위반 딱지 끊느라고 살판나는 거지."

나는 창유리에 머리를 대고 쏜살같이 스쳐 지나가는 경치를 바라보았다. 눈이 점점이 박힌 그림 같은 짙은 녹색 전나무, 옅은 안개, 그 위로 두껍게 드리운 잿빛 구름. 차 안이 너무 따뜻해서 창에 계속 뿌옇게 김이 서렸다. 나는 그 위에 아무렇게나 그림을 그렸다.

뉴스가 끝나자 클래식 채널로 돌렸다. 베토벤 〈첼로 소나타 3번〉이 흘러나왔다. 오늘 오후에 연습하려 했던 바로 그 곡이었다. 마치 우주적인 우연의 일치 같았다. 나는 음률에 집중하며 내가 연주하는 모습을 머릿속에 그려보았다. 이런 연습 기회가 주어진 것에 감사했다. 소나타를 들으며 가족과 함께 따뜻한 차 안에 앉아 있다는 게 행복했다. 나는 눈을 감았다.


사람들은 대개 그런 일이 있은 뒤에도 라디오가 작동하리라고는 생각지 않는다. 하지만 그랬다.

차의 엔진이며 기계 부품 따위가 사람의 내장처럼 다 쏟아져 나와 있었다. 시속 60마일로 달리던 4톤 픽업트럭이 조수석을 곧장 들이받은 충격은 원자폭탄만큼 강했다. 문짝을 뜯어내고, 조수석 시트를 운전석 창밖으로 날려버렸다. 차체를 뒤집어 반대편 도로로 튕겨낸 다음, 엔진을 거미줄처럼 산산조각 내고 말았다. 바퀴와 휠캡은 숲 속 멀리 던져버렸다. 연료 탱크 일부에 불이 붙어 작은 불꽃들이 젖은 도로를 핥고 있었다.

그리고 엄청난 소음이 들려왔다. 쇳조각이 윙 갈리는 소리들의 교향곡, 펑펑 터지는 소음의 합창, 쾅 하는 폭발음의 아리아. 마지막으로 날카로운 금속이 부드러운 나뭇결을 파고드는 슬픈 박수 소리. 그리고 조용해졌다. 단 하나만 빼고. 여전히 베토벤 〈첼로 소나타 3번〉이 흐르고 있었다. 어떻게 된 건지 라디오가 아직 배터리에 붙어 있었다. 다시 고요해진 2월의 아침 공기 속으로 베토벤의 곡이 흐르고 있었다.

처음에는 다 괜찮은 줄 알았다. 우선, 여전히 내 귀에 베토벤 소나타가 들린다. 그리고 지금 여기 도로변 도랑에 내가 서 있다. 고개를 숙여 내려다보니 아침에 입은 청치마와 카디건, 검정 부츠가 집을 나설 때와 똑같다.

나는 차를 더 자세히 살펴보려고 도로 위로 기어 올라갔다. 하지만 그건 더이상 차가 아니었다. 시트도, 탄 사람도 없는 철제 해골이었다. 우리 식구들도 모두 나처럼 차에서 튕겨 나간 것이다. 나는 치마에 두 손을 털고 식구들을 찾으러 도로를 걸었다.

제일 먼저 아빠가 보였다. 몇 피트 떨어진 곳에서도 아빠의 재킷 주머니에서 튀어나온 파이프를 알아볼 수 있었다. "아빠!" 나는 소리쳤다. 가까이 다가갈수록 점점 미끄러워지는 아스팔트 위에 콜리플라워처럼 보이는 잿빛 덩어리가 떨어져 있었다. 내 눈에 보이는 게 뭔지 바로 알아챘지만, 어째서인지 그것을 바로 아빠와 연결하지 못했다. 순간 떠오르는 건 한 집은 초토화되었는데도 옆집은 멀쩡하게 남아 있는 토네이도나 화재에 대한 뉴스들이었다. 아빠의 뇌수가 아스팔트 위에 흩어져 있었다. 그런데도 아빠의 파이프는 왼쪽 가슴 주머니에 남아 있었다.

그다음에 보인 건 엄마였다. 엄마 몸에는 피가 거의 묻어 있지 않았다. 하지만 입술은 벌써 푸르스름하고 눈의 흰자위는 완전히 새빨갰다. 마치 저예산 영화에 나오는 괴물 같았다. 정말 너무나 이상했다. 좀비처럼 괴기스러운 엄마의 모습에 공포가 벌새처럼 솟구쳤다.

테디를 찾아야 해! 어디 있지? 나는 갑자기 극도로 흥분해서 휙 돌아섰다. 언젠가 슈퍼마켓에서 십 분쯤 테디를 잃어버렸던 때처럼. 그때 나는 테디가 유괴됐다고 생각했다. 물론 그렇지 않았다. 테디는 사탕 코너를 살펴보며 혼자 어슬렁거리고 있었다. 테디를 찾은 순간 나는 와락 끌어안아야 할지 아니면 화를 내야 할지 알 수 없었다.

내가 있었던 도랑으로 다시 뛰어가보니 툭 튀어나온 손 하나가 보였다. "테디! 누나야!" 내가 불렀다. "손을 뻗어봐. 누나가 끌어올려줄게." 하지만 가까이 다가가자, 조그만 첼로와 기타 장식이 달린 은팔찌가 반짝이는 게 보였다. 애덤이 내 열일곱번째 생일에 준 선물이었다. 내 팔찌. 아침에 그걸 손목에 찼다. 나는 내 손목을 내려다보았다. 팔찌도 여전히 내 손목에 남아 있었다.

더 가까이 다가갔다. 이제 알겠다. 거기 누워 있는 건 테디가 아니었다. 나였다. 내 가슴에서 흘러나온 피가 내 셔츠와 치마, 스웨터로 스며 나와, 아무도 밟지 않은 눈 위에 페인트 방울처럼 고이고 있었다. 다리 하나가 뒤틀려 있고, 피부와 근육이 벗겨져나가 흰 뼈가 길게 드러나 있었다. 눈은 감겨 있고, 짙은 갈색 머리는 피에 젖어 녹빛이었다.

나는 빙그르르 돌아섰다. 말도 안 돼. 이런 일이 벌어지다니. 우리 가족은 드라이브를 나온 것뿐인데. 이건 현실이 아니야. 난 차에서 잠이 든 거야. 안 돼! 그만! 제발 멈춰! 제발 깨어나! 나는 차가운 공기에 대고 비명을 질렀다. 춥다. 내 숨결에서 김이 올라

와야 하는데, 그렇지 않다. 나는 핏자국도, 상처도 없이 멀쩡해 보이는 내 손목을 다시 내려다보며 최대한 세게 꼬집어보았다.

아무 느낌이 없었다.

전에도 악몽을 꾼 적이 있었다. 어디선가 떨어지는 꿈, 연주회 중에 곡이 전혀 생각나지 않는 꿈, 애덤과 헤어지는 꿈. 하지만 나는 언제나 눈을 뜨고, 베개에서 머리를 들어 눈꺼풀 안에서 상영되는 공포 영화를 멈추라고 나 자신에게 명령할 수 있었다. 나는 다시 시도해보았다. 깨어나! 나는 소리 질렀다. 깨어나! 깨어나, 깨어나, 깨어나! 하지만 이번에는 깨어나지 못했다. 깨어나지 않았다.

그때 무슨 소리가 들렸다. 음악이다. 아직 음악 소리는 들을 수 있다. 나는 그 소리에 집중했다. 베토벤 〈첼로 소나타 3번〉의 음들을 손가락으로 짚어보았다. 연습 중인 곡을 들을 때 자주 그랬듯이. 애덤은 그걸 "에어 첼로"라고 불렀다. 늘 애덤은 듀엣으로 한번 연주해보자고 졸랐다. 애덤은 에어 기타를, 나는 에어 첼로를. "연주가 끝나면 우리의 에어 악기를 박살내버리는 거야." 애덤은 그렇게 농담하곤 했다. "너도 하고 싶잖아."

나는 그 생각에만 집중하며 연주했다. 차의 마지막 생명이, 그리고 음악이 그 생명과 함께 다할 때까지.

곧 사이렌 소리가 들려왔다.

## 9:23 a.m.

내가 죽은 건가?

실제로 나는 이렇게 자문했다.

나, 죽은 거야?

처음에는 분명 내가 죽은 것 같았다. 지금 여기 서서 지켜보는 순간은 밝은 조명이 확 비쳤다가 눈앞에서 목숨이 잦아들기 직전의 일시적인 막간극이고, 그다음에 어디가 됐든 마지막 행선지로 이동하는 것 같았다.

그런데 경찰관, 소방관 들과 함께 구급요원들이 도착하면서 혼란스러워졌다. 누가 아빠 몸 위에 하얀 시트를 덮어놓았다. 그리고 소방관 한 사람이 엄마를 비닐백 안에 넣고 지퍼를 잠그고 있었다. 그가 기껏해야 열여덟이 안 되어 보이는 다른 소방관과 엄마에 대해 말하는 소리가 들렸다. 나이 든 소방관이 신참에게, 피가 적은 걸로 보아 엄마가 제일 먼저 받혀 즉사했을 거라고 했다. "심장이 그 자리에서 멈춘 거야." 그가 말했다. "심장이 뛰지 않아 피가 스미듯 나오는 거지. 쏟아져 나오는 게 아니라."

엄마에게서 피가 스며 나온다, 는 건 상상조차 할 수 없었다. 그래서 나는 엄마가 먼저 받혀서 우리가 타격을 입지 않도록 완충 역할을 했다는 게 말이 되는지 생각해보았다. 엄마가 선택한 건 아니었겠지만 엄마다운 일이었다.

나는 죽은 걸까? 남녀 의료팀이 도랑 아래로 다리 하나를 떨어뜨린 채 도로변에 누워 있는 나를 에워싸고 미친 듯이 내 상체의 상처를 씻어내며 내 정맥을 뭔가에 연결하고 있었다. 나는 반라(半裸)다. 구급요원들이 내 셔츠를 찢어 열었다. 내 한쪽 가슴이 노출되었다. 나는 창피해서 고개를 돌렸다.

경찰이 현장 주위에 경보등을 켜놓고 양쪽 방향에서 오는 차들에 도로가 폐쇄되었으니 돌아가라고 지시하고 있었다. 경찰은 정중하게 다른 길을, 사람들이 행선지로 갈 수 있도록 뒷길을 알려주었다.

그들은, 차에 탄 저 사람들은 모두 가야 할 곳이 있을 텐데도 상당수가 차를 돌리지 않았다. 그들은 차에서 내려 추위에 몸을 두 팔로 감싸 안으며 사고 현장을 살폈다. 그리고 곧 시선을 돌렸다. 어떤 사람은 울고, 여자 한 명은 도로변 양치류 덤불 위에 토하고 있었다. 그들은 우리가 누구인지, 무슨 일이 있었는지 모르는데도 우리를 위해 기도했다. 나는 그들의 기도를 느낄 수 있었다.

기도와, 내 몸에 전혀 감각이 없다는 사실 때문에 나는 내가 죽은 거라고 더욱 확신했다. 시속 60마일로 아스팔트의 거친 표면에 깎여 뼈가 드러난 자신을 봤으니 극도로 괴로워야 할 텐데,

나는 울지도 않았다. 생각조차 할 수 없는 일이 우리 가족에게 일어났다는 걸 알면서도. 우리는 험프티 덤프티이고, 왕의 어떤 말도, 왕의 어떤 신하도 우리를 다시 되돌려줄 수는 없다.*

그런 생각을 하고 있는데 붉은 머리에 주근깨가 있는 여자 구급요원이 내 의문을 풀어주었다. "글래스고 코마**가 8이야! 당장 백***을 해야 해!" 그녀가 소리쳤다.

그녀와 주걱턱 구급요원이 내 목구멍 안으로 튜브를 밀어넣고, 거기에 고무공이 달린 백을 연결한 다음 펌프질을 시작했다. "구급 헬기는 언제 도착하지?"

"십 분 후요." 남자 구급요원이 대답했다. "구급차로 시내에 들어가려면 이십 분이 걸려요."

"미친 듯이 밟으면 십오 분이면 될 거야."

남자 구급요원의 마음을 알 것 같았다. 충돌 사고라도 나면 나한테 좋을 게 없다고 생각하는 거다. 나도 동의할 수밖에 없다. 하지만 남자는 아무 말 없었다. 이만 꽉 깨물 뿐. 그들은 나를 구급차에 실었다. 붉은 머리가 나와 같이 뒤에 탔다. 그녀는 한 손

---

* 영미 전래 동요 〈험프티 덤프티〉의 노랫말을 변형한 문장. 노래 속에서 험프티 덤프티는 담장 위에서 떨어져 산산조각 난다.
** 글래스고 코마 스케일. 뇌 손상 환자의 의식 상태를 평가하는 척도.
*** 럭비공 모양의 공기 주머니를 짜서 환자에게 산소를 공급하는 의료 기기. '앰부백'이라고도 한다.

으로 백을 펌프질하고, 다른 손으로는 링거와 모니터를 조절했다. 그런 다음 내 이마 위의 머리칼을 가지런히 만져주었다.

"조금만 버티자." 그녀가 말했다.

처음 연주회를 한 것은 열 살 때였다. 첼로를 시작한 지 이 년 만의 일이었다. 처음에는 학교 음악 프로그램을 들으며 학교에서만 첼로를 켰다. 학교에 첼로가 있다는 것부터가 행운이었다. 첼로는 무척 비싸고 다루기 까다로웠다. 그런데 대학에서 문학을 가르치던 어느 노교수가 죽으면서 자신의 악기를 우리 학교에 기증했다. 첼로는 대체로 구석에 처박혀 있었다. 아이들은 대부분 기타나 색소폰을 배우고 싶어했다.

첼리스트가 되겠다고 말했을 때 엄마 아빠는 폭소를 터뜨렸다. 두 분은 곧 미안하다고 하면서, 자그마한 내가 어마어마한 첼로를 가느다란 다리 사이에 끼고 연주하는 모습이 떠올라 웃음을 참을 수 없었다고 했다. 하지만 내가 진지하다는 걸 깨닫고 두 분은 바로 웃음을 삼키고 응원하는 표정을 지었다.

엄마 아빠에게 말한 적은 없지만, 두 분의 반응은 어떤 이유에선지 내 마음을 아프게 했다. 말을 했다고 해도 두 분이 이해했을지는 잘 모르겠다. 때로 아빠는 내가 태어났을 때 병원에서 실수로 아기가 바뀐 거 같다고 농담했다. 내가 다른 식구들과 전혀 닮지 않은 까닭이다. 다른 식구들은 모두 금발에 파란 눈인데 나는 그들의 네거티브필름처럼 갈색 머리에 눈도 짙은 색이다. 커 가면서 아빠의 병원 농담은 아빠가 의도했던 것보다 내게 더 큰 의미를 띠게 되었다. 때로는 정말로 내가 핏줄이 다른 게 아닌가 하는 생각이 들었다. 나는 외향적이고 아이러니를 좋아하는 아빠도, 터프한 엄마도 닮지 않았다. 마치 거기에 도장이라도 찍듯 나는 한술 더 떠 첼로를 선택했다.

하지만 우리 집에서는 음악 장르보다는 음악을 한다는 사실이 더 중요했다. 몇 달이 지나면서 첼로에 대한 내 애정이 잠시 반짝하는 관심이 아니라는 게 분명해지자, 부모님은 내가 집에서 연습할 수 있도록 첼로를 대여해 왔다. 힘겹게 음계와 삼화음을 배우고 난 뒤, 〈반짝반짝 작은 별〉에 이어 기초 연습곡을, 그리고 마침내는 바흐까지 연주할 수 있게 되었다. 내가 다닌 중학교에는 음악 프로그램이 별로 없어, 엄마는 일주일에 한 번씩 개인 교습을 해줄 대학생을 찾았다. 몇 년 동안 여러 대학생이 돌아가며 나를 가르쳤고, 내 실력이 그들을 능가하게 되면서 나는 대학생 선생님들과 같이 연주하게 되었다.

그런 나날이 9학년까지 이어졌다. 어느 날 아빠는 레코드점에서 일할 때 알게 된 크리스티 교수님에게 내 개인 레슨을 해줄 수 있는지 물었다. 교수님은 내 연주를 들어보겠다고 했다. 나중에 교수님에게 들으니 별 기대는 하지 않고 호의 차원에서 그랬다고 했다. 내가 2층 내 방에서 비발디의 소나타를 연습하는 동안 교수님은 아빠와 함께 아래층에서 그 소리를 들었다. 내가 저녁을 먹으러 내려가자 교수님은 내 레슨을 맡겠다고 했다.

하지만 내 첫 연주회는 교수님을 만나기 몇 년 전에 있었다. 시내에 있는 어느 공연장이었는데, 주로 지역 밴드가 선을 보이는 곳이어서 앰프를 사용하지 않는 클래식을 연주하기에는 음향 시설이 엉망이었다. 나는 차이콥스키의 〈사탕 요정의 춤〉 가운데 첼로 솔로 파트를 연주할 예정이었다.

나는 무대 뒤에 서서 다른 아이들이 끽끽거리며 바이올린을 켜고 피아노를 탕탕 두드리는 소리를 듣고 있다 겁을 잔뜩 집어먹어 도망치기 일보 직전의 상태였다. 나는 공연장 뒷문으로 뛰어나가 바깥 계단에 웅크리고 앉아 두 손을 입에 대고 가쁘게 숨을 몰아쉬었다. 대학생 선생님은 잠시 놀랐지만 곧 수색대를 풀었다.

나를 찾아낸 건 아빠였다. 쿨한 뮤지션에서 고지식한 교사로 막 변신하고 있던 아빠는 빈티지 정장에 징이 박힌 가죽 벨트를 매고 검은 앵클부츠를 신고 있었다.

"괜찮니, 미아, 오 나의 미아?" 아빠가 내 곁에 앉으며 물었다.

나는 너무 창피해서 말도 못 하고 고개만 저었다.

"왜 그러니?"

"못 하겠어요." 나는 울먹였다.

아빠가 숱 많은 눈썹 한쪽을 치켜세우며 회청색 눈으로 나를 물끄러미 바라보았다. 알 수 없는 외래종인 양 나를 관찰하고 내 정체를 알아내려는 것처럼. 아빠는 늘 밴드에서 공연을 해왔다. 당연히 무대 공포증처럼 촌스러운 건 절대 겪어본 적이 없었다.

"그건 유감인데." 아빠가 말했다. "아빠가 연주회 선물로 근사한 걸 준비했거든. 꽃보다 훨씬 더 좋은 걸로."

"다른 사람한테 주세요. 전 아빠나 엄마랑 달라요. 심지어 테디만도 못해요." 테디는 그때 태어난 지 육 개월밖에 안 됐지만 개성도, 활기도 나보다 훨씬 더 넘쳤다. 물론 금발에 파란 눈이었다. 그런 점이 아니어도 테디는 병원이 아니라 조산원에서 태어났기에 실수로 아기가 바뀌었을 가능성은 없었다.

"그렇네. 테디는 첫 하프 공연 때 아주 쿨했지. 과연 천재란 말야." 아빠가 장난쳤다.

나는 눈물이 그렁그렁한 눈으로 웃었다. 아빠가 내 어깨를 다정하게 감쌌다. "아빠가 공연 전에 늘 벌벌 떨었던 거 모르는구나."

나는 늘 세상 모든 것에 대해 절대적인 확신을 가진 것처럼 보이는 아빠를 물끄러미 바라보았다. "거짓말, 그냥 하는 말이잖아요."

아빠가 고개를 저었다. "아니, 정말이야. 아빠도 진짜 심했어. 게다가 난 제일 안쪽 구석에 있는 드러머이었는데도 말이야. 나한테 관심 갖는 사람이 하나도 없었는데."

"그래서 어떻게 했어요?" 내가 물었다.

"술만 엄청 펐지." 엄마가 공연장 뒷문으로 머리를 내밀며 불쑥 끼어들었다. 엄마는 반짝이는 검정 미니스커트에 빨간 탱크톱을 입었고, 테디는 아기띠 속에서 침을 질질 흘리며 만족한 표정을 짓고 있었다. "공연 전에 40온스짜리 맥주를 두 캔씩 마셨단다. 너한텐 권할 일은 못 되지만."

"엄마 말이 맞을 거다." 아빠가 말했다. "열 살짜리가 술에 취한다면 사회복지과에서 싫어할 거야. 어쨌든 아빠는 드럼 스틱을 떨어뜨리고 무대 위에서 토하기까지 했다. 그래도 그건 펑크니까 가능했어. 네가 활을 떨어뜨리고 술 냄새를 풀풀 풍겨봐라, 볼만할걸. 특히 클래식 팬들은 그런 건 딱 질색하잖냐."

어느새 나는 깔깔 웃고 있었다. 여전히 두려웠지만 무대 공포증이 아빠에게서 물려받은 것이라고 생각하니 어쩐지 위안이 되었다. 결국 나는 주워온 아이는 아닌 모양이었다.

"망치면 어떡해요? 엉망으로 하면 어쩌죠?"

"미아, 엄마가 한 가지 알려줄까? 가지각색으로 엉망진창인 애들이 무대에 총출동할 거야. 그러니까 넌 별로 튀지 않을걸." 엄마의 말에 테디가 맞장구치며 꽥 소리를 질렀다.

"하지만 진짜로요, 떨리는 걸 어떻게 이겨내요?"

아빠는 빙그레 웃고 있었지만, 말이 느려진 걸로 보아 아빠가 진지하다는 걸 알 수 있었다. "이겨내기 어렵지. 그냥 떨면서 하는 거야. 그냥 버티는 거란다."

그래서 나는 앞으로 나아갔다. 엄청나게 잘한 건 아니었다. 광채를 발하지도 기립 박수를 받지도 못했다. 하지만 완전히 망치지도 않았다. 연주회가 끝나고 선물을 받았다. 선물은 차 뒷좌석에 앉아 있었다. 이 년 전 나를 사로잡았던 그 첼로처럼 사람 같은 첼로였다. 그러나 이번엔 대여 악기가 아니었다. 내 거였다.

## 10:12 a.m.

나를 태운 구급차가 제일 가까운 병원—우리 동네 병원이 아니라, 의료 기관이라기보다는 노인 요양시설처럼 보이는 지역의 작은 병원이었다—에 도착하자, 구급요원들이 황급히 나를 안으로 옮겼다. "폐허탈인 것 같습니다. 체스트 튜브 삽입하고 환자를 데려가세요!" 착한 붉은 머리 구급요원이 간호사와 의사들에게 나를 넘기며 외쳤다.

"다른 사람들은요?" 수술복을 입은 턱수염 난 의사가 물었다.

"다른 운전자는 가벼운 뇌진탕으로 현장에서 치료받고 있고, 환자의 부모는 즉사했습니다. 칠 세 정도로 보이는 남자아이가 바로 뒤에 오고 있습니다."

나는 지난 이십 분 동안 꾹 참고 있었던 것처럼 크게 숨을 내쉬었다. 도랑에 누워 있던 것이 나란 걸 알게 된 후로는 테디를 찾지 못했다. 테디가 엄마, 아빠 그리고 나와 같은 상태라면 난…… 그런 건 생각도 하고 싶지 않았다. 아니, 테디는 아닐 거야. 살아 있어!

그들은 불빛이 밝은 작은 방으로 나를 데려갔다. 의사 한 사람이 내 가슴 옆에 주황색 물질을 살짝 바르더니 작은 플라스틱 튜브를 꽂았다. 다른 의사가 내 눈에 펜라이트를 비추었다. "반응이 없어요." 그가 간호사에게 말했다. "헬기가 도착했으니 외상병동으로 호송하세요. 당장요!"

그들은 내 이동식 침대를 응급실에서 급히 밀고 나와 엘리베이터로 향했다. 보조를 맞추려니 나도 뛰어야 했다. 문이 닫히기 직전 월로 아줌마가 거기 있는 게 보였다. 이상하다. 우리는 월로 아줌마, 헨리 아저씨와 아기를 그 집에서 만나기로 했는데.

눈 때문에 호출을 받았나? 아니면 우리 때문에? 윌로 아줌마는 무언가 골똘히 생각하는 듯 무표정한 얼굴로 병원 복도를 서성이고 있었다. 윌로 아줌마는 아직 우리 일을 모르는 것 같았다. 어쩌면 응급 상황이 발생해 집에서 우리를 기다릴 수 없어 미안하다고 엄마 핸드폰에 메시지를 남겼는지도 모른다.

엘리베이터 문이 열리더니 옥상이 나타났다. 헬리콥터 한 대가 프로펠러로 공기를 가르며 커다란 빨간 원 한가운데 앉아 있었다.

나는 헬리콥터를 타본 적이 없다. 내 단짝인 킴은 타봤지만. 킴은 언젠가 〈내셔널 지오그래픽〉의 유명 사진작가인 삼촌과 함께 세인트헬렌스 산 위로 공중촬영을 간 적이 있다.

"삼촌이 화산 폭발 후 나타난 식물군에 대해 얘기하고 있는데, 내가 삼촌 옷에 왕창 토해버린 거야." 킴이 다음 날 홈룸 시간에 말했다. 킴은 그때까지도 그 일로 새파랗게 질려 있는 듯했다.

킴은 졸업앨범 일에 매달려 있는데, 사진작가가 되고 싶어한다. 삼촌은 막 꽃을 피우는 조카의 재능에 자양분을 주려는 마음에 킴을 그 여행에 데려간 거였다. "삼촌 카메라에도 토한 게 묻었어." 킴이 한숨을 쉬었다. "난 절대 사진작가가 되지 못할 거야."

"사진작가도 여러 종류가 있잖아. 꼭 헬리콥터를 타고 돌아다닐 필요는 없어."

킴이 활짝 웃었다. "잘됐다. 난 다시는 헬리콥터 안 탈 거거든. 너도 절대 타지 마!"

살다보면 선택권이 없을 때도 있다고 킴에게 말하고 싶다.

헬리콥터의 해치가 열리고 나를 실은 들것이 온갖 튜브와 줄을 주렁주렁 매단 채 안에 실렸다. 나도 그 뒤에 올라탔다. 의사가 내 곁에 올라탔다. 그는 여전히 작은 고무공을 펌프질하고 있었다. 그것이 나 대신 숨을 쉬어주고 있는 모양이었다. 헬리콥터가 이륙하자, 나는 킴이 왜 그렇게 메스꺼워했는지 알 것 같았다. 이건 비행기와는 다르다. 비행기가 매끄럽고 빠른 총알 같다면, 헬리콥터는 하늘로 튀어 오른 하키 퍽 같았다. 위아래로, 양옆으로 튄다. 이 사람들이 도대체 어떻게 나를 처치할 수 있는지, 작은 컴퓨터 인쇄물을 어떻게 읽고 있고, 헤드셋을 통해 내상태에 대해 이야기를 나누면서도 어떻게 헬리콥터를 몰 수 있는지, 사방에서 두두두거리는데 어떻게 그런 걸 하나라도 처리할 수 있는지 도무지 알 수가 없었다.

헬리콥터가 에어포켓* 안으로 들어갔다. 나는 속이 메슥거려야 정상이다. 하지만 아무 느낌도 없었다. 적어도 여기 구경꾼으

---

* 비행 중에 항공기의 양력이 감소되는 하강기류 구역. 이 구역에 들어가면 순간적으로 낙하하거나 심한 요동을 겪게 된다.

로 서 있는 나는 아무렇지도 않았다. 그리고 들것에 실려 있는 나도 아무 느낌이 없어 보였다. 나는 또다시 내가 죽은 걸까 갸웃하다가 아니라고 중얼거렸다. 내가 죽었다면 이들이 나를 이 헬리콥터에 싣지도 않았을 테고, 나를 태우고 울창한 숲을 가로질러 날고 있지도 않을 것이었다.

그리고 내가 죽었다면, 엄마 아빠가 지금쯤 나를 데리러 왔을 것이다.

계기판에서 시각을 확인할 수 있었다. 열시 삼십칠분. 저 아래 땅 위에선 무슨 일이 일어나고 있을까? 월로 아줌마는 응급 환자가 누구였는지 알게 됐을까? 누가 우리 할아버지 할머니에게 전화를 했을까? 두 분은 옆 동네에 사는데, 나는 두 분과의 저녁 식사를 고대하고 있었다. 할아버지가 직접 낚은 연어와 굴을 훈연하면 우리는 할머니가 손수 만든 두툼한 갈색 비어브레드*와 같이 그걸 먹었을 것이다. 그런 다음 할아버지는 테디를 부근의 거대한 폐지 수거함으로 데려가 그 안에서 잡지를 찾아 헤엄치게 해줬을 것이다. 테디는 요즘 〈리더스 다이제스트〉에 꽂혀 있었다. 만화를 오려내 콜라주 만드는 걸 좋아했다.

킴이 궁금하다. 오늘은 수업이 없다. 그리고 내일은 내가 학교

---

* 맥주를 넣어 만든 딱딱하고 담백한 빵.

에 못 갈 것 같다. 킴은 내가 애덤과 슈팅스타의 포틀랜드 공연에 갔다가 집에 늦게 돌아와서 결석했다고 생각할 것이다.

포틀랜드. 지금 날 그리로 데려가고 있는 게 거의 틀림없다. 헬리콥터 조종사는 계속 외상 병동과 통신하고 있었다. 창밖으로 후드 산 정상이 어렴풋이 보였다. 포틀랜드가 가깝다는 뜻이었다.

애덤은 벌써 포틀랜드에 가 있을까? 애덤은 어젯밤 시애틀에서 공연을 했다. 애덤은 공연을 하고 나면 늘 아드레날린이 넘쳐 운전을 해야만 진정이 되었다. 밴드는 대개 애덤에게 기사 노릇을 맡기고 낮잠을 즐겼다. 벌써 포틀랜드에 가 있다면, 아마 아직 자고 있을 것이다. 잠에서 깨면 호손 거리에서 커피를 마실까? 책 한 권을 들고 재퍼니즈 가든에 가진 않을까? 지난번에 나와 같이 포틀랜드에 갔을 때 그랬던 것처럼. 단지 그땐 날씨가 더 따뜻했을 뿐. 오늘 오후 밴드는 음향 시설을 확인할 것이다. 그러고 나면 애덤은 밖에서 내가 오길 기다릴 것이다. 처음엔 그냥 내가 늦는 거라고 생각할 것이다. 실은 내가 너무 일찍 왔다는 걸 애덤은 어떻게 알게 될까? 아직 눈이 녹고 있는 오전 내가 벌써 포틀랜드에 도착했다는 걸.

"요요마라고 혹시 들어봤어?" 애덤이 물었다. 내가 10학년, 그가 11학년 때 봄의 일이었다. 그 무렵 애덤은 벌써 몇 달째 음악동에서 내가 연습하는 걸 지켜보고 있었다. 우리 학교는 공립이지만 음악 프로그램이 유명해 전국의 언론 매체에 늘 오르내리는 진보적인 곳이었다. 실제로도 우리는 음악실에서 연습할 시간이 많았다. 나는 음악동 방음 부스에서 연습하곤 했다. 애덤도 거기서 기타를 치며 많은 시간을 보냈다. 밴드에서 연주하는 일렉트릭 기타가 아니라 통기타를 치며.

　나는 눈을 흘겼다. "요요마 모르는 사람이 어딨어."

　애덤이 씩 웃었다. 나는 처음으로 그의 미소가 약간 삐딱하다는 걸, 입술이 한쪽 끝만 올라간다는 걸 알았다. 그는 반지 낀 엄지로 아이들이 모여 있는 교정 쪽을 가리켰다. "요요마란 이름 들어본 사람 다섯 명도 찾기 힘들걸. 그건 그렇고, 무슨 이름이 그러냐? 무슨 게토야, 뭐야? 요, 마마*?"

　"중국 이름이야."

　애덤이 고개를 저으며 소리 내 웃었다. "나, 중국인들 꽤 많이

　　　　　　　　　　　　　　　　
* 슬럼가의 말투를 가리킨다.

알거든? 중국인들은 이름이 대개 웨이 친이나 리 아무개지, 요요마란 이름은 없어."

"거장을 두고 불경한 소릴 하다니." 내가 말했다. 하지만 나도 웃음이 나오는 건 어쩔 수 없었다. 애덤이 나를 놀리는 게 아니란 걸 믿기까지 몇 달이 걸렸다. 그리고 우리는 복도에서 이런 시시콜콜한 대화를 나누기 시작했다.

그래도 애덤의 관심은 여전히 당혹스러웠다. 애덤이 인기가 많아서 그런 건 아니었다. 애덤은 운동을 특별히 잘하는 것도, 뛰어난 우등생도 아니었다. 하지만 그는 쿨했다. 시내의 대학생들과 같이 밴드를 한다는 점에서 쿨했다. 어번 아웃피터스 같은 상표의 짝퉁이 아니라 중고품 가게와 거라지 세일*에서 구한 것들로 자기만의 로커 스타일을 만들어냈다는 면에서 쿨했다. 교내식당에 앉아서도 아주 행복한 얼굴로 책에 푹 빠져 있는 것이 쿨했다. 앉을 데가 없거나 같이 밥 먹을 사람이 없어서 책을 읽는 것이 아니었다. 결코 그렇지 않았다. 애덤에게는 몇몇 친한 친구와 많은 팬이 있었다.

나 역시 왕따는 아니었다. 친구들이 있고, 점심을 같이 먹는 단짝도 있었다. 여름에 갔던 음악 캠프에서 사귄 좋은 친구들도

---

* 가정에서 쓰지 않는 중고품을 차고 앞에 내다놓고 파는 것.

있었다. 사람들은 나를 좋아하는 편이었지만 한편으론 나를 잘 모르기도 했다. 나는 교실에서 조용한 아이였다. 손도 잘 들지 않았고, 선생님들에게 반항하지도 않았다. 그리고 바빴다. 주로 연습을 하거나 현악사중주단에서 연주하거나 커뮤니티 칼리지에서 이론 수업을 듣느라 바빴다. 아이들은 내게 잘해주었지만 대개 나를 어른처럼 대했다. 마치 내가 또 다른 교사라도 되는 듯. 그리고 교사한테는 작업을 걸지 않는 법이다.

"나한테 그 거장의 음악회 티켓이 있다면 어떡할래?" 애덤이 눈을 반짝이며 물었다.

"관둬, 없으면서." 나는 생각했던 것보다 더 세게 그를 밀치며 말했다.

애덤이 유리벽으로 넘어지는 척했다. 그러더니 자신의 옷을 털며 말했다. "있다니까. 포틀랜드에 있는 슈니츨이라는 데서 하잖아."

"알린 슈니처 홀이거든? 교향악 공연장."

"바로 거기야. 나한테 표가 있어, 두 장. 관심 있어?"

"정말? 그럼! 가고 싶어 죽겠는데 표가 한 장에 거의 팔십 달러잖아. 잠깐, 그런데 표를 어떻게 구했어?"

"우리 가족하고 가까운 분이 부모님한테 표를 주셨는데, 부모님은 갈 수가 없거든. 별거 아냐." 애덤이 냉큼 덧붙였다. "어쨌든 금요일 밤이다. 생각 있으면 내가 다섯시 반까지 데리러 갈게. 포틀랜드까지 같이 차를 타고 가는 거야."

"알았어." 나는 너무나 자연스러운 일인 것처럼 대답했다.

하지만 막상 금요일 오후가 되자, 나는 지난겨울 기말고사 공부를 한답시고 타르처럼 진한 아빠의 커피를 모르고 한 주전자다 마셔버렸을 때보다 더 떨었다.

내가 긴장한 건 애덤 때문이 아니었다. 그때는 이미 애덤과 편해졌을 때였다. 불확실성 때문이었다. 이게 대체 뭐지? 데이트? 친구로서의 호의? 자선? 나는 새로운 걸 어설프게 시도하는 것도 싫지만 불확실한 것도 싫었다. 내가 연습을 그렇게 많이 하는 것도 바로 그 때문이었다. 단단한 토대 위에서 전력 질주할 수 있도록, 그리고 세부사항은 그 단단한 토대 위에서 해결해나갈 수 있도록.

나는 여섯 번쯤 옷을 갈아입었다. 유치원에 다니던 테디는 내 방에 앉아 『캘빈과 홉스』를 책장에서 꺼내 읽는 척하며 낄낄거렸다. 주인공 캘빈의 난장판 때문인지, 내가 웃겨서인지 알 수 없었다.

엄마가 방 안으로 머리를 들이밀고 진전이 있는지 살폈다. "미아, 걔도 그냥 남자애일 뿐이야." 내 신경이 날카로운 걸 보고 엄마가 말했다.

"알아요. 하지만 어쩌면 내 첫 데이트 상대인지도 모르잖아요." 내가 말했다. "그래서 데이트 차림이어야 하는지 음악회 차림이어야 하는지 헷갈려요. 그런데 요즘 사람들, 음악회 간다고 차려입긴 해요? 데이트가 아닐 경우에 대비해서 그냥 평소처럼 입어야 하나?"

"그냥 네가 입어서 좋은 걸로 해." 엄마가 제안했다. "그러면 되는 거야." 엄마가 나였다면 분명 할 수 있는 건 다 해봤을 거면서. 엄마와 아빠의 옛날 사진을 보면 엄마는 30년대 요부와 오토바이 걸의 중간쯤 되어 보인다. 앞머리를 내린 단발에, 파란 눈은 콜 아이라이너로 강조하고, 깡마른 몸엔 레이스 달린 빈티지 캐미솔과 딱 붙는 가죽 바지를 섹시하게 휘감고 있었다.

나는 한숨을 내쉬었다. 나도 그렇게 강심장이었으면 좋겠다. 결국 내가 고른 건 긴 검정 치마와 갈색 반팔 스웨터. 평범하고 단순한 것. 그게 내 트레이드마크가 아닐까.

애덤이 샤크스킨* 정장에 고무창 구두 차림(이 조합에 아빠는 강한 인상을 받았다)으로 나타났을 때에야 나는 정말로 데이트라는 걸 깨달았다. 물론 애덤은 음악회라서 그렇게 차려입은 것이고 60년대식 샤크스킨 정장은 쿨하게 격식을 갖추는 그만의

---

* 상어 가죽 느낌이 나는 옷감.

스타일일 수도 있지만, 나는 그 이상의 의미가 있다는 걸 알았다. 애덤이 아빠와 악수할 때 긴장하는 것 같아, 나는 애덤이 아빠 밴드의 옛날 CD를 가지고 있다고 말했다. "그 고물을 컵 받침으로나 쓰지 뭐하러." 아빠가 말했다. 애덤은 놀란 듯했다. 자식보다 더 냉소적인 부모에 익숙하지 않은 모양이었다.

"너무 심하게 놀지는 마. 지난번 요요마 콘서트에서는 무대 앞에서 춤추다가 크게 다친 사람이 많았다더라." 우리가 뜰을 걸어가는데 엄마가 외쳤다.

"너희 부모님 진짜 쿨하시다." 애덤이 내게 조수석 문을 열어주며 말했다.

"나도 알아." 내가 대답했다.


우리는 이런저런 이야기를 나누면서 포틀랜드까지 드라이브했다. 애덤은 자기가 좋아하는 밴드들의 곡을 틀어주었다. 스웨덴 삼인조 팝 밴드는 지루했지만 아이슬란드의 아트록 밴드는 꽤 근사했다. 우리는 포틀랜드 시내에서 좀 헤매다 시작 몇 분 전에야 겨우 공연장에 도착했다.

우리 자리는 발코니석이었다. 엄청나게 높았다. 하지만 요요마의 음악회에 간 건 경치를 보기 위해서가 아니니까. 그래도 음향은 놀라웠다. 요요마는 첼로 선율로 한순간 흐느끼는 여인을 만들어냈다 그다음엔 웃음을 터뜨리는 아이를 표현해냈다. 요요마의 연주를 듣고 있으면 늘 내가 첼로를 시작한 이유가 떠올랐다. 첼로에는 너무도 인간적이고 표현력 넘치는 무언가가 있다는 것.

음악회가 시작되자, 나는 곁눈으로 애덤을 훔쳐보았다. 애덤은 내내 부드러운 표정을 짓고 있었지만 계속 프로그램을 힐끔거렸다. 인터미션까지 몇 악장이 남았는지 세고 있는 모양이었다. 나는 애덤이 지루한 게 아닌가 걱정됐지만 곧 음악에 빠져 신경도 쓰지 못했다.

그러다가 요요마가 〈르 그랑 탱고〉를 연주하자 애덤이 팔을 뻗어 내 손을 잡았다. 다른 상황이었다면 저질처럼 느껴졌을 것이다. 하품하면서 은근슬쩍 집적거리는 낡은 수작처럼 보였을 것이다. 하지만 애덤은 나를 보고 있지 않았다. 자리에 앉아 눈을 감고 몸을 약간씩 흔들고 있었다. 그도 음악에 푹 빠져 있었다. 나도 대답하듯 애덤의 손을 꼭 쥐었고, 우리는 음악회가 끝날 때까지 그렇게 앉아 있었다.

그후 우리는 커피와 도넛을 사서 강을 따라 걸었다. 물안개가 피어오르자 애덤이 재킷을 벗어 내 어깨에 걸쳐주었다.

"티켓, 부모님 친구 분한테 받은 거 아니지?" 내가 물었다.

나는 애덤이 웃거나, 논쟁에서 나에게 질 때면 늘 그러듯 항복의 표시로 두 손을 들 거라고 생각했다. 하지만 애덤은 나를 똑바로 바라보았다. 그의 홍채에 초록색과 갈색, 회색이 어른거렸다. "이 주 동안 피자 배달하고 받은 팁이야." 그가 인정했다.

나는 걸음을 멈추었다. 발아래 물이 찰랑이는 소리가 들렸다. "왜?" 내가 물었다. "왜 나야?"

"난 너처럼 음악에 몰입하는 사람은 본 적이 없어. 그래서 네가 연습하는 걸 구경하는 게 좋아. 네 이마 바로 여기에 주름이 잡혀. 그게 진짜 귀엽거든." 애덤이 내 콧잔등 위를 톡톡 두드리며 말했다. "나도 음악에 빠져 사는 편인데, 너만큼은 아니거든."

"그래서 뭐야? 내가 무슨 사교 실험 대상이라는 거야?" 농담을 하려던 거였는데 어쩐 일인지 쏘아붙이듯 나오고 말았다.

"아니, 넌 실험 대상이 아냐." 애덤이 말했다. 그의 목소리는 잠겨서 허스키했다.

목덜미가 달아오르고 얼굴이 빨개지는 게 느껴졌다. 나는 내 구두만 뚫어져라 보았다. 애덤이 나를 바라보고 있다는 것도, 지금 내가 고개를 들면 틀림없이 그가 키스하리라는 것도 알았다. 그리고 내가 애덤과의 키스를 얼마나 원하는지 깨닫고 깜짝 놀랐다. 그와의 첫 키스를 하도 많이 생각해서 내가 그의 입술 모양까지 정확히 기억하고 있으며, 애덤의 갈라진 턱을 내 손가락으로 만져보는 상상까지 했다는 걸.

나는 눈을 깜박이며 시선을 들었다. 애덤이 나를 기다리고 있었다.

그게 시작이었다.


## 12:19 p.m.

지금 나는 잘못된 곳이 아주 많다.

일단, 폐허탈이라고 했다. 비장 파열. 원인을 알 수 없는 내출혈. 그리고 가장 심각한 건 뇌타박상이다. 갈비뼈도 부러졌다. 살점이 떨어져 나간 다리는 피부 이식이 필요하고, 얼굴은 성형수술을 해야 한다. 그러나 그마저도 의사들 말마따나 내가 운이 좋을 경우의 얘기다.

의사들은 지금 바로 내 비장을 제거하고 허탈된 폐에 새 튜브를 삽입하고 내출혈을 일으키는 것이 뭔지는 모르지만 그걸 지혈하는 수술을 해야 한다. 내 뇌에 대해서는 의사들이 할 수 있는 게 별로 없다.

"그냥 두고 볼 수밖에 없어." 외과의 중 한 명이 내 머리의 CT 사진을 보며 말했다. "그동안 혈액은행에 전화해. RH-O형 유닛 두 개가 필요한데, 미리 두 개 더 준비해둬."

RH-O. 내 혈액형. 나는 전혀 모르고 있었다. 전에는 혈액형을 생각해볼 일이 없었다. 나는 병원에 가본 적이 없다. 유리 조각에 발목을 베었을 때 응급실에 가본 게 전부다. 그때는 꿰맬 필요도 없이 파상풍 주사 한 대로 끝이었다.

수술실에서 의사들은 우리 가족이 아침에 차 안에서 그랬듯 지금 어떤 음악을 틀 건지 의견이 분분하다. 한 남자는 재즈를, 다른 사람은 록을 원했다. 내 머리 부근에 서 있는 마취과 여의사는 클래식을 요청했다. 나는 그녀를 응원했다. 그게 도움이 됐는지 누군가 바그너의 CD를 얹었다. 물론 내가 웅장한 〈발키리의 기행〉을 염두에 둔 건 아니다. 나는 좀더 가벼운 곡을 원했다. 〈사계〉 정도?

수술실은 작고 비좁았다. 눈이 멀 정도로 밝은 조명이 잔뜩 있어서 이 공간이 얼마나 더러운지가 더 강조되고 있었다. 텔레비전에서와는 완전히 딴판이었다. 오페라 가수와 청중까지 수용할 수 있는 극장처럼 거대하고 엄청나게 청결한 수술실과는 거리가 멀었다. 바닥은 반질반질 광택은 나지만 신발 자국과 오래된 핏자국으로 보이는 녹빛의 기다란 띠 같은 걸로 지저분했다.

피. 사방이 피 천지였다. 의사들은 피를 보고도 조금도 당황하지 않았다. 그들은 세제를 푼 물에 손을 담그고 설거지를 하듯, 피의 강물 속에서 째고 꿰매고 피를 빼냈다. 그러면서도 내 정맥에 끝도 없이 피를 흘려 넣었다.

록을 원했던 외과의가 땀을 많이 흘렸다. 간호사 한 사람이 집게로 거즈를 집어 주기적으로 땀을 닦아주었다. 어느 순간, 마스크까지 흠뻑 젖어 교체해야만 했다.

마취의의 손길은 부드러웠다. 그녀는 머리맡에 앉아 내 바이털사인을 줄곧 확인하면서, 내게 주입하는 수액과 가스와 약을 조절했다. 그들이 내 몸을 헤집고 있는데도 나는 아무 느낌이 없어 보이니 그녀가 잘하고 있는 게 틀림없다. 거칠고 까다로운 일이다. 우리가 어릴 때 가지고 놀았던, 뼈 하나를 제거할 때 실수로 옆을 건드리기라도 하면 경고음이 울리던 오퍼레이션 게임과는 전혀 달랐다.

마취의가 무심결에 라텍스 장갑을 낀 손으로 내 관자놀이를 쓸어주었다. 내가 독감에 걸려 골골대거나, 관자놀이의 핏줄을 째서 통증을 덜고 싶을 만큼 두통이 심할 때 엄마가 해주던 일이다.

바그너 CD는 벌써 두 번이나 돌았다. 의사들은 장르를 바꿀 때라고 입을 모았다. 재즈가 이겼다. 늘 사람들은 내가 클래식 음악을 좋아하니 재즈도 좋아할 거라고 생각했다. 하지만 아니다. 재즈 팬은 아빠다. 아빠는 재즈를 무척 좋아했다. 특히 와일드한, 콜트레인의 후기 곡들을 좋아했다. 아빠는 노인들한테는 재즈가 펑크라고 했다. 음, 납득이 될 것도 같다. 나는 펑크를 좋아하지 않으니까.

수술은 이어지고 또 이어졌다. 나는 지켜보느라 녹초가 되었다. 의사들이 어떻게 체력을 유지하는지 모르겠다. 그냥 서 있는데도 마라톤을 뛰는 것보다 더 힘들어 보인다.

나는 슬슬 지겨워지기 시작했다. 그리고 곧 내 상태에 의문이 들었다. 내가 죽은 게 아니라면—심장 모니터가 삐삐거리고 있으니 죽지는 않은 모양이다—나는 내 몸속에 있지 않으니, 그렇다면 아무 데나 갈 수 있는 건가? 나는 유령인가? 그럼 나를 하와이 해변으로 보낼 수 있을까? 뉴욕 카네기홀로 휘리릭 날아갈 수 있는 건가? 테디한테 갈 수 있나?

시험 삼아 〈아내는 요술쟁이〉의 서맨사처럼 코를 찡긋해보았다. 아무 일도 일어나지 않았다. 손가락을 튀겨보았다. 구두 굽으로 바닥을 쳐보았다. 하지만 나는 여전히 이 자리에 있다.

더 간단한 방법을 시도해보았다. 벽을 통과해 반대편으로 갈 수 있을 거라 생각하며 벽으로 걸어가보았다. 그러나 벽에 쾅 부딪혔을 뿐이다.

간호사 한 사람이 혈액 주머니 하나를 들고 급히 들어섰다. 나는 간호사 등 뒤로 문이 닫히기 전에 얼른 빠져나왔다. 이제 나는 병원 복도에 있다. 파란색과 초록색 수술복 차림의 의사와 간호사 들이 분주하게 움직이고 있었다. 이동식 침대에 누운 여자가 얇은 망사 샤워캡을 쓰고 팔에 링거를 꽂은 채 소리쳤다. "월리엄! 윌리엄!" 나는 좀더 걸어가보았다. 수술실이 늘어서 있고, 그 안에 있는 사람들은 모두 잠들어 있었다. 수술실에 누워 있는 환자들이 나와 같은 상태라면, 왜 저 사람들 몸 밖에 나와 있는 사람들은 보이지 않는 거지? 다들 지금 나처럼 어딘가를 어슬렁거리고 있는 걸까? 나는 나와 같은 상태인 사람을 정말 만나보고 싶었다. 물어보고 싶었다. 내가 지금 정확히 어떤 상태인 건지, 이 상태에서 어떻게 벗어나는 건지. 내 몸속으로 어떻게 다시 들어가지? 의사들이 깨워줄 때까지 기다려야 하나? 하지만 주변에는 나 같은 사람이 없다. 어쩌면 모두들 하와이로 날아가는 방법을 알아냈는지도 모른다.

간호사 한 사람을 따라 자동문을 지났다. 이제 나는 대기실에 와 있다. 우리 할아버지 할머니가 있다.

할머니는 할아버지에게 말하고 있었다. 아니 어쩌면 그냥 허공에 대고 말하는 건지도 모른다. 감정에 휘둘리지 않으려는 할머니만의 방법이다. 전에 할아버지가 심장 발작을 일으켰을 때도 할머니가 그러는 걸 본 적이 있다. 할머니는 흙 묻은 정원용 작업복에 장화 차림이다. 온실에서 작업하다 우리 소식을 들은 게 틀림없다. 짧고 희끗한 할머니의 머리카락은 파마를 해서 꼬불거린다. 아빠는 할머니가 70년대부터 그 머리였다고 했다. "편하거든." 할머니가 말했다. "간편한 게 최고지." 할머니다운

말이다. 쓸데없는 일은 안 하는 것. 할머니가 너무 실용적이다보니 대부분의 사람은 할머니가 천사에 약하다는 걸 전혀 짐작하지 못한다. 할머니는 도자기 천사, 털실 천사, 유리 천사 등 온갖 종류의 천사를 당신의 바느질방에 있는 중국식 진열장에 모은다. 그냥 수집만 하는 게 아니라 천사를 믿는다. 할머니는 천사가 어디에나 있다고 생각한다. 한번은 물새 한 쌍이 할머니 집 뒤쪽 숲 속의 연못에 둥지를 틀었다. 할머니는 오래전 돌아가신 부모님이 할머니를 돌봐주러 온 거라고 확신했다.

또 한번은 할머니와 같이 할머니 댁 바깥 현관에 앉아 있다가 빨간 새 한 마리를 보았다. "저거 솔잣새예요?" 내가 물었다.

할머니는 고개를 저었다. "우리 언니 글로리아가 솔잣새야. 여기에 언니가 올 리 없어." 할머니는 그 무렵 돌아가신 글로리아 이모할머니를 가리켜 말했다. 할머니는 이모할머니와 잘 지내지 못했다.

할아버지는 스티로폼 컵 안에 가라앉은 찌꺼기를 물끄러미 바라보고 있었다. 컵 위쪽을 뜯고 있어서 조그만 하얀 스티로폼 조각들이 무릎에 쌓였다. 컵 안의 찌꺼기도 최악이다. 1997년쯤 내려서 몇 년을 그대로 방치한 커피 같다. 나는 그거라도 좋으니 한잔 마시고 싶다.

할아버지와 아빠, 테디는 판박이다. 물론 할아버지의 곱슬거리는 금발은 이제 희끗해졌고, 할아버지는 꼬챙이 같은 테디보다 덩치도 좋으며, 아빠는 오후마다 YMCA에서 근력 운동을 해서 탄탄한 근육질이 되었다는 점이 다르긴 하지만. 그래도 눈동자 색깔만은 모두들 구름 낀 날 바다 빛깔인 촉촉한 회청색이다.

어쩌면 바로 그 때문에 내가 지금 할아버지를 쳐다보기가 힘든지도 모르겠다.

줄리아드는 할머니의 생각이었다. 할머니는 본래 매사추세츠 출신이지만 1955년에 혼자서 오리건으로 이사 왔다. 지금이라면 별일 아니겠지만 오십이 년 전에는 결혼도 하지 않은 스물두 살짜리 여자가 그런 일을 하는 게 꽤 별난 일이었던 모양이다. 할머니는 광활히 펼쳐진 야생의 황야에 매혹됐다지만 오리건의 야생이라고는 끝없는 숲과 울퉁불퉁한 바위투성이 바닷가가 고작이었다. 할머니는 산림청에서 비서 일을 하게 되었는데, 할아버지는 거기서 생물학자로 일하고 있었다.

우리는 여름이면 매사추세츠 서부에 있는 작은 별장에 가곤 했다. 그곳에 할머니의 일가친척이 일주일 동안 모였다. 내가 이름만 겨우 기억하는 육촌과 할머니의 형제자매 들을 만나는 것도 이때였다. 오리건에도 친척이 많지만 모두들 할아버지 쪽이다.

지난여름 매사추세츠로 휴가를 갔을 땐 그 얼마 뒤에 있을 예정이던 실내악 연주회 연습을 위해 첼로를 가져갔다. 비행기 좌석이 남자, 승무원들은 전문 연주가들이 그러듯이 첼로를 내 옆좌석에 놓고 갈 수 있게 해주었다. 테디는 그게 너무 웃기다면서 계속 첼로에 프레첼을 먹이는 시늉을 했다.

별장에서의 어느 밤, 나는 친척들과 벽에 걸린 박제 동물들을 청중으로 작은 연주회를 열었다. 그후 누군가 줄리아드를 언급했는데, 할머니는 그만 그 생각에 사로잡히고 말았다.

처음에는 그 생각이 너무 터무니없어 보였다. 우리 집에서 가까운 대학에도 아주 훌륭한 음악학과가 있다. 게다가 차로 몇 시간이면 닿을 수 있는 시애틀에도 컨서버토리가 있다. 줄리아드는 여기서 반대편인 동부 해안 쪽에 있다. 학비도 엄청나다. 엄마 아빠는 그 생각에 흥미를 보이긴 했지만 두 분 중 누구도 나를 뉴욕에 양도하거나, 딸을 기껏해야 소도시 오케스트라의 첼리스트나 만들자고 빚더미에 올라앉을 생각은 없어 보였다. 가족들은 내가 연주를 정말 잘하는지 어떤지도 잘 몰랐다. 실은 나도 몰랐다. 크리스티 교수님은 당신이 가르친 학생들 가운데 내가 가장 유망하다고 했지만 줄리아드를 언급한 적은 없었다. 줄리아드는 음악 천재들이나 가는 곳이다. 그런 곳에서 나를 눈여

겨봐주리라 생각하는 것 자체가 오만 같았다.

그런데 휴가를 다녀온 뒤 동부 출신인 또 다른 사람이 아무런 사심 없이 내가 줄리아드에 들어갈 재목이라고 하자, 그 생각이 할머니 뇌리에 깊이 박혔다. 할머니는 직접 크리스티 교수님과 얘기를 나누었고, 테리어가 뼈다귀를 물듯 교수님마저 그 생각에 빠지고 말았다.

그래서 나는 원서를 작성하고 추천서들을 받아 내 연주를 녹음한 테이프와 함께 보냈다. 애덤에겐 아무 말도 하지 않았다. 오디션 받을 가능성조차 희박한데 굳이 떠들고 다닐 이유가 없었다. 하지만 그게 거짓말이란 건 알고 있었다. 내 안 어디에선가 줄리아드에 지원하는 것 자체가 일종의 배신이라고 느끼고 있었다. 줄리아드는 뉴욕에 있고, 애덤은 여기 있다.

하지만 더는 고등학생이 아니다. 나보다 한 학년 위인 애덤은 지난해, 그러니까 내가 졸업반이 되었을 때 시내의 대학에 다니기 시작했다. 슈팅스타가 인기를 얻고 있었기 때문에 애덤은 시간제 등록생으로 학교에 다녔다. 시애틀에 있는 음반회사와 레코드 녹음 계약을 했고, 콘서트 때문에 늘 여행을 다녔다. 그래서 '줄리아드 스쿨'이라고 양각된 크림색 봉투와 오디션 안내장을 받은 뒤에야 나는 애덤에게 줄리아드에 지원해서 오디션 허가를 받았다고 말했다. 나는 오디션까지 가는 사람도 별로 없다고 설명했다. 처음에 애덤은 믿을 수 없다는 듯 어리둥절한 표정이었다. 그러더니 쓸쓸한 미소를 지으며 말했다. "요 마마, 긴장 좀 해야겠는걸."

오디션은 샌프란시스코에서 열렸다. 아빠는 그 주에 학교에 큰 행사가 있어 빠질 수가 없었고 엄마는 여행사에서 갓 일을 시작했을 때여서, 할머니가 나를 데려가겠다고 자청했다. "우리 여자끼리 오붓한 주말을 보내자꾸나. 페어몬트 호텔에 가서 하이 티*도 하고, 유니언 스퀘어에 가서 윈도쇼핑도 하는 거야. 페리를 타고 앨커트래즈 섬에도 가보고 말야. 관광객처럼."

그런데 떠나기 일주일 전 할머니가 나무뿌리에 걸려 넘어지며 발목을 삐었다. 할머니는 투박한 부츠 같은 걸 신어야 했고, 걸을 수도 없었다. 모두들 크게 당황했다. 나는 혼자 갈 수 있다고, 운전을 하든 기차를 타든 갔다가 바로 돌아오겠다고 했다.

그러자 할아버지가 나를 데려가겠다고 나섰다. 우리는 할아버지의 픽업트럭을 타고 갔다. 할아버지와 나는 별로 말을 하지 않았다. 나는 너무 긴장해 있었기 때문에 그것도 괜찮았다. 나는 출발하기 전에 테디가 내민 아이스크림 막대기로 만든 행운의

---

* 오후 늦게나 저녁 일찍 차와 샌드위치 등을 먹는 가벼운 식사.

부적만 계속 만지작거렸다. "누나, 잘해야 돼, 알았지?" 테디가 말했다.

할아버지와 나는 라디오 주파수가 잡히면 클래식 음악과 농장에 대한 뉴스를 들었다. 다른 때는 그냥 침묵을 지키며 조용히 있었다. 마음을 가라앉혀주는 침묵이었다. 긴장을 풀어주고, 허심탄회한 대화보다도 할아버지와 더 가까워졌다고 느끼게 해주는 그런 침묵.

할아버지가 예약한 숙소는 요란하게 치장되어 있었다. 작업화와 체크무늬 플란넬 차림의 할아버지가 화려한 레이스 깔개와 포푸리 한가운데 서 있는 모습은 꽤나 우스꽝스러웠지만 할아버지는 신경 쓰지 않았다.

오디션은 무척 힘겨웠다. 나는 다섯 곡을 연주해야 했다. 쇼스타코비치 협주곡 한 곡, 바흐의 무반주 조곡 두 곡, 불가능에 가까웠던 차이콥스키의 〈페초 카프리초소〉 그리고 엔니오 모리코네의 〈미션〉의 한 파트였는데, 마지막 곡은 재미있지만 위험한 선택이었다. 요요마가 연주한 적이 있어 모두들 비교할 테니까.

오디션을 마치고 나오는데 다리는 후들거리고 겨드랑이는 땀으로 축축했다. 엔도르핀이 솟구치는 동시에 안도감이 느껴지면서 순간 현기증이 일었다.

"우리 시내 구경 갈까?" 할아버지가 물었다. 싱긋 웃자 입술

한쪽 끝이 올라가는 게 보였다.

"네!"

우리는 할머니가 계획했던 것을 전부 해보았다. 할아버지는 날 데리고 하이 티와 쇼핑을 했고, 저녁에는 할머니가 피셔맨스 위프*에 예약해놓은 고급 식당을 건너뛰고 차이나타운을 돌아다니며 사람들이 제일 길게 줄을 서 있는 음식점을 찾아 거기서 저녁을 먹었다.

집에 도착하자 할아버지는 나를 내려준 다음 꼭 안아주었다. 할아버지는 대개 악수를 하고 특별한 경우엔 등을 토닥여주는 분이다. 할아버지의 포옹은 힘차고 친근했다. 나는 알았다. 이것이 정말 즐거운 시간이었다고 말하는 할아버지의 언어라는 걸.

"저도요, 할아버지." 나는 속삭였다.

## 3:47 p.m.

그들은 방금 나를 회복실에서 외과 중환자실로 옮겼다. 침대 십여 개와 간호사 한 팀이 있는 말발굽 모양의 병실이다. 간호사

---

* 샌프란시스코의 유명한 관광지.

들은 침대 발치에서 환자들의 바이털사인을 속속 찍어내는 기록지를 읽으며 계속 분주하게 움직였다. 중환자실 한가운데에는 컴퓨터 몇 대와 커다란 책상이 있는데, 그 앞에 간호사 한 사람이 앉아 있었다.

내게는 간호사가 두 명이나 붙어서 확인하고 있었다. 의사들의 회진도 끝이 없다. 한 간호사는 금발에 콧수염을 기른 창백하고 말없는 남자인데 마음에 들지 않는다. 다른 간호사는 피부가 검푸른색이고 목소리가 경쾌한 여자다. 그녀는 나를 "아가"라고 부르며, 연신 내가 덮고 있는 이불을 매만져주고 있었다. 마치 내가 이불을 발로 차내기라도 하는 듯.

내 몸에는 너무 많은 튜브가 달려 있어서 다 셀 수도 없다. 하나는 목구멍 속으로 들어가 나 대신 숨을 쉬어주고, 하나는 콧구멍 속에 들어가 내 위를 계속 비워주고, 하나는 정맥에 달려 수분을 공급하고, 하나는 방광과 이어져 나 대신 소변을 봐준다. 가슴에도 이것저것 매달려 심장박동을 기록하고, 손가락에 붙은 건 맥박을 기록한다. 호흡을 대신해주는 인공호흡기는 메트로놈처럼 마음을 진정시키는 리듬이 있다. 들숨, 날숨, 들숨, 날숨.

의사와 간호사 들, 사회복지사 한 사람을 빼고는 아무도 나를 보러 들어오지 않았다. 나지막하고 연민 어린 목소리로 할머니 할아버지에게 말을 하는 것은 사회복지사였다. 그녀는 내가 "그레이브"* 상태라고 말했다. 정확히 무슨 말인지는 모르겠다. 텔레비전에서 환자들은 항상 위독하거나 아니면 안정 상태다. 그레이브는 별로 좋은 뜻 같지는 않다. 이 세상에서 잘 안 됐을 때 가는 곳이 바로 그레이브니까.

"우리가 할 수 있는 일이 있으면 좋겠어요. 그냥 기다리려니 내가 아무짝에도 쓸모없는 인간 같아서." 할머니가 말했다.

"잠시라도 면회가 가능한지 알아볼게요." 사회복지사가 말했다. 그녀의 희끗희끗한 머리는 부스스하고, 블라우스에는 커피 얼룩이 있다. 얼굴이 상냥해 보인다. "아직 마취가 덜 풀린 상태고, 외상이 낫는 동안 호흡을 돕도록 인공호흡기를 달아놓았어요. 하지만 혼수상태에 있는 환자들도 가족의 목소리를 들으면 도움이 된답니다."

할아버지가 대답 대신 신음을 했다.

"연락할 데가 있으신가요?" 사회복지사가 물었다. "여기에 같이 있을 만한 친척이요. 두 분께는 상당히 힘든 일이겠지만 두 분이 강해지실수록 미아에게 도움이 됩니다."

사회복지사가 내 이름을 말해서 깜짝 놀랐다. 그들이 내 이야기를 하고 있다는 불편한 진실을 상기시켰기 때문이다. 할머니

---

* grave. '위중한' 또는 '무덤'이라는 뜻.

는 사회복지사에게 지금 고모들, 삼촌들 등 많은 친척이 이리로 오고 있다고 말했다. 하지만 애덤에 대한 이야기는 없었다.

내가 진짜 보고 싶은 건 애덤이다. 지금 애덤이 어디 있는지 알 수만 있다면 그리로 가볼 텐데. 애덤은 내 사고 소식을 어떻게 알게 될까? 할머니 할아버지는 애덤의 전화번호를 모른다. 두 분한테는 핸드폰도 없으니 애덤이 전화를 걸 수도 없다. 그리고 그가 두 분께 전화해야 한다는 걸 알기나 할지 그것도 알 수 없다. 내게 일이 생겼다는 소식을 전해야 할 사람들은 지금 그럴 수 있는 상황이 아니다.

나는 삑삑거리고 튜브투성이에 생명 없는 몸뚱이가 되어버린 내 곁에 서보았다. 내 피부는 잿빛이다. 눈은 감긴 채 테이프가 붙어 있다. 누가 테이프를 떼어줬으면 좋겠다. 살이 간질간질할 것 같다. 친절한 간호사가 얼른 다가왔다. 소아과 병동이 아닌데도 간호사의 유니폼에 막대사탕이 그려져 있었다. "좀 어떠니, 아가?" 그녀가 내게 물었다. 우리가 방금 슈퍼마켓에서 마주치기라도 한 것처럼.

애덤과 나의 시작은 그리 순조롭지 않았다. 그때 나는 사랑이 모든 걸 이겨낸다는 생각을 갖고 있었던 것 같다. 요요마 음악회에 갔다가 애덤이 집에 바래다주었을 때 우리 둘 다 사랑에 빠져들고 있다는 걸 알았던 것 같다. 여기까지 오는 동안 힘들었다. 책이나 영화를 보면 언제나 두 사람이 결국 로맨틱한 키스를 하는 것으로 끝난다. '그 뒤로 행복하게 오래오래 살았습니다'는 그냥 상상에 맡긴다.

우리는 그렇지 않았다. 우리가 속한 세계가 너무 다른 게 문제였다. 우리는 계속 음악동에서 만났지만 둘 다 좋은 관계를 망치고 싶지 않다는 듯 늘 플라토닉한 대화만 나누었다. 하지만 다른 곳에서 만날 때면—카페테리아에 앉아 있거나 날씨 좋은 날 학교 잔디밭에서 나란히 공부할 때면—뭔가 이상했다. 우리는 불편해했고 대화는 어색했다. 둘 중 한 사람이 뭔가를 말하는 것과 동시에 상대방이 다른 얘기를 꺼내곤 했다.

"먼저 얘기해." 나는 말하곤 했다.

"아냐, 네가 먼저 해." 애덤은 이렇게 답하곤 했다.

정중함은 괴로웠다. 나는 그걸 뚫고 나가 음악회 날 밤의 광채 속으로 돌아가고 싶었지만 어떻게 해야 할지 몰랐다.

애덤이 밴드 공연을 보러 오라고 초대했다. 하지만 학교에서 만나는 것보다 더 나빴다. 난 집에서도 물 밖의 고기 같은 기분이었는데, 애덤의 친구들 틈에선 화성의 물고기가 된 기분이었다. 애덤은 늘 사람들에 둘러싸여 있었다. 펑키하고 활기 넘치는 사람들, 머리를 염색하고 피어싱을 한 매력적인 여자애들, 무덤덤하게 있다가도 애덤이 록에 대해 말하면 갑자기 활기를 띠는 남자애들. 나는 열성팬 노릇을 할 수 없었다. 로큰롤 화법도 몰랐다. 음악을 하고 아빠의 딸이기도 하니 내가 이해해야만 하는 언어였는데도, 그러지 못했다. 베이징어를 하는 사람이 광둥어를 이해하는 듯 보여도 실은 그렇지 않은 것과 비슷하다. 베이징어와 광둥어가 실은 서로 별개인데도, 중국인이 아닌 사람들은 모든 중국인이 서로 소통할 수 있다고 생각한다.

나는 애덤과 같이 콘서트에 가는 게 몹시 두려웠다. 질투심 때문도 아니고, 내가 그런 음악을 좋아하지 않아서도 아니었다. 나는 애덤이 연주하는 걸 보는 게 정말 좋았다. 그가 무대에 서면, 기타는 마치 애덤의 다섯번째 팔다리인 듯, 몸의 일부인 듯 보였다. 공연을 끝내고 무대에서 내려올 때면 애덤은 온통 땀범벅이었지만 그마저도 깨끗해서 나는 막대 사탕처럼 그의 뺨을 핥고 싶은 충동을 느꼈다. 물론 실행에 옮기진 못했지만.

팬들이 다가오면 나는 옆으로 슬그머니 빠졌다. 그러면 애덤은 한 팔을 내 허리에 감으며 나를 다시 끌어당겼지만 나는 그 팔을 풀고 다시 어둠 속으로 들어갔다.

"이젠 날 좋아하지 않는 거야?" 한번은 공연이 끝난 뒤 애덤이 투덜댔다. 농담이었지만 무심한 듯 던진 말에서 그가 상처받았다는 걸 알 수 있었다.

"네 공연에 내가 계속 와야 하는 건지 모르겠어." 내가 말했다.

"왜?" 애덤이 물었다. 이번에는 상처를 숨기려고도 하지 않았다.

"나 때문에 네가 완전히 빠져들지 못하잖아. 나 때문에 걱정하는 것도 싫고."

애덤은 그렇지 않다고 말했지만 마음 한구석에선 신경 쓰고 있다는 걸 알 수 있었다.


우리 가족이 아니었다면 애덤과 나는 몇 주 만에 헤어졌을지도 모른다. 우리 집에서, 우리 가족과 함께 우리는 공통분모를 찾아냈다. 우리가 만나기 시작한 지 한 달이 됐을 때 처음으로 가족 식사에 애덤을 데려갔다. 애덤은 주방에 앉아 아빠와 록에 대해 얘기했다. 나는 곁에서 그 이야기를 들으면서 절반도 이해하지 못했지만 공연 때와는 달리 외톨이 같은 기분은 들지 않았다.

"농구 하니?" 아빠가 물었다. 아빠는 스포츠 가운데 보는 건 야구를 제일 좋아했지만 직접 하는 건 농구를 제일 좋아했다.

"그럼요." 애덤이 말했다. "그런데 아주 잘하진 못해요."

"잘할 필요 없어. 그냥 열심히만 하면 되는 거지. 우리 얼른 한판 뛰고 올까? 그러고 보니 벌써 농구화까지 신고 있잖아." 아빠가 애덤의 발목까지 오는 운동화를 보며 말했다. 그러더니 나를 보고 다시 물었다. "미아가 싫지 않다면."

"싫긴요." 내가 빙긋 웃으며 말했다. "애덤이 아빠랑 농구하는 동안 난 연습하면 되죠."

두 사람은 근처 초등학교 뒤 농구 코트로 나갔다. 그리고 사십오 분 뒤에 돌아왔다. 애덤은 땀에 젖어 있었는데 약간 얼이 빠져 있었다.

"무슨 일이야? 아빠가 그렇게 정신을 쏙 빼놓은 거야?" 내가 물었다.

애덤이 고개를 젓다 끄덕였다. "어, 그래. 그런데 농구 때문이 아냐. 농구하다가 벌에 손바닥을 쏘였는데 너희 아버지가 내 손을 잡고 독을 빨아내셨어."

나는 고개를 끄덕였다. 그건 아빠가 할머니한테 배운 방법인데 방울뱀과는 달리 벌에 쏘였을 때는 효과가 있었다. 침과 독을 빼낼 수 있어서 약간의 가려움증만 남았다.

애덤은 창피한 듯 빙긋 웃고는 몸을 숙이더니 내 귀에 속삭였다. "너보다 너희 아버지랑 더 친해진 거 같아서 내가 좀 흥분했나 봐."

나는 그 말에 깔깔 웃었지만 그건 어느 정도 사실이었다. 지난 몇 주 동안 우리는 키스 외에는 별로 한 게 없었다. 내가 내숭을 떨어서가 아니었다. 나는 경험이 없었지만 계속 순결을 지켜야 한다고 고집하는 건 아니었다. 애덤은 분명 경험이 있었다. 우리의 키스도 우리의 대화와 마찬가지로 정중함의 고통에 괴로워하고 있다는 게 문제였다.

"그걸 바로잡아야 할 것 같아." 내가 속삭였다.

애덤은 질문하듯 눈썹을 치켜세웠다. 나는 대답 대신 얼굴을 붉혔다. 저녁식사 내내 우리는 그날 오후에 뒷마당에서 공룡 뼈를 파냈다는 테디의 말에 귀를 기울이면서도 서로를 보고 빙긋 웃었다. 아빠는 아빠의 특선 요리이자 내가 제일 좋아하는 소금구이를 만들었는데, 나는 식욕이 없었다. 음식을 깨작거리는 걸 아무도 눈치채지 못하길 바랐다. 그러는 동안 마음속에서는 미세한 떨림이 점점 고조되어갔다. 나는 첼로를 조율하는 소리굽쇠를 생각했다. 소리굽쇠를 한 번 치면 A음으로 진동이 시작되는데, 진동은 점점 커지면서 울림이 방 안을 가득 채울 때까지 계속된다. 저녁식사 동안 애덤의 미소가 내 안에서 꼭 그랬다.

식사 후, 애덤은 테디가 찾아낸 화석들을 얼른 봐주고 위층 내 방으로 올라와 방문을 닫았다. 킴네 집에서는 남자아이와 단둘이 있는 걸 허락하지 않았다. 물론 그럴 기회도 없었지만. 우리 부모님은 이런 문제에 대해 어떤 규칙도 정하지 않았다. 하지만 나는 두 분이 애덤과 나 사이에 무슨 일이 일어날지 알고 있다는 느낌을 받았다. 아빠는 언제나 '아빠가 제일 잘 알아' 주의였지만 실제로는 아빠와 엄마는 애정 문제 앞에서는 마음이 약해지곤 했다.

애덤은 내 침대에 드러누워 머리 위로 팔을 뻗고 기지개를 켰다. 애덤은 얼굴 가득 웃음을 머금고 있었다. 눈, 코, 입, 전부.

"날 연주해봐." 그가 말했다.

"뭐?"

"나를 첼로라 생각하고 연주해보라고."

나는 말도 안 된다며 반대하다가, 문득 말이 된다는 걸 깨달았다. 나는 옷장으로 가서 여분의 활 가운데 하나를 집어 들었다. "셔츠 벗어." 내 목소리가 떨렸다.

애덤이 셔츠를 벗었다. 마르긴 했지만 놀랄 만큼 잘 다져진 몸이었다. 울퉁불퉁한 가슴근육만 보고 있어도 이십 분은 순식간에 지나갈 것 같았다. 하지만 애덤은 내가 더 가까이 오길 원했다. 나도 내가 더 가까이 가길 원했다.

나는 침대 위 애덤 옆에 앉았다. 애덤의 기다란 몸이 내 앞에 쭉 뻗어 있었다. 침대에 활을 내려놓는데 활이 떨렸다. 나는 왼손을 뻗어 애덤의 머리가 첼로의 스크롤인 것처럼 쓰다듬었다.

애덤이 빙긋 웃으며 눈을 감았다. 긴장이 살짝 풀렸다. 나는 애덤의 귀가 패그인 양 만지작거리곤 장난스럽게 간지럼을 태웠다. 애덤이 작은 소리로 웃었다. 나는 두 손가락을 애덤의 목울대에 댔다. 그런 다음, 용기를 내기 위해 심호흡을 한 번 하곤 손을 애덤의 가슴에 올려놓았다. 나는 근육의 힘줄에 집중하며 애덤의 몸 윗부분부터 허리까지 손으로 훑은 다음 각 힘줄에 현을 하나씩 A, G, C, D로 지정했다. 그 현들을 한 번에 하나씩, 손가락 끝으로 따라갔다. 그러자 애덤은 무언가에 집중하듯 조용해졌다.

나는 활을 집어 들고, 브리지라고 상상한 그의 엉덩이에 대고 쓱 문질렀다. 처음에는 가볍게, 그다음엔 머릿속에서 연주되는 곡이 강도를 더해갈수록 좀더 힘을 주고 속도를 빨리하며 연주했다. 애덤은 가만히 누워 있었다. 그의 입술에서 작은 신음이 새어나오는 것 같았다. 나는 활을, 내 두 손을 그리고 애덤의 얼굴을 보았다. 사랑과 욕망과 익숙지 않은 힘이 샘솟는 걸 느꼈다. 내가 누군가에게 이런 기분을 느끼게 할 수 있다는 걸 예전엔 미처 몰랐다.

연주를 마치자, 애덤이 일어서더니 내게 오랫동안 진하게 키스했다. "내 차례야." 애덤이 말했다. 애덤은 나를 일으켜 세우더니 내 머리 위로 스웨터를 벗기고 청바지를 아래로 조금 끌어

내렸다. 그런 다음 침대에 걸터앉아 나를 무릎 위에 앉혔다. 처음엔 그냥 나를 안고 있었다. 나는 눈을 감고 내 몸을 바라보는 애덤의 시선을 느꼈다. 어느 누구도 날 그렇게 바라본 적이 없었다.

그리고 애덤이 나를 연주하기 시작했다.

애덤이 내 가슴을 가로지르며 손끝으로 코드를 타기 시작하자 나는 간지러워 쿡쿡 웃었다. 그의 두 손이 부드럽게 스치며 더 밑으로 내려갔다. 나는 웃음을 멈추었다. 소리굽쇠가 강렬해졌다. 애덤의 손길이 새로운 곳에 닿을 때마다 진동이 더 커져갔다.

얼마 후 애덤은 주법을 스페인식으로 바꾸어 손가락으로 뜯듯이 연주했다. 내 윗몸을 프렛 보드로 삼고 내 머리칼과 얼굴과 목을 어루만졌다. 애덤은 내 가슴과 배를 손가락으로 퉁겼지만 나는 애덤의 손이 한 번도 가까이 오지 않은 곳에서도 그를 느낄 수 있었다. 애덤이 연주를 계속하는 동안 에너지가 증폭되었다. 소리굽쇠는 이제 미친 듯이 울리며 사방에 엄청난 진동을 퍼부어, 내 온몸이 허밍을 할 때까지, 숨이 가빠질 때까지 계속되었다. 그리고 일분일초도 더 견딜 수 없을 것 같은 순간, 감각의 회오리가 아찔한 크레셴도에 이르더니 내 몸의 모든 말초신경에 경계경보를 울렸다.

나는 눈을 뜨고 나를 휩쓸고 지나간 따스한 정적을 맛보았다. 나는 소리 내어 웃기 시작했다. 애덤도 웃었다. 우리는 애덤이 집으로 돌아갈 때까지 오랫동안 키스를 나누었다.

애덤을 차까지 배웅하면서 나는 사랑한다고 말하고 싶었다. 하지만 그런 시간을 보낸 직후에 그 말을 하는 건 너무 상투적인 것 같았다. 그래서 말하지 않고 다음 날까지 기다렸다. "다행이네. 나는 네가 그냥 섹스를 위해서 나를 이용한 줄 알았잖아." 애덤이 빙긋 웃으며 농담했다.

그후로도 우리에겐 여전히 몇 가지 문제가 있었지만, 서로에게 지나칠 정도로 정중해 생기는 문제는 더이상 없었다.


## 4:39 p.m.


이제 제법 많은 사람이 나를 위해 모였다. 할머니와 할아버지, 그레그 삼촌, 다이앤 고모, 케이트 고모, 사촌 헤더와 존과 데이비드. 아빠는 오형제였으므로 찾아올 친척들은 아직 많았다. 아무도 테디에 대해서 말하지 않는 걸 보니 테디는 아마 이 병원에 없는 모양이었다. 아직 다른 병원에서 윌로 아줌마의 간호를 받는 중인가보았다.

친척들이 병원 대기실에 모였다. 내가 수술을 받는 동안 할머니 할아버지가 있었던 수술 병동의 작은 대기실이 아니라 병원 1층의 큰 대기실로, 고급스러운 연자줏빛 실내장식에 편안한 의자와 소파, 최신 잡지를 갖추고 있었다. 모두들 대기실에서 기다리는 다른 사람을 배려라도 하듯 여전히 소근소근 말하고 있었다. 대기실에는 우리 친척들 말곤 아무도 없는데도. 너무 심각하고, 너무 불길하다. 그런 분위기에서 좀 벗어나고 싶어 나는 다시 복도로 들어갔다.

킴이 도착했을 땐 너무도 기뻤다. 킴의 하나로 땋은 익숙한 긴 검은 머리를 보니 반가웠다. 킴은 매일, 언제나 땋은 머리를 하고 다니는데, 곱슬거리며 또르르 말린 굵은 머리카락들이 점심시간이면 어느새 반항적인 작은 덩굴손처럼 삐져나오곤 했다. 하지만 킴은 그런 머리칼에 굴하지 않고 아침이면 또다시 머리를 땋았다.

킴의 어머니 셰인 부인이 같이 왔다. 셰인 부인은 킴에게 장거리 운전을 허락하지 않는데, 우리 가족의 사고 때문에 오늘은 더더욱 예외로 할 수 없었을 것이다. 셰인 부인은 울었거나 혹은 곧 울 것처럼 얼굴이 울긋불긋했다. 부인이 우는 걸 여러 번 본 적이 있어 안다. 셰인 부인은 매우 감정적인 사람이었다. "완전 드라마 퀸이라니까." 킴은 그렇게 표현했다. "유대인 엄마 유전

자랄까. 우리 엄마도 어쩔 수가 없어. 나도 언젠가는 저렇게 되겠지." 킴도 시인했다.

킴은 그와는 정반대다. 정말 재미있고 웃긴데, 은근한 유머이다보니, 킴의 냉소적인 유머를 이해하지 못하는 사람들에겐 언제나 "그냥 농담이야"라고 말해줘야 한다. 그러니 킴이 셰인 부인처럼 된다는 건 상상도 못할 일이다. 생각해보면 나는 비교해볼 근거도 별로 없다. 주변에 유대인 어머니들이 많거나 학교에 유대인 아이들이 많은 게 아니니까. 그리고 유대인 아이들이라고 해도 대개 반쪽만 유대인이다. 그 아이들은 크리스마스트리 곁에 메노라*를 하나 더 놓는 게 다를 뿐이다.

하지만 킴은 진짜 유대인이다. 때로 킴의 가족과 금요일 저녁 식사를 함께 할 때가 있는데, 그럴 때면 그들은 촛불을 켜고 땋은 머리처럼 꼬인 빵을 먹고 와인을 마신다(신경증적인 셰인 부인이 킴에게 술을 허용하는 유일한 시간이 아닐까 싶다). 킴은 유대인 남자와만 데이트할 수 있는데, 그건 곧 킴이 데이트를 할 수 없다는 뜻이었다. 킴은 농담으로 자기 가족이 이리로 이사 온 이유가 바로 그 때문이라고 했다. 실은 킴의 아버지가 컴퓨터 칩 공장장으로 채용되었기 때문에 이사 온 것이었지만. 킴은 열세

---

\* 유대교의 장식 촛대.

살 때 포틀랜드의 한 유대교 교회에서 성인식을 치렀는데, 축하 파티의 촛불 켜기 의식에서 나도 불려나가 초를 하나 밝혔다. 매년 여름 킴은 뉴저지에서 열리는 유대교 캠프에 갔다. 원래 명칭은 율법 캠프지만 킴은 아이들이 캠프에서 하는 일이라곤 연애질뿐이라며 "호박씨 캠프"라고 불렀다.

"음악 캠프랑 똑같아." 킴이 말했다. 하지만 내가 여름에 갔던 음악 캠프는 영화 〈아메리칸 파이〉에 나오는 것과는 전혀 거리가 멀었다.

나는 킴이 지금 몹시 짜증 났다는 걸 알 수 있었다. 모녀가 복도를 행군하는 동안, 킴은 잰걸음으로 엄마와 열 걸음은 차이가 나게 거리를 두고 걸었다. 그러더니 별안간 개를 본 고양이처럼 킴의 어깨가 불쑥 올라갔다. 킴은 홱 돌아 엄마를 바라보았다.

"그만해, 좀!" 킴이 소리 질렀다. "젠장, 나도 안 우는데 왜 엄마가 울고불고 난리야?"

킴은 절대 거친 말을 하는 법이 없었다. 충격이다.

"하지만……" 셰인 부인이 따지고 들었다. "넌 어쩜 그렇게……" 부인이 흐느꼈다. "침착할 수가 있……"

"그만하랬지!" 킴이 외쳤다. "미아 아직 살아 있거든? 그래서 나도 정신 차리고 있는 거야. 내가 정신 차리고 있는데 엄마가 왜 그래!"

킴이 대기실 쪽으로 성큼성큼 걸어가자 부인은 비틀비틀 뒤를 따라갔다. 대기실에 다다르고, 모여 있는 우리 친척들을 보자 세인 부인은 흐느끼기 시작했다.

킴은 이번엔 소리치지 않았다. 하지만 귀가 분홍빛으로 물들어 있는 걸 보면 몹시 화가 났다는 걸 알 수 있었다. "엄마, 여기 좀 있어요. 난 좀 걷고 올게요. 금방 돌아올게요."

나는 다시 복도로 향하는 킴을 따라갔다. 킴은 로비에서 서성이다 선물 가게를 휙 둘러보고, 카페테리아로 갔다. 그러고는 병원 안내도를 물끄러미 바라보았다. 킴이 어디로 가려는 건지 알 것 같았다.

지하에 작은 예배당이 있다. 이곳은 고요하다, 도서관처럼. 영화관처럼 벨벳 커버를 씌운 의자들이 있고, 뉴에이지풍의 음악이 조용히 흘러나오고 있었다.

킴은 의자 하나에 털썩 주저앉더니 외투를 벗었다. 조부모님 댁에 갔다가 뉴저지의 작은 쇼핑몰에서 샀다는, 내가 늘 탐내던 검정 벨벳 코트였다.

"이래서 오리건이 좋다니까." 킴이 딸꾹질하는 듯, 웃는 듯 말했다. 냉소적인 말투로 봐서 킴은 신이 아니라 내게 말하고 있었다. "병원에서 종교를 딱히 지정하진 않잖아." 킴이 손으로 예배당 안을 가리키며 말했다. 벽에는 십자가가 매달려 있고, 성서대

(聖書臺) 위로 십자가가 그려진 깃발이 펼쳐져 있고, 성모와 성자의 그림 몇 점이 뒤쪽에 걸려 있었다. "다윗의 별*까지 있고 말야." 킴이 벽에 걸린 육각성을 가리키며 말했다. "하지만 이슬람교는? 기도 매트나 메카가 있는 동쪽을 가리키는 상징은 아무것도 없잖아? 불교는? 불상이라도 하나 갖다 놓으면 어디가 덧나나? 어차피 포틀랜드에는 유대인보다는 불교 신자가 더 많을 텐데." 나는 킴 곁의 의자에 앉았다. 킴이 평소처럼 내게 말하는 게 너무나 자연스럽게 느껴졌다. 조금만 버티라고 말했던 구급요원이나 좀 어떠냐고 계속 말을 걸던 간호사를 빼면 사고가 난후 내게 말을 건 사람은 아무도 없었다. 사람들은 나에 대해서 말할 뿐이었다.

나는 킴이 기도하는 걸 한 번도 본 적이 없다. 물론 킴은 성인식에서 기도를 했고 안식일 저녁식사 때도 식전 기도를 하지만 그건 해야 하기 때문에 하는 것이다. 대개 킴은 자신의 종교를 좀 가볍게 대한다. 하지만 킴은 내게 잠시 말을 하더니 눈을 감고 입술을 움직이며 내가 알아듣지 못하는 언어로 웅얼거렸다.

킴이 눈을 뜨고 두 손을 비볐다. 이만큼 했으면 됐다고 말하는 듯이. 그러더니 잠시 다시 생각하는 듯하다가 마지막으로 한 번

---

* 유대교의 상징인 육각 별.

더 호소했다. "제발 죽지 마. 죽고 싶은 마음도 충분히 이해는 하는데…… 이렇게 생각해봐. 네가 죽잖아, 그러면 학교에서 다 이애나 비 때처럼 느끼한 추도식 같은 걸 할 거 아냐. 다들 꽃하고 촛불하고 쪽지 따위를 네 사물함 옆에 갖다 놓고 말야." 킴은 자신을 배신하며 떨어지는 눈물을 손등으로 훔쳤다. "넌 그런 거 딱 질색하잖아."

어쩌면 우리 둘이 너무 닮아서 그랬는지도 모르겠다. 킴이 나타나자마자, 모두들 우리가 단짝이 될 거라고 생각했다. 우린 둘 다 머리칼도 검고 눈도 갈색이며, 조용하고, 범생이에 그리고 적어도 겉으로는 진지한 편이었으니까. 실은 둘 다 우등생은 아니었고(학점은 늘 평균 B였다), 그리 진지한 편도 아니었다. 우리는 어떤 문제에 대해서는 진지했지만—내 경우에는 음악, 킴의 경우에는 미술과 사진—중학교라는 단순한 세상에서는 그 점만으로도 우리 둘이 쌍둥이로 분류되기에 충분했다.

그 즉시 우리는 사사건건 엮이기 시작했다. 학교에 온 지 사흘째 되던 날, 체육 시간에 축구 시합을 하는데 유일하게 킴이 주장을 맡겠다고 나섰다. 나는 제대로 알랑방귀라고 생각했다. 킴이 붉은 저지를 입자 코치는 B팀의 주장을 뽑기 위해 우리를 둘러보았고, 코치의 시선은 내게서 멈췄다. 나는 운동하고는 가장 거리가 먼 아이였는데도. 나는 마지못해 저지를 입으러 터덜터덜 걷다가 킴을 스쳐가면서 중얼거렸다. "되게 고맙네."

그다음 주에는 영어 선생님이 우리를 『앵무새 죽이기』 토론의 짝으로 정해주었다. 우리는 서로 맞은편에 앉아 십여 분 동안 침묵만 지켰다. 내가 마침내 입을 열었다. "올드 사우스*에서의 인종주의 같은 거에 대해서 토론해야 할 거 같은데."

킴이 살짝 인상을 썼다. 나는 사전을 휙 집어던지고 싶었다. 나는 내가 벌써 이 아이를 얼마나 싫어하고 있는지에 깜짝 놀랐다. "전학 오기 전 학교에서 이거 읽었거든." 킴이 말했다. "인종주의는 너무 뻔해. 나는 이 책에서 더 큰 문제는 사람들의 선(善)이라고 봐. 사람들이 선하게 태어났다가 인종주의 같은 어떤 것 때문에 나쁜 사람이 되는 건가, 아니면 본래 악하게 타고 났는데 악해지지 않기 위해서 노력해야 하는 건가?"

"그러든가 말든가." 내가 대꾸했다. "멍청한 책인데 뭐." 내가 왜 그런 말을 했는지는 나도 몰랐다. 나는 그 소설이 정말 마음에 들어서 아빠한테 그 소설에 대해 이야기까지 했는데. 아빠는

---

* 독립전쟁 전의 초기 미국 식민 정착지 13개 주를 말한다.

그 책을 교재로 쓰고 있었다. 내가 좋아하는 책을 배신하게 만들어서 킴이 더 미웠다.

"좋아. 그럼 네 생각대로 하자." 킴이 말했다. 우리가 B⁻를 받자 킴은 우리의 평범한 점수를 고소해하는 듯 보였다.

그후로 우리는 말을 하지 않았다. 그렇다고 선생님들이 우리를 짝짓지 않거나 다른 아이들이 우리가 친구가 아니라고 생각하게 된 건 아니었다. 그런 일이 있을수록 우리는 그걸 그리고 서로를 더 원망하게 되었다. 세상이 우리를 한곳으로 밀칠수록 우리는 서로에게서 더 멀리 물러섰고, 서로에게 더욱 등을 돌렸다. 숙적인 상대방의 존재 때문에 몇 시간이고 묶여 있는데도, 우리는 상대방이 존재하지 않는 척하느라 애썼다.

나는 나 스스로에게 킴을 미워하는 이유를 납득시켜야 한다고 느꼈다. 걔는 밥맛없는 범생이야, 짜증나, 잘난 척해 등등. 나중에 들으니 킴도 나와 똑같았다고 한다. 킴은 내가 재수 없게 구는 게 제일 싫었다고 했다. 그리고 어느 날 킴은 심지어 내게 쪽지까지 썼다. 영어 시간에 누군가 공책을 찢은 종이를 네모로 접어 내 오른발 밑에 휙 던졌다. 쪽지를 주워 펼쳐보았다. 쪽지에는 이렇게 쓰여 있었다. "왕재수!"

아무도 나를 그렇게 부른 적이 없었다. 나는 당연히 화가 났지만, 마음 깊은 곳에선 내가 그런 말을 들을 정도로 누군가에게

격한 감정을 유발했다는 사실이 기분 좋기도 했다. 사람들은 우리 엄마를 그렇게 부를 때가 많았다. 엄마가 말을 잘 가리지 못하고 누군가와 의견이 어긋나면 아무렇게나 말을 툭툭 내뱉기 때문일 것이다. 엄마는 벼락같이 화를 냈다가도 금세 괜찮아지곤 했다. 어쨌든 엄마는 사람들이 그렇게 부르는 걸 별로 상관하지 않았다. "그건 그냥 페미니스트의 다른 이름일 뿐이야." 엄마는 우쭐해하며 말했다. 물론 농담이거나 칭찬이었지만 아빠도 가끔 엄마를 그렇게 불렀다. 싸우면서 그러는 경우는 당연히 절대 없었다. 아빠도 그 정도는 알고 있었다.

나는 문법책에서 시선을 들었다. 이런 쪽지를 보낼 사람은 한 명뿐이었지만 믿기가 힘들었다. 나는 반 아이들을 죽 훑어보았다. 모두들 책에 얼굴을 묻고 있었다. 킴만 빼고. 킴의 귀는 너무 빨개서 구레나룻 같은 검은 머리카락의 작은 덩굴손마저도 붉게 물든 듯 보였다. 킴은 나를 노려보고 있었다. 고작 열한 살이던 나는 사교에는 미숙했는지 몰라도, 누가 도전의 표시로 장갑을 던지는 것 정도는 알아볼 수 있었고, 응전의 표시로 그걸 집어 들지 않을 수 없었다.

우리는 나이를 더 먹으면서 그때 우리가 주먹다짐을 한 게 너무 다행이라고 농담 삼아 말하곤 했다. 그 싸움은 우리의 우정을 다져주었을 뿐 아니라, 우리에게 제대로 된 싸움을 해볼 처음이

자 아마도 다시없을 기회를 주었다. 우리 같은 여자애들이 언제 주먹질을 하며 싸워보겠는가? 테디와 함께 땅바닥에서 씨름을 하거나 테디를 꼬집은 적은 있었지만 주먹다짐을? 테디는 아기였고, 더 자랐을 때도 녀석은 내게 반은 동생이자 반은 아들 같은 존재였다. 나는 테디가 태어난 지 몇 주 안 됐을 때부터 테디를 돌보았다. 테디를 많이 아프게 할 수는 없었다. 그리고 킴은 혼자이다보니 치고받을 형제가 없었다. 어쩌면 캠프에서는 드잡이할 기회가 있었을지도 모르지만 결과는 무시무시했을 것이다. 몇 시간에 걸쳐 상담 교사며 랍비들과 같이 갈등 해결을 위한 세미나 따위에 시달려야 했을 테니. "우리 유대인들은 말야, 최고의 싸움꾼이야. 하지만 말로 하지. 엄청나게 많은 말로." 킴이 언젠가 내게 말했다.

하지만 그 가을날, 우리는 주먹을 휘두르며 싸웠다. 마지막 수업이 끝나는 벨이 울리자, 우리는 말 한마디 없이 앞서거니 뒤서거니 하며 운동장으로 나가 종일 내린 이슬비로 축축해진 땅바닥에 책가방을 집어던졌다. 킴은 황소처럼 내게 달려들더니, 숨이 멎을 만큼 세게 내 배를 때렸다. 나는 남자들처럼 주먹을 꽉 쥐고 킴의 머리 옆쪽을 후려쳤다. 아이들이 구경거리를 놓칠세라 떼를 지어 몰려들었다. 우리 학교에서 싸움은 빅뉴스나 다름없었다. 여자아이들의 싸움은 더욱 특별했다. 게다가 착실한 여자아이들의 싸움이라니, 그건 3연승 단식 경마 같은 볼거리였다.

선생님들이 우리를 갈라놓았을 때는 6학년 가운데 절반이 우리를 구경하고 있었다(사실 상급생 운동장 지킴이들은 둥글게 둘러싸고 구경하는 학생들을 보고 나서야 무슨 일이 일어난 걸 알았다). 싸움은 무승부였다, 내 생각엔. 나는 입술이 찢어졌다. 내가 휘두른 팔이 킴의 어깨에 맞지 않고 배구 네트 기둥에 정통으로 부딪치면서 내 손목에는 멍이 들었다. 킴은 눈이 퉁퉁 붓고, 나를 발로 차려다 제 가방에 걸려 넘어지는 바람에 허벅지가 심하게 까졌다.

진심 어린 화해나 공식적인 데탕트 같은 건 없었다. 선생님들이 우리를 갈라놓자, 킴과 나는 서로를 바라보며 깔깔 웃기 시작했다. 교장실에 불려 갔다가 대충 거짓말로 둘러대고 빠져나온 다음 우리는 절뚝거리며 집으로 돌아갔다. 킴은 주장을 자원한 건 학년 초에 그렇게 해두면 코치들의 기억에 남아 일 년 내내 코치들한테 찍히지 않을 수 있어서 그런 것뿐이라고 했다(그때부터 나도 이 유용한 술책을 활용하기 시작했다). 나는 내가 제일 좋아하는 책인 『앵무새 죽이기』에 대한 킴의 의견에 실은 동의한다고 말했다. 그걸로 상황은 종료되었다. 모든 사람이 처음부터 생각했던 대로 우리는 단짝이 되었다. 우리는 그후 다시는 싸우지 않았다. 물론 말다툼은 많았지만 그것도 주먹다짐의 결말과 똑같이 끝났다. 둘 다 웃음을 터뜨리는 것으로.

하지만 그렇게 요란한 싸움이 있었기 때문에 셰인 부인은 킴이 우리 집에 놀러 가는 걸 허락하지 않았다. 딸이 목발을 짚고 돌아오게 될 거라고 생각했기 때문이다. 엄마는 직접 찾아가 이야기해보겠다고 나섰지만, 아빠와 나는 엄마의 불같은 성격상 엄마의 외교 임무가 결국 우리 가족에 대한 법원의 접근 금지령으로 돌아올 거라고 믿었다. 결국은 아빠가 로스트 치킨을 만들어 셰인 부부를 저녁식사에 초대했다. 셰인 부인은 여전히 우리 가족에 대해 미심쩍어하는 것 같았다("그러니까 교사가 되려고 공부하면서 레코드 가게에서 일하신다고요? 그리고 미아 아버님이 요리를 하신다고요? 좀 독특하네요." 셰인 부인은 아빠한테 이렇게 말했다). 킴의 아버지는 우리 부모님이 점잖고 우리 가족이 폭력적이지 않다며 킴이 우리 집에 자유롭게 놀러 가도록 허락하라고 킴의 어머니에게 말했다.

6학년의 그 몇 달 동안 킴과 나는 착한 소녀 가면을 벗었다. 우리의 싸움에 관한 말이 퍼지면서 내용이 부풀려졌다. 갈비뼈가 부러졌다느니, 손톱이 부러지고 잇자국이 났다느니 등등. 하지만 겨울방학이 끝나고 개학했을 때 그 일은 벌써 다 잊힌 후였다. 우리는 다시 조용하고 착한 검은 머리 쌍둥이로 돌아갔다.

우리도 더는 개의치 않았다. 실은 그후 몇 년 동안 그 평판은 우리에게 도움이 되었다. 이를테면 둘 다 같은 날 결석을 하면 사람들은 자동으로 우리가 같은 바이러스에 걸렸다고 생각하지, 인근 대학의 영화학 개론 강좌에서 상영하는 예술영화를 보러 가느라 학교를 빼먹었다고는 생각하지 않았다. 누군가 장난으로 학교를 판다고 이베이에 내놓았을 때, 의심의 눈초리는 우리가 아니라 넬슨 베이커와 제나 매크로플린에게 쏠렸다. 우리의 장난이었다고 시인했는데도(처음부터 다른 사람에게 말썽이 생기면 그러자고 했었다), 우리가 한 짓이라는 걸 한 사람도 믿으려 하지 않았다.

이 일을 떠올릴 때마다 킴은 늘 웃어댔다. "사람들은 자기가 믿고 싶은 대로 믿는다니까."


## 4:47 p.m.


언젠가 엄마가 나를 카지노에 몰래 데리고 들어간 적이 있다. 우리는 크레이터 호수로 휴가를 가는 길이었는데, 도중에 점심 뷔페를 먹으러 인디언 보호구역의 리조트에 들렀다. 엄마는 잠깐 카지노에서 게임을 할 셈이었다. 아빠는 유모차에서 자는 테디와 있고, 나는 엄마와 같이 들어갔다. 엄마는 블랙잭 테이블에 앉았다. 딜러가 나를 흘깃 보곤 엄마를 건너다보았는데, 엄마는 다이아몬드라도 자를 듯한 날카로운 시선으로 그 남자의 의심스러운 눈초리를 받아친 다음 그 어떤 보석보다 빛나는 미소를 지었다. 딜러는 슬며시 웃음을 짓더니 아무 말 하지 않았다. 한 십오 분쯤 거기 있었던 것 같은데, 아빠와 테디가 우리를 찾아와 툴툴댔다. 우리가 거기 한 시간 넘게 있었던 것이다.

중환자실이 꼭 그렇다. 몇 시가 되었는지, 시간이 얼마나 흘렀는지 알 수가 없다. 자연광은 아예 없다. 그리고 잡음이 끊임없이 들린다. 슬롯머신의 전자음과 듣기 좋은 동전 쏟아지는 소리 대신 의료 기기 돌아가는 소리, 나지막한 호출 방송 그리고 간호사들의 끝없는 말소리가 들리는 게 다른 점이다.

내가 거기 얼마나 있었는지 모르겠다. 좀 전에 경쾌한 억양의 간호사가 자기는 집에 간다고 말했다. "내일 다시 올게. 아가, 내일 여기서 널 다시 봤으면 좋겠다." 나는 처음에는 그 말이 좀 이상하다고 생각했다. 내가 집으로 돌아가거나 다른 병실로 가는 걸 원하지 않는 걸까? 그러나 곧 내가 죽지 않고 남았으면 좋겠다는 뜻이라는 걸 깨달았다.

의사들이 계속 와서 내 눈꺼풀을 뒤집고 펜라이트를 비춰보았다. 그들은 워낙 거칠고 급해서, 눈꺼풀은 부드럽게 대할 가치가 없다고 생각하는 것 같았다. 그러고 보니 살면서 다른 사람의 눈을 만지는 일이 거의 없었다. 눈에 뭐가 들어갔을 때 부모님이 눈꺼풀을 올리거나, 잠들기 직전 남자친구가 눈꺼풀에 나비처럼 가볍게 키스를 할 때 정도. 하지만 눈꺼풀은 팔꿈치나 무릎이나 어깨처럼 밀쳐지는 데 익숙한 신체 부위가 아니다.

지금 침대 곁에는 사회복지사가 와 있다. 그녀는 내 차트를 뒤적이며 주로 중환자실 한가운데 큰 책상에 앉아 있는 간호사와 대화를 나누고 있다. 이곳에서는 얼마나 열심히 환자를 지켜보는지 놀라울 지경이다. 펜라이트로 환자의 눈을 비춰보거나 침대 곁의 프린터에서 꾸역꾸역 인쇄되어 나오는 기록지를 읽지 않으면 중앙 컴퓨터 화면으로 환자의 바이털사인을 지켜본다. 무언가 조금이라도 어긋나면 여러 모니터 중에서 한두 개는 삐 소리를 내곤 한다. 그리고 어딘가에서 경보가 울리기 시작한다. 처음에는 경고음이 무서웠다. 하지만 지금은 경보가 울리는 경우 절반은 환자가 아니라 기계에 문제가 있다는 걸 알게 되었다.

사회복지사는 몹시 지쳐 보인다. 중환자실의 빈 침대 아무 데라도 누워 잘 수 있을 것 같다. 그녀는 나만 담당하고 있는 게 아니다. 사회복지사는 오후 내내 환자와 가족 들 사이를 오갔다. 그녀는 의사와 사람들을 이어주는 다리이다. 그 두 세계 사이에서 균형을 찾고자 하는 그녀의 힘겨운 노력이 눈에 보인다.

사회복지사는 내 차트를 읽고 간호사와 대화를 나눈 다음, 아래층에 있는 우리 친척들에게 갔다. 친척들은 이제 조용조용 말하던 것도 멈추고 각자의 일에 몰두하고 있었다. 할머니는 뜨개질을 하고 있다. 할아버지는 자는 척한다. 다이앤 고모는 스도쿠를 하고 있다. 사촌들은 소리를 죽여놓은 휴대용 게임기로 번갈아가며 게임을 하고 있다.

킴은 갔다. 예배당에서 대기실로 돌아온 킴은 자기 엄마가 완전히 자제력을 잃은 걸 보고 엄청 창피해하며 자기 엄마를 부랴부랴 밖으로 내몰았다. 하지만 내 생각엔 셰인 부인이 거기 있었던 게 실은 도움이 되었던 것 같다. 모두가 그녀를 위로하면서 자신이 무언가 할 수 있는 쓸모 있는 존재라고 느꼈으니까. 이제 우리 친척들은 다시 무력감을 느끼며 한 번 더 끝없는 대기 상태에 들어갔다.

사회복지사가 대기실에 들어서자 모두들 왕이라도 맞듯 일어섰다. 사회복지사는 웃는 듯 마는 듯한 표정을 지었는데, 나는 오늘 그녀가 저런 표정을 짓는 걸 몇 번이나 보았다. 모든 게 괜찮거나 현상 유지 상태이며, 자신은 폭탄을 투하하러 온 게 아니라 새로운 소식을 전하러 온 것이라는 그녀의 신호 같았다.

"미아는 아직 의식이 없지만 바이털은 나아지고 있어요." 그녀가 각자의 소일거리를 얼른 의자에 팽개치고 한데 모인 친척들에게 말했다. "미아는 지금 호흡기 치료사와 같이 있어요. 폐가 어떻게 기능하고 있는지, 인공호흡기를 떼도 되는지 검사하고 있어요."

"그럼 좋은 소식이네요?" 다이앤 고모가 물었다. "스스로 숨을 쉴 수 있다면 아이가 곧 깨어날까요?"

사회복지사는 연민 어린 표정으로 고개를 끄덕였다. "스스로 호흡할 수 있다면 좋은 거죠. 폐가 회복되고, 내상이 안정되고 있다는 뜻이니까요. 문제는 여전히 뇌타박상이에요."

"왜요?" 헤더가 끼어들었다.

"언제 미아가 깨어날지, 뇌에 어느 정도 손상이 생긴 건지 알 수 없으니까요. 첫 이십사 시간이 제일 중요한데, 미아는 최고의 치료를 받고 있어요."

"아이를 볼 수 있습니까?" 할아버지가 물었다.

사회복지사가 고개를 주억거렸다. "짧은 면회는 미아한테 좋을 것 같아요. 그래서 한두 분 정도 제가 모시고 가려고요."

"우리가 들어갈게요." 할머니가 한 발짝 나서며 말했다. 할아버지는 할머니 곁에 섰다.

"네, 저도 그러실 거라고 생각했어요." 사회복지사가 말했다. "오래 걸리지 않을 거예요." 그녀가 다른 친척들에게 말했다.

그렇게 세 사람이 말없이 복도 안쪽으로 걸어갔다. 승강기에서 사회복지사는 할아버지 할머니가 마음의 준비를 할 수 있도록 내 외상 정도를 설명하면서 겉보기에는 심하지만 치료가 가능하다고 말했다. 그들이 우려하는 건 내상이라고 했다.

그녀는 할아버지 할머니를 어린애처럼 대하고 있다. 하지만 두 분은 겉보기보다 강인하다. 할아버지는 한국전쟁 때 의무병이었다. 그리고 할머니는 언제나 구조에 익숙하다. 날개가 부러진 새, 다친 비버, 차에 치인 사슴 등등. 사슴은 결국 야생동물 보호구역에 풀어줬는데, 그 일은 한편으론 좀 우습기도 했다. 할머니는 평소에 사슴을 아주 싫어했기 때문이다. 사슴들은 할머니 정원의 화초들을 먹어치우곤 했다. "저것들은 예쁘게 생긴 들쥐야." 할머니는 사슴을 그렇게 불렀다. "맛있는 들쥐들." 사슴 고기 스테이크를 구울 때면 할아버지는 그렇게 불렀다. 하지만 할머니도 그 사슴이 고통스러워하는 것만큼은 볼 수 없어서 구해주었다. 나는 할머니가 그 사슴을 천사라고 생각한 게 아닌가 싶다.

할아버지 할머니는 자동문을 지나 중환자실로 들어오다 눈에 보이지 않는 어떤 장벽에 가로막힌 듯 걸음을 멈췄다. 할머니는 할아버지의 손을 잡고 있다. 전에 두 분이 손잡은 모습을 본 적이 있었던가. 할머니는 나를 찾아 침대들을 훑어보았다. 사회복지사가 손으로 나를 가리키자 할아버지가 나를 발견하곤 성큼성큼 걸어 안쪽에 있는 내 침대로 왔다.

"잘 있었니, 우리 오리?" 할아버지가 말했다. 할아버지는 내가 테디보다 더 어렸을 때 이후로는 나를 오리라고 부른 적이 없었다. 할머니가 숨을 삼키며 내 침대로 천천히 다가왔다. 이런 광경에 대비하는 데 상처 입은 동물들은 결국 별 도움이 안 된 모양이다.

사회복지사는 의자 두 개를 당겨 내 침대 발치에 놓았다. "미아, 할머니 할아버지가 오셨어." 그녀는 두 분에게 앉으라는 몸짓을 했다. "저는 자리를 비켜드릴게요."

"미아가 우리 말을 들을 수 있나요? 우리가 말을 걸면 이해할까요?" 할머니가 물었다.

"실은 저도 몰라요." 사회복지사가 대답했다. "하지만 두 분이 오신 게 위로가 될 거예요. 두 분이 힘이 될 말씀을 해주신다면요." 그러더니 그녀는 나를 심란하게 할 만한 이야기는 절대 하지 말라는 듯 두 분을 엄격한 눈빛으로 바라보았다. 이런 일에 대해 주의를 주는 것이 사회복지사의 일이며 그녀가 수천 가지할 일로 매우 바빠서 늘 여러 가지를 배려할 수는 없다는 걸 알지만, 나는 잠시 그녀가 미웠다.

사회복지사가 자리를 뜬 뒤에도 할머니 할아버지는 잠시 침묵을 지키며 앉아 있었다. 그러다 할머니가 갑자기 온실에서 기르는 난초에 대해 두서없이 말을 꺼냈다. 지금 보니 할머니는 정원 작업복에서 깨끗한 코듀로이 바지와 스웨터로 갈아입었다. 누가 할머니 댁에 들러 깨끗한 옷을 가져온 모양이다. 할아버지는 꼼짝 않고 앉아 있었는데 두 손을 부들부들 떨고 있었다. 할아버지는 원래 말수가 적으니 지금처럼 나와 대화를 하라고 명령을 받는 게 힘들 것이다.

다른 간호사가 다가왔다. 그녀는 머리가 검고 짙은 색 눈은 반짝이는 눈 화장으로 더 밝아 보였다. 간호사의 손톱에 붙어 있는 아크릴에 하트가 그려져 있다. 저렇게 손톱을 잘 가꾸려면 정성을 많이 들여야 할 것 같다. 대단하다.

그녀는 내 담당 간호사는 아니지만 할머니 할아버지에게 다가와 말했다. "아이가 들을 수 있다는 걸 절대 의심하지 마세요. 아이는 지금 주변에서 일어나는 일을 다 알고 있어요." 그녀는 두 손을 골반에 걸치고 서 있었다. 그녀가 껌을 딱딱 씹는 모습이 상상되었다. 할머니 할아버지는 그 말에 감동해서 그녀를 물끄러미 바라보았다. "의사나 간호사 들이 주인공이라고 생각하실 수도 있겠지만," 그녀가 벽에 늘어선 의료 기기들을 가리키며 말했다. "아니에요. 아이가 주인공이죠. 아이는 그저 때를 기다리고 있는지도 몰라요. 그러니 얘기하세요. 시간이 걸려도 좋다고, 하지만 꼭 돌아오라고요. 기다리고 계시다고요."

엄마 아빠는 결코 테디나 나를 "실수"라고 부르지 않을 것이다. "사고"나 "예상 밖"이라는 말도, 또는 에두르기 위한 뻔한 말도 쓰지 않을 것이다. 하지만 우리는 둘 다 계획에 없었고, 부모님은 그 사실을 한 번도 숨기지 않았다.

엄마는 비교적 어릴 때 나를 가졌다. 십대는 아니었지만 엄마 아빠의 친구들에 비해선 어린 편이었다. 엄마는 스물셋이었는데, 엄마 아빠가 결혼한 지 일 년이 되던 때였다.

생각해보면 아빠는 언제나 나비넥타이를 맬 만한 사람이었다. 사람들의 짐작보다는 꽤 전통적인 분이다. 머리칼을 파랗게 물들이고 문신을 하고 가죽 재킷을 입고 레코드 가게에서 일을 하긴 했지만 아빠는 친구들이 여전히 술에 취해 원나잇 스탠드를 즐기던 나이에 엄마와 결혼하길 원했다. "여자친구는 너무 멍청한 말이야." 아빠는 말했다. "네 엄마를 그렇게 부르는 게 견딜 수 없었어. 그래서 결혼을 해야 했지. 아내라고 부를 수 있게 말이야."

우리 외가는 콩가루 집안이었다. 엄마가 내게 구질구질한 일들을 자세히 이야기하진 않았지만 외할아버지는 오래전에 가정을 버렸고, 외할머니하고도 한동안 연락이 끊겼다. 지금은 일 년에 두어 번 외할머니와 파파 리처드—우리는 엄마의 새아버지를 그렇게 불렀다—를 만난다.

그래서 엄마는 아빠뿐 아니라 거의 온전한, 비교적 정상적인 아빠의 대가족에 매료되었다. 연애한 지 일 년밖에 안 되었지만 엄마는 결혼에 동의했다. 물론 엄마 아빠는 결혼도 두 분만의 방식으로 했다. 친구들이 결혼행진곡을 기타로, 피드백*을 심하게 넣어 연주하는 가운데 레즈비언 치안판사가 결혼식을 주재했다. 신부는 하얀 술장식이 달린 민소매 드레스를 입고 징이 박힌 검정 부츠를 신었다. 신랑은 가죽옷을 입었다.

나를 임신한 건 다른 사람의 결혼식 때문이었다. 아빠의 음악 친구 중에 시애틀로 이사한 사람이 있었는데, 여자친구가 임신하는 바람에 어쩔 수 없이 결혼을 하게 되었다. 엄마 아빠는 그 결혼식에 갔다가 피로연에서 약간 술에 취했고, 호텔로 돌아가서는 평소만큼 주의를 하지 않았다. 석 달 후 임신 테스터에 가느다란 파란 선이 나타났다.

엄마 아빠의 말을 들어보면 누구도 부모가 될 준비는 되어 있지 않았던 것 같다. 두 분 중 누구도 스스로 어른이 되었다고 생

---

* 일렉트릭 기타를 스피커에 기울여 독특한 소음을 창출하는 주법.

각하지 않았다. 하지만 나를 낳는 데는 이의가 없었다. 엄마는 확고한 프로초이스*였다. 엄마는 차에 이런 스티커를 붙이고 다녔다. 제 선택도 신뢰하지 못하는데 제가 아이를 키우는 건 과연 신뢰할 수 있을까요? 하지만 엄마의 선택은 나를 낳는 것이었다.

아빠는 더 망설였고 더 질겁했다. 산부인과 의사가 나를 꺼내고 아빠가 울음을 터뜨렸을 때까지.

"말도 안 되는 소리." 아빠는 엄마가 이 이야기를 할 때마다 난감해했다. "난 그런 적 없어."

"그럼 안 울었다고?" 엄마는 살짝 코웃음 치며 재미있어했다.

"눈물을 흘렸을 뿐이지." 아빠가 내게 윙크를 하며 아기의 우는 모습을 팬터마임으로 재연했다.

엄마 아빠의 친구들 가운데 아이를 둔 사람이 없었기 때문에 나는 일대 사건이었다. 나를 키운 건 음악인 커뮤니티였다. 내가 특이하게 클래식 음악을 선호하기 시작한 뒤에도 수십 명이나 되는 이모며 삼촌 들은 여전히 나를 친자식처럼 아꼈다. 진짜 가족도 충분했다. 할머니 할아버지가 가까이 살았다. 두 분은 아빠의 공연이 있을 때면 엄마 아빠가 마음 놓고 광란의 밤을 즐길 수 있도록 주말에 나를 기꺼이 맡아주었다.

---

* 낙태에 관해 여성의 선택을 지지하는 입장.

내가 네 살이 되었을 무렵 우리 부모님은 깨달았던 것 같다. 자신들이 돈도 별로 없고 '제대로' 된 직장도 없이 아이를 키우고 있다는 걸. 우리는 월세가 싼 좋은 집에 살았다. 사촌들에게 물려받은 것이긴 하지만 나한테는 옷도 있었고, 나는 행복하고 건강하게 자라고 있었다. "넌 꼭 무슨 실험 같았어." 아빠는 말했다. "놀랍게도 성공적인 실험이었지. 우린 요행이라고 생각했어. 그래서 다른 아이가 필요했어, 이를테면 대조군 같은 거."

그후 두 분은 사 년 동안 노력했다. 엄마는 두 번 임신했지만 두 번 다 유산했다. 두 분은 슬펐지만 사람들이 하는 불임 치료 같은 걸 받을 돈이 없었다. 내가 아홉 살 때쯤 엄마 아빠는 현실을 받아들이기로 결정했다. 나는 손이 가지 않을 나이가 되어 있었다. 두 분은 임신 시도를 포기했다.

아이 때문에 발이 묶이지 않는 게 얼마나 좋은 일인지 정당화하려는 듯, 엄마 아빠는 일주일 동안 뉴욕에 놀러 가기 위해 비행기 표를 샀다. 음악 순례 여행이 될 참이었다. 우리는 CBGB 클럽*과 카네기홀에 가볼 예정이었다. 하지만 놀랍게도 엄마가 임신한 걸 알게 되었다. 더 놀라운 건 첫 삼 개월 동안 유산을 하지 않았다는 것이었다. 우리는 여행을 취소해야 했다. 아빠는 엄

---

* 1970년대 뉴욕 맨해튼에 설립된 컨트리와 블루스 음악 위주의 클럽. 이후 펑크록, 뉴웨이브록의 성지가 되었다.

마가 피곤해하고 입덧이 심한 데다가 너무 심술쟁이가 되어서 뉴욕 사람들을 겁먹게 할 거라고 했다. 게다가, 아기들은 돈이 많이 드니 우리는 절약해야 했다.

나는 절약도 괜찮았다. 아기가 생긴다니 흥분되었다. 카네기홀이 어디 가는 것도 아니니까. 카네기홀은 나중에 가도 되니까.


## 5:40 p.m.


지금 나는 안절부절못하고 있다. 할머니 할아버지가 병실을 떠난 지 꽤 되었지만 나는 아직 중환자실에 남아 있다. 나는 의자에 앉아서 두 분의 대화를 되새겨보고 있다. 대화는 아주 차분하고 정상적이고 평온했다. 두 분이 자리에서 일어날 때까지는. 중환자실에서 나가다가 (나는 두 분 뒤를 따르고 있었다) 할아버지가 고개를 돌리고 할머니에게 물었다. "당신, 아이가 결정한다고 생각해?"

"뭘 결정해?"

할아버지는 심기가 불편해 보였다. 발걸음이 무거웠다. "알잖아, 결정." 할아버지는 나지막이 속삭였다.

"무슨 소리 하는 거야?" 목소리는 부드러웠지만 할머니는 화가 난 듯했다.

"나도 내가 무슨 소릴 하는지 모르겠어. 천사니 뭐니 하는 걸 믿는 건 당신인데 말야."

"그게 미아랑 무슨 상관이야?"

"먼저 떠난 애들이, 만약에 당신이 믿는 것처럼 아직 여기 있다면, 혹시 미아가 같이 가길 원할지도 모르잖아. 만약에 미아가 자기 부모를 따라가길 원한다면?"

"그게, 그렇게 되는 게 아냐." 할머니가 역정을 냈다.

"흠." 할아버지는 더는 말이 없었다. 질문은 끝났다.

두 분이 떠난 뒤, 나는 새들이며 그런 것들이 사람들의 수호천사일 거라고 생각해본 적이 한 번도 없다는 걸 언젠가 할머니에게 말해야겠다고 생각했다. 그런 게 없다는 걸, 지금 나는, 그 어느 때보다 확신할 수 있다.

우리 부모님이 여기 없기 때문이다. 두 분은 내 손을 잡고 있지도, 나를 격려하고 있지도 않다. 할 수만 있다면 두 분은 분명 그랬을 것이다. 두 분이 함께는 아니더라도. 어쩌면 아빠가 나를 지켜보는 동안 엄마는 테디 곁에 머물 것이다. 하지만 여기에는 엄마도, 아빠도 없다.

이런 생각을 하고 있는데 간호사의 말이 떠올랐다. "아이가 주인공이죠." 그 순간 할아버지가 할머니에게 묻던 게 무엇이었는지 갑자기 깨달았다. 간호사의 말을 유심히 들은 할아버지는 나보다 먼저 그 말뜻을 깨달았던 것이다.

이 세상에 남을 것인가. 살 것인가. 그건 내게 달린 문제였다.

약물로 유도한 혼수니 뭐니 그런 건 전부 의사들이 그냥 하는 말이다. 의사들한테 달린 게 아니다. 부재중인 천사들에게 달린 것도 아니다. 혹 존재한다 해도 지금 이 순간 어디에도 없는 신에게 달린 것도 아니다. 내게 달린 문제다.

난 어떻게 해야 하지? 내가 엄마 아빠 없이 어떻게 이 세상에 남는다는 거지? 하지만 내가 테디만 남겨두고 어떻게 떠난단 말야? 애덤은? 이건 너무 심하다. 나는 그런 일이 어떻게 이뤄지는 건지, 내가 왜 지금 같은 상태로 있는 건지, 또는 내가 원할 경우 어떻게 이 상태에서 벗어날 수 있는지 알지 못한다. 내가 남는다면, 깨어나기를 원한다면 나는 지금 당장 깨어날 수 있는 걸까? 뒤꿈치를 부딪치는 건 테디를 만나려고 벌써 시도해봤다. 나 자신을 하와이로 보내려고 시도해봤지만 되지 않았다. 이 일은 훨씬 더 복잡해 보인다.

하지만 그럼에도 그 말은 사실인 것 같다. 간호사의 말이 다시 들리는 듯하다. 쇼를 이끌어나가는 건 나다. 모두들 나를 기다리고 있다.

내가 결정한다. 이젠 알겠다.

그리고 이 사실이 오늘 일어난 일 중에서 제일 두렵다.

그런데 애덤은 지금 대체 어디 있는 거지?

11학년 때 핼러윈을 일주일 앞두고 애덤이 의기양양하게 우리 집 문 앞에 나타났다. 애덤은 옷 가방을 들고는 빙글빙글 웃고 있었다.

"각오해. 샘나서 죽을지도 모르니까. 나, 방금 진짜 멋진 핼러윈 의상을 손에 넣었다." 애덤이 이렇게 말하곤 가방의 지퍼를 열었다. 안에는 프릴이 달린 흰 셔츠와 브리치스* 그리고 어깨 장식이 달린 모직 롱코트가 들어 있었다.

"웩! 그 커다란 프릴이 달린 셔츠는 또 뭐야? 너 사인펠드**처럼 차려입을 셈이야?" 내가 물었다.

"이런, 사인펠드라니. 너 클래식 음악 하는 애 맞아? 모차르트거든? 잠깐, 신발을 아직 못 봤잖아." 애덤이 가방 안으로 팔을 넣더니, 발등 부분에 금속 막대 장식이 달린 투박한 검정 가죽 구두를 꺼냈다.

---

\* 여유 있고 풍성한 모양의 중세 남성용 하의.

\*\* 동명의 미국 시트콤 주인공.

"좋네." 내가 말했다. "우리 엄마 거랑 똑같다."

"너한텐 이렇게 잘빠진 의상이 없으니까 괜히 샘나서 그러는 거지? 타이즈도 신을 거야. 난 내 남성성에 자신 있거든. 가발도 있어."

"이런 게 다 어디서 났어?" 내가 가발을 손가락으로 가리키며 물었다. 촉감이 꼭 굵은 삼베로 만든 것 같았다.

"온라인. 다 해서 100달러밖에 안 들었어."

"핼러윈 의상에 100달러나 썼단 말야?" 핼러윈이라는 말에 테디가 번개같이 계단을 뛰어 내려와 나는 제쳐두고 애덤의 지갑 체인을 잡아당겼다. "형, 여기서 기다려!" 테디가 단호히 말하고 다시 계단을 뛰어 올라갔다가 잠시 뒤 가방을 하나 들고 돌아왔다. "형, 이거 괜찮은 거 같아? 아기 같아 보일까?" 테디가 갈퀴 하나, 악마의 귀 한 쌍, 빨간 꼬리 하나 그리고 발까지 달린 붉은 파자마 한 벌을 들고 물었다.

"오오." 애덤이 눈을 크게 뜨고 뒤로 물러났다. "그 옷, 무서워 죽겠다. 아직 입지도 않았는데."

"진짜? 파자마에 발이 달려서 바보 같지 않아? 웃음거리가 되는 건 싫거든." 테디가 심각하게 눈썹을 찡그리며 말했다.

나는 웃음을 참느라 애쓰는 애덤을 보고 싱긋 웃었다. "빨간 파자마에 갈퀴 그리고 악마의 귀에 뾰족 꼬리까지 있는 완전 사탄인데, 누가 감히 까불겠어? 평생 저주에 시달리고 싶으면 몰라도." 애덤이 테디를 안심시켰다.

테디의 얼굴이 환해지며 이 빠진 부분이 드러났다. "엄마도 그렇게 말하긴 했는데, 옷 가지고 귀찮게 하지 말라고 그냥 그렇게 말한 것 같아서. 사탕 받으러 다닐 때 누나가 같이 가줄 거지?" 테디가 이번엔 나를 보았다.

"매년 그랬잖아. 너 아니면 내가 어떻게 사탕을 받겠어?"

"형도 같이 가?" 테디가 애덤에게 물었다.

"그럼, 당연히 같이 가야지."

테디가 냉큼 뒤로 돌더니 계단 위로 다시 사라졌다. 애덤이 나를 돌아보았다. "테디는 준비가 다 됐고. 넌 뭐 입을 거야?"

"아, 난 의상 챙겨 입는 편이 아니라서."

애덤이 눈을 부라렸다. "챙겨 입어야지. 우리가 처음 같이 맞는 핼러윈인데. 핼러윈 밤에 슈팅스타가 대형 공연을 열 거야. 콘셉트가 가장 무도회야. 같이 가기로 약속했잖아."

끙, 나는 속으로 신음했다. 애덤과 사귄 지 육 개월이 지났다. 나는 이제야 간신히 우리가 학교의 신기한 커플이라는 데 익숙해졌다. 사람들은 우리를 "킹카와 범생이"라고 불렀다. 나는 애덤의 밴드 멤버들과도 좀더 편해지고, 로큰롤 화법도 몇 가지 배웠다. 이제 애덤이 나를 하우스 오브 록이라고 부르는, 대학 근처에 있는 밴드 멤버들 모두가 사는 집에 데려가도 혼자서 잘 버틸 수 있었다. 심지어 냉장고에서 썩기 직전인 음식을 요리해서 가져오는 펑크록 포트럭 파티에도 낄 수 있었다. 우리는 있는 재료로 어떻게든 음식을 만들었다. 나는 채식주의자용 패티, 비트, 페타 치즈와 살구를 가지고 먹을 만한 음식을 꽤 잘 만들어냈다.

하지만 공연은 여전히 싫었고, 공연을 싫어하는 나 자신이 싫었다. 클럽은 연기가 자욱해서 눈이 아프고 옷에 냄새가 뱄다. 스피커는 언제나 볼륨이 최대로 올려져 있어서 음악이 쾅쾅 울리는 통에 집에 돌아온 뒤에도 고음이 귓전에 맴돌아 밤에 잠을 자기 어려울 정도였다. 나는 침대에 누워 매번 불편하게 밤을 보냈고, 그럴 때마다 점점 더 기분이 나빠졌다.

"안 오겠다는 소리는 하지 마." 애덤이 반은 상처받고 반은 짜증스런 표정으로 말했다.

"테디는? 같이 사탕 받으러 다닌다고 약속했는데."

"가야지, 다섯시에. 공연에는 열시까지만 오면 돼. 테디 아니라 누구라도 다섯 시간이면 사탕 받으러 다니고도 남아. 그러니까 핑계 댈 생각 마. 그리고 의상도 제대로 장만해야 할걸. 나는 킹카가 될 테니까. 18세기식으로 말야."

애덤이 피자 배달 아르바이트를 하러 떠나고 나서도 나는 속이 거북했다. 2층으로 올라가 크리스티 교수님이 과제로 내준

드보르자크의 곡을 연습하면서 마음이 불편한 이유에 대해 생각했다. 왜 나는 이런 공연이 싫은 거지? 슈팅스타의 인기를 시샘하는 걸까? 늘어만 가는 소녀 팬들 때문에 싫은 걸까? 이건 논리적인 설명처럼 들리긴 했지만 사실은 아니었다.

십여 분을 연습했을 즈음 알아차렸다. 애덤의 공연에 대한 나의 반감은 음악이나 소녀 팬들이나 시기심과는 전혀 상관없었다. 의구심 때문이었다. 소속감에 대해 내가 늘 가지고 있던, 자꾸만 내 신경을 건드리는 의구심. 나는 우리 가족에게도 속한 것 같지 않고, 애덤에게도 속한 것 같지 않은 기분이었다. 그런데 선택의 여지 없이 나와 살아야 하는 가족과는 달리 애덤은 나를 선택했고, 나는 이 점을 이해할 수 없었다. 왜 나를 좋아하는 거지? 말이 되지 않았다. 처음에 우리를 이어준 건 음악이었다는 걸, 음악이 우리 둘을 같은 공간에 놓아 우리가 서로를 더 잘 알 수 있도록 해주었다는 건 알고 있다. 그리고 내가 음악에 몰입하는 걸 애덤이 좋아한다는 것도 안다. 그가 내 유머 감각을 일깨워주었다는 것도. "너무 어두워서 농담인 줄 모를 뻔했잖아." 애덤은 말하곤 했다. 어둡다는 말이 나온 김에 하는 이야기지만 나는 애덤이 짙은 색 머리 여자를 좋아한다는 것도 안다. 애덤의 옛날 여자친구들은 모두 짙은 갈색 머리였으니까. 단둘이 있을 때면 우리는 몇 시간이고 이야기할 수 있었고, 몇 시간이고 나란히 앉아 각자 아이팟으로 음악을 들으며 따로 책을 읽으면서도 온전히 함께인 듯 느낄 수 있었다. 이 모든 것을 머리로는 아는데 가슴으로는 믿지 못했다. 애덤과 같이 있으면 내가 특별히 선택된 기분이었지만 그건 언제나 같은 질문을 던지게 했다. 왜 나지?

애덤이 슈베르트 교향악 연주에 기꺼이 같이 가고 언제나 내 연주회에 내가 제일 좋아하는 스타게이저 백합을 사가지고 오는데도, 나는 애덤의 공연에 가느니 차라리 치과에 가는 편이 낫겠다고 생각하는 것도 그 때문일 것이다. 그건 참 치사한 일이었다. 내가 무언가 불안해할 때 엄마가 가끔 하는 말을 생각했다. "좋아질 때까지 좋아하는 척하는 거야." 드보르자크를 세 번 연주하고 났을 때, 나는 애덤의 공연에 가겠다고 결심했다. 애덤이 나의 세계를 이해하려고 노력하는 만큼 나 역시 한 번만이라도 그의 세계를 이해하려고 노력해야 했다.


"엄마, 도움이 필요해요." 나는 저녁을 먹고 엄마와 나란히 서서 설거지를 하면서 말했다.

"엄마가 삼각법엔 젬병이라는 데는 이미 합의했던 거 같은데. 온라인 강좌 같은 거 한번 알아봐." 엄마가 대답했다.

"수학 말고요. 다른 거요."

"음, 최선을 다해볼게. 뭐가 필요한데?"

"조언이요. 엄마가 생각하는 제일 쿨하고 터프하고 섹시한 여자 로커가 누구예요?"

"데비 해리." 엄마가 말했다.

"그건……"

"아직 안 끝났어." 엄마가 내 말을 끊었다. "딱 한 사람만 고르라면 안 되지. 무슨 '소피의 선택'도 아니고. 캐슬린 해나. 패티 스미스. 조앤 제트. 코트니 러브, 파괴적인 광기가 있지. 루신다 윌리엄스는 컨트리 음악이지만 터프한 걸로 치면 최고고. 소닉 유스의 킴 고든, 쉰이 다 됐는데도 여전히 록을 하잖아. 캣 파워. 존 아마트레이딩. 왜, 사회 숙제야?"

"그렇다고 할 수도 있고요." 나는 이 빠진 접시의 물기를 닦으며 대답했다. "핼러윈 때문에요."

엄마가 기뻐하며 세제가 묻은 손으로 손뼉을 쳤다. "너 우리 같은 로커로 차려입을 생각이니?"

"네." 내가 대답했다. "도와주실 수 있어요?"

엄마는 나와 함께 빈티지 옷 가게를 돌려고 일찍 퇴근했다. 엄마는 특정 아티스트를 그대로 흉내 내는 대신 여러 로커를 조합하는 편이 좋겠다고 했다. 우리는 몸에 딱 붙는 도마뱀 가죽 바지를 하나 샀다. 80년대 초 데비 해리 스타일로 앞머리를 내린 단발의 금발 가발 한 가닥을 엄마는 보라색으로 염색했다. 액세서리로 한쪽 손목에는 검정 가죽 밴드를 하고 다른 손목에는 가느다란 은 뱅글을 스무 개도 넘게 했다. 엄마는 당신의 빈티지 옷들을 뒤져 소닉 유스의 티셔츠를 찾아내곤 그건 절대 벗지 말라고 했다. 그랬다간 누군가 이베이에 내놓아 200달러쯤 받아먹을 거라고 했다. 그리고 엄마가 결혼식 때 신었던, 앞이 뾰족하고 징이 박힌 검정 가죽 부츠를 꺼냈다.

핼러윈 날, 엄마가 직접 화장을 해줬다. 검정 액상 아이라이너로 진하게 그린 내 눈은 위험해 보였다. 흰 파우더로 내 얼굴을 창백하게 만들고, 입술은 핏빛처럼 새빨갛게 칠했다. 코에도 작은 링을 했다. 거울을 보자 내 눈에 보인 건 엄마의 얼굴이었다. 금발 가발 때문이었는지 모르지만 내가 다른 식구들과 닮아 보인다고 생각한 건 처음이었다.

내가 방에 있는 동안 부모님과 테디는 아래층에서 애덤을 기다렸다. 졸업 파티나 뭐 그런 데 가는 기분이었다. 아빠는 카메라를 들고 있었다. 엄마는 신이 나서 거의 춤을 추고 있었다. 애덤이 문 안으로 들어서서 테디에게 스키틀스 사탕을 한 아름 안겨주자 엄마 아빠가 나에게 내려오라고 했다.

나는 하이힐을 신고 최대한 조심조심 걸었다. 나는 애덤이 나를 보고 깜짝 놀랄 거라고 생각했다. 늘 청바지와 스웨터 차림인 여자친구의 전격 변신이었다. 하지만 애덤은 평소처럼 빙긋 웃는 걸로 인사를 대신하고는 슬며시 쿡쿡 웃었다. "의상 근사한데." 그게 다였다.

"뭐, 보답을 해야 하지 않겠어." 나는 애덤의 모차르트 의상을 가리키며 말했다.

"좀 무서워 보이긴 하지만 예쁘다고 생각해." 테디가 말했다. "섹시하다고 할 수도 있겠지만 나는 누나 동생이니까 그런 말은 웩이야."

"섹시가 무슨 뜻인지는 알고?" 내가 물었다. "여섯 살짜리가."

"섹시가 무슨 뜻인지 모르는 사람이 어딨어." 테디가 대꾸했다.

나만 빼고 다 알지, 나는 생각했다. 하지만 그날 밤, 나는 어렴풋이 배웠다. 테디와 사탕을 받으러 다니는데 나를 십수 년이나 봐온 이웃들이 나를 알아보지 못했다. 나를 거들떠보지도 않던 남자들이 잠시 멈칫하다 깜짝 놀랐다. 그런 일이 일어날 때마다 나는 점점 내가 정말로 위험하고 섹시한 여자가 된 듯한 기분이 들었다. 좋아질 때까지 좋아하는 척하기는 효과가 있었다.

슈팅스타가 공연하는 클럽은 만원이었다. 모두들 핼러윈 의상을 입고 있었다. 여자들은 가슴골을 드러낸 프랑스 하녀나 채찍을 휘두르는 도미나트릭스, 가터벨트가 보이도록 치마를 끌어

올려 헤퍼 보이게 연출한 〈오즈의 마법사〉의 도로시 등 대부분 야하게 입고 있었다. 평소 같으면 다른 여자애들의 그런 옷차림에 완전 멍청이가 된 듯한 기분이었겠지만 그날은 전혀 그런 기분이 들지 않았다. 내 의상이 핼러윈 복장이라는 걸 아무도 알아보지 못하는 것 같긴 했지만.

"오늘은 가장 무도회 콘셉트인데." 해골로 변장한 남자가 맥주를 건네주기 전에 나를 나무랐다.

"그 바지, 더럽게 예쁘다." 민소매 드레스를 입은 여자가 내 귀에 대고 말했다. "시애틀에서 샀어?"

"혹시 크랙 하우스 쿼텟의 멤버 아니에요?" 힐러리 클린턴 가면을 쓴 남자가 애덤이 몹시 좋아하는, 그러나 나는 싫어하는 하드코어 밴드의 연주자가 아니냐고 내게 물었다.

슈팅스타가 노래를 시작했다. 나는 평소처럼 무대 뒤에 머물지 않았다. 무대 뒤에서는 시야를 방해받지 않고 의자에 앉아서 공연을 볼 수 있고, 아무한테도 말을 하지 않아도 되었다. 하지만 이번에는 바 옆에 계속 있었다. 민소매 드레스 여자한테 이끌려 나가 그녀와 함께 무대 앞에서 춤을 추기까지 했다.

나는 무대 앞으로 가본 적이 없었다. 나는 술 취한 억센 남자애들에게 발을 밟히며 빙글빙글 돌고 뛰어다니는 데는 관심이 없었다. 하지만 그날 밤은 완전히 재미를 붙였다. 사람들의 에

너지에 내 에너지를 더하고 그들의 에너지를 흡수하는 게 어떤 건지 이해할 수 있었다. 무대 앞에서는 흥분이 고조되면 걷는다거나 춤춘다기보다는 소용돌이 속으로 빨려 들어가는 것만 같았다.

애덤이 연주를 마쳤을 때 나는 애덤만큼이나 숨이 가쁘고 땀을 흘렸다. 나는 다른 사람들이 애덤에게 몰려가기 전에 무대 뒤로 인사하러 갈 수도 있었지만 가지 않았다. 나는 공연 뒤에 언제나 그러듯이 애덤이 클럽의 플로어로 내려와 청중을 만날 때까지 기다렸다. 그리고 애덤이 목덜미에 수건을 걸치고 생수 병에 입을 대고 물을 마시며 나오자, 애덤의 품으로 뛰어들어 모두가 지켜보는 앞에서 애덤에게 진하게 키스했다. 애덤이 키스에 호응하면서 웃는 게 느껴졌다.

"아하, 데비 해리한테 완전히 영감받았잖아?" 애덤이 입술 아래 묻은 립스틱을 닦아내며 말했다.

"그런 거 같아. 넌? 완전히 모차르트가 된 기분이야?"

"내가 모차르트에 대해서 아는 건 영화에서 본 게 전부야. 하지만 색마였다는 건 알거든? 이런 키스까지 했는데 아닐 수가 없지. 이제 갈래? 지금 챙기면 나갈 수 있어."

"아니, 마지막 공연까지 있자."

"**진짜?**" 애덤이 놀라서 눈썹을 치켜세우며 물었다.

"응. 너랑 무대 앞으로 나갈 수도 있는데."

"술 마셨어?" 애덤이 놀렸다.

"주스밖에 안 마셨어." 내가 대꾸했다.

우리는 클럽이 문을 닫을 때까지 가끔 진한 키스를 나누며 춤을 추었다.


집으로 돌아오는 길에 애덤은 운전을 하면서도 내 손을 잡고 있었다. 애덤은 여러 번 나를 돌아보고 고개를 절레절레 흔들며 빙긋 웃었다.

"이런 내가 좋아?" 내가 물었다.

"흠." 애덤이 대답했다.

"그렇다는 거야, 아니라는 거야?"

"물론 널 좋아하지."

"아니, 이런 거 말이야. 오늘 밤의 내가 좋았냐고."

애덤이 똑바로 앉았다. "네가 공연에 몰입하고, 얼른 자리를 뜨고 싶어하지 않아서 좋았어. 그리고 너랑 춤추는 게 좋았어. 그리고 네가 우리 날라리들하고 같이 있는 걸 편안해하는 게 정말 좋았어."

"하지만 이런 내가 좋았냐고. 더 좋았냐고."

"뭐보다?" 애덤이 물었다. 정말로 영문을 모르겠다는 표정이었다.

"평소보다." 슬슬 짜증이 나기 시작했다. 나는 오늘 밤 아주 대담해진 기분이었다. 핼러윈 의상이 내게 새로운 인격을 부여한 것 같았다. 애덤을 가질 자격이 있는 것 같았다. 우리 가족을 가질 자격이 있는 것 같았다. 나는 그걸 애덤에게 설명하려고 했는데, 어처구니없게도 거의 울먹이고 있었다.

애덤은 내가 마음이 상했다는 걸 눈치챈 모양이었다. 벌목 도로에 차를 대고 나를 돌아보았다. "미아, 미아, 미아." 애덤이 가발에서 삐져나온 내 머리칼 한 가닥을 쓰다듬으며 말했다. "이게 내가 좋아하는 너야. 분명 넌 더 섹시하게 차려입었고, 금발이고, 그건 다른 모습이지. 하지만 오늘 밤의 넌 어제 내가 사랑한 너와 같은 사람이고, 내일 내가 사랑할 너와 같은 사람이야. 나는 네가 섬세하면서도 강인하고, 조용하면서도 화끈해서 좋아. 아, 정확히 말하자. 넌 내가 아는 제일 펑키한 여자야. 네가 무슨 음악을 듣든, 무슨 옷을 입든."

그후 애덤의 애정에 의구심이 들 때면 나는 벽장에서 먼지만 쌓여가는 내 가발을 생각했다. 그러면 그날 밤의 추억이 떠올랐다. 그러면 불안하지 않았다. 행운이라는 생각이 들 뿐이었다.

# 7:13 p.m.

그가 왔다.

나는 친척들에게서 좀 떨어져 있고 싶었다. 그리고 중환자실과 그 간호사, 더 구체적으로는 그 간호사가 말한 것, 그리고 지금 내가 이해하고 있는 그것에서 좀더 멀리 떨어져 있고 싶었다. 그래서 산부인과 병동의 빈 병실에서 시간을 보내고 있었다. 사람들이 슬퍼하지 않는 곳, 죽음이 아니라 생명에 관한 생각이 머무는 곳에 있어야만 했다. 그래서 여기로, 울어대는 아기들의 나라로 왔다. 신생아들의 울음소리는 실제로 위안이 되었다. 아기들은 벌써부터 투지가 대단하다.

하지만 지금 이 방은 조용하다. 그래서 나는 창턱에 앉아 밤이 내린 바깥을 내다보고 있다. 자동차 한 대가 끼익 바닥을 긁으며 주차장으로 들어서는 소리가 나를 공상에서 흔들어 깨웠다. 그때 마침 분홍색 자동차의 미등이 어둠 속에서 꺼지는 게 어렴풋이 보였다. 분홍색 닷지 다트다. 슈팅스타의 드러머 리즈의 애인 세라의 차다. 나는 숨죽이며 애덤이 터널 밖으로 나오길 기다렸다. 그리고 지금 그가 겨울밤 추위에 가죽 재킷을 단단히 여미고 경사로를 걸어 올라오고 있다. 투광조명 불빛에 지갑 체인이 반짝이는 게 보였다. 애덤이 걸음을 멈추더니 등을 돌려 뒤에 오는 누군가에게 말을 건넸다. 어둠 속에서 부드러운 여자 형체가 나오는 게 보였다. 처음에는 리즈일 거라고 생각했다. 그런데 다음 순간 땋은 머리가 보였다.

그녀를 와락 끌어안고 싶어졌다. 늘 내게 필요한 것이 무엇인지 나보다 한 발 앞서 생각해주는 게 고맙다.

당연히 킴은 전화로 소식을 전하는 대신 애덤을 직접 찾아가 말하고, 여기로, 내게로 애덤을 데려왔을 것이다. 킴은 애덤이 포틀랜드 시내에서 공연한다는 걸 알고 있었다. 분명 엄마를 졸라 시내까지 차로 들어가자고 했을 거다. 셰인 부인이 보이지 않는 걸로 보아 집으로 돌아가라고, 애덤과 나와 같이 있게 해달라고 어머니를 설득한 게 분명하다. 킴은 삼촌과 헬리콥터를 탈 수 있도록 허락을 받는 데도 두 달이나 걸렸다. 그런 킴이 불과 몇 시간 만에 이 정도의 해방을 쟁취했다는 것이 몹시 놀랍다. 애덤을 찾아, 클럽 문 앞의 덩치들과 힙스터*들을 헤치고 들어갔을 킴, 그리고 애덤에게 이 힘겨운 이야기를 전했을 킴.

말도 안 되는 소리처럼 들리겠지만 그 일을 맡은 게 내가 아니어서 기쁘다. 나는 차마 전하지 못했을 것이다. 킴은 그걸 해내야 했다.

---

* 최신 유행을 좇는 부류 또는 전형적인 차림새를 하고 밴드 등과 같이 어울려 다니는 열혈 팬들.

그리고 지금, 킴 덕분에 애덤이 여기 왔다.

종일 나는 애덤의 도착을 상상했다. 그 상상 속에서 나는 뛰어가 애덤을 맞았다. 그가 나를 볼 수 없다고 해도. 그리고 지금까지의 상황으로 보아 〈사랑과 영혼〉과는 전혀 딴판으로, 사랑하는 이들이 나의 존재를 느낄 수 있도록 내가 그들의 몸을 통과해 지나갈 수 없다고 해도.

하지만 막상 애덤이 오자 나는 얼어붙었다. 애덤을 보기가 두려웠다. 그의 얼굴을 보기가 두려웠다. 나는 애덤이 우는 걸 두 번 보았다. 한 번은 같이 〈멋진 인생〉을 봤을 때였다. 또 한 번은 시애틀 기차역에 있을 때였는데 어떤 엄마가 다운증후군인 자기 아들에게 소리를 지르며 찰싹 때리는 걸 보고 난 후였다. 애덤은 조용해졌고, 우리가 그들을 지나쳐 걸을 때 나는 그의 뺨에 흘러내리는 눈물을 보았다. 마음이 너무 아팠다. 만일 애덤이 운다면 나는 정말 죽을 것 같다. 내 선택 따위가 아니더라도 애덤의 눈물을 보는 것만으로도 나는 죽을 것이다.

나는 못 말리는 겁쟁이다.

벽시계를 건너다보았다. 일곱시가 넘었다. 슈팅스타는 결국 비키니의 오프닝 공연을 하지 못하겠구나. 안타까웠다. 슈팅스타에게는 엄청난 기회인데. 나는 잠시, 밴드 멤버들이 애덤 없이 공연을 할까 생각해보았다. 그럴 가능성은 거의 없다. 애덤이 리드 보컬에 리드 기타이기 때문만은 아니다. 이 밴드에는 모종의 규칙 같은 게 있다. 감정에 충실한 것이 중요하다. 지난여름 리즈가 세라와 헤어진 뒤(결별은 결국 한 달밖에 안 갔지만) 연주하는 걸 너무 힘겨워하자 밴드는 오 일간의 투어를 취소했다. 다른 밴드의 드러머 고든이 리즈 대신 연주를 하겠다고 자청했는데도.

나는 애덤이 병원 정문으로 걸어가고 킴이 그 뒤를 따르는 걸 지켜보았다. 자동문으로 들어오기 직전 애덤이 하늘을 우러러보았다. 그는 킴을 기다리고 있지만 나는 애덤이 나를 찾고 있다고 생각하고 싶다. 불빛에 비친 그의 얼굴은 무표정하다. 마치 누군가 그의 인격을 송두리째 진공청소기로 뽑아내고 가면만 남겨놓은 것 같다. 애덤이 애덤 같지 않다. 하지만 적어도 울고 있진 않다.

그래서 그에게 가볼 용기가 생겼다. 아니, 나에게, 중환자실에. 애덤이 가보려는 곳이 거기라는 걸 알기에. 애덤은 할머니 할아버지와 우리 사촌들을 아니까 나중에 대기실에서 함께 밤을 새울 것이다. 하지만 지금 당장은 나를 만나러 여기 와 있다.


돌아와보니 여전히 중환자실의 시간은 고요히 멈추어 있었다. 나를 수술한 외과의 중 한 사람—땀을 많이 흘리고, 자기 차례가 되자 록 밴드 위저의 앨범을 빵빵 틀어놓았던 사람―이 나를 살펴보고 있었다.

불빛은 흐릿하고 인공적이다. 그리고 조도는 늘 같다. 그런데도 하루의 주기는 어김없이 찾아와 밤의 정적이 내려앉는다. 지금은 낮 시간처럼 분주하지 않다. 간호사와 기계 들도 이젠 좀 지친 듯, 모두 절전 모드가 된 듯하다.

중환자실 밖에서 애덤의 목소리가 울려 퍼지자 모두가 잠을 깼다.

"들어갈 수 없다니요?" 애덤이 큰 소리로 말했다.

나는 중환자실을 가로질러 가서 자동문 앞에 섰다. 문밖의 남자 보조원이 애덤에게 중환자실 안으로 들어갈 수 없다고 설명하는 소리가 들렸다.

"개소리!" 애덤이 소리쳤다.

일제히 문 쪽을 내다보는 병동 안 간호사들의 무거운 눈이 경계의 빛을 띠었다. 그들은 분명 이렇게 생각할 것이다. 이 안에서 감당해야 할 일만으로도 버거운데 우리가 바깥의 미친 사람까지 진정시켜야 하나? 나는 애덤이 미친 게 아니라고 설명하고 싶었다. 애덤은 아주 특수한 경우 외에는 결코 소리를 지르지 않는다고.

환자를 직접 돌보는 대신 컴퓨터와 전화기를 확인하며 앉아 있는 머리칼이 희끗한 중년의 간호사가 고개를 살짝 *끄덕*이며 마치 후보 지명을 수락하는 사람처럼 일어섰다. 그녀는 주름 잡힌 하얀 바지를 펴며 일어서더니 문으로 갔다. 저 간호사는 애덤과 이야기하기에 적당한 사람이 아니다. 우리 할머니 할아버지를 안심시킨(그리고 나를 놀라게 한) 라미레스 간호사를 보내라고 말할 수 있으면 좋을 텐데. 그녀라면 애덤을 진정시킬 수 있을 것이다. 하지만 중년의 간호사는 일을 더 꼬이게 할 것이다. 나는 그녀를 따라 자동문을 지나 애덤과 킴이 보조원과 승강이하고 있는 곳으로 갔다. 보조원이 간호사를 쳐다봤다. "여기에 출입할 수 없다고 말했습니다." 그가 설명했다. 간호사가 손짓으로 그를 물리쳤다.

"무슨 일로 왔나요, 학생?" 간호사가 애덤에게 물었다. 그녀의 목소리에서 짜증과 조바심이 묻어났다. 정년이 보장되어 있어 퇴직할 날만 손꼽아 기다리고 있다는 아빠의 동료 교사들 같다.

애덤이 진정하려 애쓰며 목소리를 가다듬었다. "환자를 만나고 싶습니다." 그가 자신과 중환자실 사이를 가로막고 있는 자동문을 몸짓으로 가리키며 말했다.

"미안하지만 그건 불가능합니다." 간호사가 대답했다.

"하지만 제 여자친구 미아가……"

"환자는 잘 간호받고 있어요." 간호사가 말을 끊었다. 그녀의 목소리가 몹시 피로하게 들렸다. 그녀는 연민을 느끼기에는, 젊은이들의 사랑에 감동하기에는 너무 지쳐 있었다.

"그 점은 잘 알고 있습니다. 그리고 감사하게 생각하고요." 애덤이 말했다. 그는 간호사의 규칙대로 행동하려고, 어른스럽게 말하려고 최선을 다하고 있었지만 그의 목소리로 감정이 북받치고 있다는 걸 알 수 있었다. "전 정말 미아를 만나야 해요."

"미안해요, 학생. 하지만 면회는 직계가족으로 제한되어 있어요."

애덤이 숨을 들이쉬는 소리가 들렸다. **직계가족**. 간호사는 잔인하게 굴려는 게 아니었다. 사정을 전혀 모르는 것뿐인데, 애덤이 그걸 알 리 없다. 애덤을 보호해야 한다는 생각이 들었다. 애덤이 무슨 짓을 할지 모르니 간호사도 보호해야 한다는 생각이 들었다. 나는 무심코 애덤을 향해 손을 내밀었지만 그를 만질 수가 없었다. 지금 애덤은 내게 등을 보이고 있다. 어깨가 움츠러들고 다리가 휘청이기 시작했다.

벽 근처에서 서성이던 킴이 급히 애덤의 곁으로 가서 무너져 내리는 애덤의 몸을 두 팔로 감쌌다. 두 팔을 애덤의 허리에 두르고 간호사를 돌아보는 킴의 눈이 분노로 타올랐다. "아무것도 모르면서!" 킴이 외쳤다.

"내가 꼭 경비를 불러야겠어요?" 간호사가 말했다.

애덤이 간호사에게 항복하며 킴에게 한 손을 내저었다. "그러지 마." 애덤이 킴에게 속삭였다.

킴이 물러섰다. 더는 아무 말도 하지 않고 애덤의 팔을 자신의 어깨에 두르고 애덤의 무게를 지탱했다. 애덤은 킴보다 키가 1피트쯤 더 크고, 몸무게는 50파운드나 더 나간다. 킴은 잠시 휘청했지만 금세 더해진 부담에 적응했다. 그리고 그 부담을 지고 갔다.

킴과 나는 세상의 모든 것을 두 부류로 나눌 수 있다는 지론을 가지고 있다.

세상에는 클래식을 좋아하는 사람이 있고 팝을 좋아하는 사람이 있다. 도시 사람이 있고 시골 사람이 있다. 코카콜라를 마시는 사람이 있고 펩시콜라를 마시는 사람이 있다. 체제 순응적인 사람이 있고 자유로운 사고를 지닌 사람이 있다. 동정을 간직한 사람과 그렇지 않은 사람이 있다. 그리고 고등학교에는 남자친구가 있는 여자애들과 없는 여자애들이 있다.

킴과 나는 언제나 우리 둘 다 후자에 속한다고 생각했다. "우리가 마흔 먹은 숫처녀로 늙을 것도 아닌데 뭐." 킴은 이렇게 위안했다. "우리는 그냥 대학에 가서야 남자친구가 생기는 유형일 거야."

나는 언제나 그 말이 맞다고 생각했고, 심지어 그편이 더 좋았다. 고등학교 때 남자친구가 있는 무리에 속했던 엄마는 그때 시간을 낭비하지 말걸, 하고 자주 말했다. "떡이 되도록 술을 퍼마신다든지, 카우 티핑*을 하러 간다든지, 픽업트럭 뒷좌석에서 키스한다든지, 뭐 그런 건 여자애들한테는 사실 한두 번이면 족하거든. 내가 사귀었던 남자애들은 그래도 꽤 괜찮았어. 적어도 낭만적이었으니까."

반면에 아빠는 대학에 들어갈 때까지 데이트를 하지 않았다. 고등학교에 다닐 때는 소심했던 아빠가 대학에서 드럼을 치기 시작했고, 대학 1학년 때 펑크 밴드에 가입하면서 갑자기 여자친구가 줄을 이었다. 엄마를 만나기까지 적어도 몇 명은 만났고 그러다가 갑자기 결혼을 했다. 난 나도 아빠와 비슷한 길을 가게 될 거라고 생각했다.

그래서 내가 남자친구가 있는 여자애들 부류에 들게 된 건 킴에게도 내게도 놀라운 일이었다. 처음에는 킴에게 숨기려고 했다. 요요마 음악회에 다녀온 날 밤, 나는 킴에게 자세한 내용은 빼고 대충 얼버무렸다. 키스에 대해서는 말하지 않았다. 그리고

---

* '서서 자는 소를 재미 삼아 넘어뜨리는 장난'으로 알려져 있으나 소들이 서서 잔다는 것은 근거 없는 속설로 밝혀졌다.

이런 생략에 대해 스스로 이유를 갖다 붙였다. 키스 한 번 가지고 야단법석 떨 필요 없어. 키스 한 번 했다고 그게 연애는 아니니까. 전에도 남자애들하고 키스한 적이 있지만 대개 다음 날이면 그 일은 햇살 아래 이슬방울처럼 증발해버렸잖아.

하지만 애덤과의 키스가 정말로 일대 사건이라는 건 알았다. 애덤이 나를 집에 내려주고 문 앞에서 한 번 더 키스한 뒤 그날 밤 내 온몸에 흐르던 따스한 느낌 때문이다. 나는 베개를 끌어안고 새벽까지 뒤척였다. 다음 날 거의 먹지도 못했고, 자꾸 얼굴에 떠오르는 웃음을 지울 수도 없었다. 나는 그 키스가 문이었음을, 내가 그 문을 통과했음을 깨달았다. 그리고 킴을 반대쪽에 남겨두고 왔다는 것도.

일주일 후, 그리고 기습 키스를 몇 번 당하고 난 후 나는 킴에게 말해야 한다고 느꼈다. 우리는 방과 후에 커피를 마시러 갔다. 5월이었지만 11월처럼 비가 억수같이 쏟아지던 날이었다. 고백을 해야 한다는 사실에 다소 숨이 막혔다.

"내가 살게. 넌 멋 부린 커피로 할 거지?" 그것은 우리가 정해놓은 또 다른 범주였다. 세상에는 커피를 평범하게 마시는 사람과 킴이 아주 좋아하는 민트칩 라테처럼 한껏 멋을 부린 카페인 음료를 마시는 사람이 있다.

"시나몬 스파이스 차이 라테를 마셔볼까봐." 킴이 단호한 표정을 지으며 말했다. 마치 이렇게 주장하는 듯이. 나는 내 커피 취향을 부끄러워하지 않을 거야.

나는 커피와 매리언베리 파이 한 조각을 사고 포크 두 개를 챙겼다. 그러고는 킴의 맞은편에 앉아서 바삭바삭한 파이의 물결 모양 가장자리를 포크로 훑었다.

"할 말이 있어." 내가 말했다.

"남자친구가 생겼다는 그런 거?" 킴의 목소리는 경쾌했다. 나는 눈을 내리깔고 있었지만 킴이 눈을 흘기고 있다는 걸 알 수 있었다.

"어떻게 알았어?" 킴과 눈을 마주치며 내가 물었다.

킴이 다시 한번 눈을 흘겼다. "좀! 다들 알고 있어. 멜러니 패로가 임신해서 학교를 그만둔 이후 제일 충격적인 가십이거든. 민주당 대통령 후보가 공화당 대통령 후보랑 결혼하는 거나 마찬가지니."

"결혼은 무슨, 누가 그래?"

"비유가 그렇다는 거야." 킴이 말했다. "어쨌든 난 안다고. 난 네가 알기 전부터 알았어."

"말도 안 돼."

"왜 이래. 애덤 같은 애가 요요마 음악회에 간다고? 너한테 잘 보이려고 작정한 거지."

"그런 거 아냐." 말은 그렇게 했지만, 전적으로 맞는 이야기였다.

"난 네가 왜 좀더 일찍 말해주지 않았는지 이유를 모르겠어." 킴이 낮은 목소리로 말했다.

나는 키스 한 번 했다고 연애라고 할 순 없다고 일장 연설을 하고 그 일을 엄청나게 확대하고 싶지 않았다고 설명하려 했지만 그만뒀다. "네가 나한테 화낼까봐." 나는 인정했다.

"화나지 않았어. 하지만 나한테 또 거짓말하면 그땐 화낼 거야."

"알았어."

"네가 노상 남자친구만 쫓아다니거나 일인칭 복수로 말하는 애로 변해도 화낼 거야. 우린 겨울을 좋아해. 우린 벨벳 언더그라운드가 크게 뜰 거라고 봐, 이런 식으로 말이야."

"내가 록 얘기 안 할 거라는 건 알잖아. 일인칭 단수, 아니면 그냥 복수. '우리'만 아니면 되는 거지? 약속할게."

"좋아." 킴이 대답했다. "만약에 네가 그런 애로 변하면 총으로 쏴버릴 거야."

"그렇게 변하면 내가 너한테 총을 갖다 줄게."

그 말에 킴이 깔깔 웃었고 긴장은 풀어졌다. 킴은 파이 한 덩이를 입에 우겨 넣었다. "너희 부모님 반응은 어때?"

"아빠는 단 하루 만에 애도의 5단계를 다 거쳤어. 부정, 분노,

수용, 뭐 그런 거 있잖아. 내 생각엔 아빠가 딸한테 남자친구가 생길 만큼 자기가 나이 들었다는 데에 더 충격을 받은 거 같아." 나는 커피를 한 모금 마신 뒤 말을 멈추고 **남자친구**라는 말이 허공에 떠돌도록 기다렸다. "그리고 내가 뮤지션과 데이트하는 걸 믿을 수 없다고 했어."

"너도 뮤지션이잖아." 킴이 일깨워주었다.

"펑크나 팝 뮤지션 말야."

"슈팅스타는 이모코어*지." 나와 달리 킴은 펑크, 인디, 얼터너티브, 하드코어, 이모코어 등 팝의 자세한 장르 구분에 신경을 썼다.

"그냥 과장인 거 같아. 나비넥타이 맨 아빠로서 하는 말, 뭐 그런 거 있잖아. 아빠는 애덤이 마음에 드는 거 같아. 음악회 가려고 날 데리러 왔을 때 애덤을 만났거든. 이젠 같이 저녁 먹게 데려오래. 겨우 일주일밖에 안 됐는데. 아직 부모님까지 만나게 할 준비는 안 됐어."

"난 그것만큼은 평생 준비가 안 될 거 같아." 킴이 그 생각에 몸서리를 쳤다. "너희 엄마는?"

"엄마는 날 '가족계획연맹'에 데려가겠다고 하던걸. 피임약

---

* 하드코어록에서 파생된 것으로 멜로디가 좀더 감성적이다.

받으라고. 그리고 애덤한테 무슨 질병은 없는지 검사를 받으라고 하라는 거야. 그 전까지는 당분간 콘돔을 쓰라고 명령하고. 필요한 만큼 사라고 10달러를 주기까지 했어."

킴이 헉 하고 놀랐다. "그래서 샀어?"

"아니. 일주일밖에 안 됐다니까. 그 점에선 아직 너랑 같은 그룹이야."

"일단 지금은 그렇지." 킴이 말했다.


킴과 나만의 범주 가운데 또 하나는 쿨하려고 애쓰는 사람과 아닌 사람이었다. 난 이 범주에서만큼은 애덤, 킴, 내가 같은 그룹에 속한다고 생각했다. 애덤은 쿨하지만 쿨하려고 애쓰지는 않기 때문이다. 애덤은 노력하지 않아도 쿨하다. 그래서 나는 우리 세 사람이 최고의 친구가 될 수 있다고 생각했다. 나는 애덤이 내가 사랑하는 사람들을 나만큼 사랑하기를 바랐다.

우리 가족과는 그게 가능했다. 애덤은 사실상 우리 집의 셋째 아이가 되었다. 하지만 킴과는 결코 그렇게 되지 않았다. 애덤은 '저런 남자는 나 같은 여자를 이렇게 대하겠지' 하고 내가 늘 상상했던 식으로 킴을 대했다. 킴에게 잘해주긴 했다. 예의 바르고 친절했지만 거리를 두었다. 애덤은 킴의 세계로 들어가거나 킴의 신뢰를 얻으려 하지 않았다. 난 애덤이 킴을 그다지 쿨하지 않다고 생각하는 것 같아서 화가 났다. 석 달쯤 만났을 때 우리는 이 문제로 크게 다퉜다.

"나는 킴하고 사귀는 게 아냐. 너하고 만나는 거지." 킴에게 별로 잘해주지 않는다고 내가 비난하자 애덤이 말했다.

"그게 뭐? 너 친구로 지내는 여자애들 많잖아. 왜 킴은 거기에 포함하지 않는데?"

애덤이 어깨를 으쓱했다. "모르겠어. 그냥 아직 아닌 걸 어떡해."

"이 속물!" 갑자기 화가 치밀었다.

애덤이 눈썹을 찡그리며 나를 바라보았다. 내가 마치 풀어야 할 칠판 위의 수학 문제라도 되는 듯. "그렇다고 내가 속물이야? 우정을 강요할 수는 없어. 킴과 나는 별로 공통점이 없다구."

"그래서 속물이라는 거야! 넌 너하고 비슷한 사람만 좋아하잖아." 내가 소리쳤다. 나는 화가 나서 자리를 박차고 나왔다. 애덤이 뒤쫓아오면서 용서해달라고 애걸할 거라고 생각했지만 애덤은 그러지 않았다. 내 분노는 배가되었다. 나는 화를 삭이기 위해 자전거를 타고 킴의 집으로 갔다. 킴은 내가 쏟아내는 신랄한 비난을 들으면서 무덤덤한 표정을 지었다.

"애덤이 자기 같은 사람만 좋아한다니 말도 안 돼." 내가 다 쏟아내고 나자 킴이 나를 나무랐다. "애덤은 네가 애덤 같은 애가 아닌데도 널 좋아하잖아."

"그게 문제야." 내가 중얼거렸다.

"뭐, 그럼 맞서서 해결해. 네 드라마에 날 끌어들이지 말고." 킴이 말했다. "게다가 나도 애덤하곤 코드가 잘 안 맞아."

"안 맞는다고?"

"안 맞아, 미아. 모두가 애덤한테 껌뻑 죽는 건 아니야."

"그런 뜻이 아니라, 난 그냥 너희 두 사람이 친구가 되었으면 좋겠어."

"아 그렇게 따지면 난 뉴욕에 살고 싶고, 부모님도 좀 평범했으면 좋겠다. 그런 말도 있잖아. '바라는 걸 다 가질 순 없다.'"

"하지만 너희는 내 인생에서 제일 중요한 두 사람이란 말야."

킴은 눈물로 얼룩지고 빨개진 내 얼굴을 보더니 표정을 누그러뜨리며 부드러운 미소를 지었다. "우리도 알아, 미아. 하지만 애덤하고 나는 네 인생에서 각기 다른 부분이야. 음악과 내가 네 인생에서 각기 다른 부분을 차지하는 것처럼 말야. 그래도 괜찮잖아. 둘 중 하나를 선택해야 하는 건 아냐. 적어도 내 입장은 그래."

"하지만 난 그 부분들이 어울렸으면 좋겠어."

킴이 고개를 저었다. "그런다고 되는 게 아냐. 들어봐, 난 애덤을 받아들였어. 네가 좋아하니까. 그리고 애덤도 나를 받아들였다고 생각해. 네가 나를 좋아하니까. 네 기분이 조금이라도 나아진다면 이렇게 말할 수도 있어. 네 애정이 우리 둘을 하나로 이어주고 있다고. 그걸로 충분해. 나하고 애덤이 서로 좋아해야 할 필요는 없는 거야."

"하지만 난 두 사람이 서로 좋아하길 바라는데." 내가 울먹였다.

"미아." 나를 부르는 킴의 목소리에는 인내심이 한계에 이르렀다는 경고의 날이 서 있었다. "너, 그 계집애들처럼 굴려고 한다. 총 가지고 올까?"

그날 밤, 나는 미안하다고 말하려고 애덤의 집에 들렀다. 애덤은 내 사과를 받아들이면서도 약간 어리둥절한 듯 내 콧잔등에 키스했다. 아무것도 변하지 않았다. 애덤과 킴은 내가 두 사람에게 서로를 얼마나 칭찬하든, 계속 예의 바르지만 데면데면한 사이였다. 우습게도 나는 두 사람이 나를 통해 이어져 있다는 킴의 생각을 방금 전까지는, 킴이 애덤을 부축해 병원 복도 안쪽으로 데려가는 모습을 볼 때까지는 제대로 이해하지 못하고 있었다는 걸 깨달았다.

## 8:12 p.m.

나는 킴과 애덤이 복도 저편으로 사라지는 걸 지켜보았다. 난 두 사람을 따라가고 싶었지만 바닥에 접착제로 붙여놓은 듯 내 유령 같은 다리가 움직이지 않았다. 두 사람이 모퉁이를 돌아 사라진 다음에야 나는 정신을 차리고 두 사람을 쫓아갔지만 둘은 이미 엘리베이터 안으로 사라지고 없었다.

내게 초능력 같은 건 없다는 걸 이제 깨달았다. 벽을 통과하고 공중을 떠다니거나 계단통으로 급강하할 수 없다. 나는 그저 현실의 삶에서 내가 할 수 있었던 일을 할 수 있을 뿐이다. 다만 내가 지금 내 세계에서 하는 일이 다른 사람들에게 보이지 않는다는 것만 다를 뿐. 내가 문을 열거나 엘리베이터 단추를 눌러도 아무도 되돌아보지 않으니, 내 생각에는 그런 것 같다. 사물을 만질 수 있고 문손잡이를 돌리는 것도 할 수 있지만, 나는 무엇도, 누구도 느낄 수가 없다. 마치 모든 걸 어항 너머로 경험하는 것만 같다. 이해가 잘 안 되지만 생각해보면 오늘 일어난 일 중에 이해가 되는 일은 거의 없다.

킴과 애덤이 대기실로 가서 밤을 새우는 친척들과 합류할 거라고 생각했지만 그리 가보니 친척들은 없었다. 코트와 스웨터만 의자에 쌓여 있었다. 사촌 헤더의 밝은 주황색 다운재킷이 보였다. 헤더는 시골에 사는데 숲에서 하이킹하는 걸 좋아해서, 술 취한 사냥꾼들이 자신을 곰으로 착각하지 않게 하려면 형광색을 입어야 한다고 말했다.

벽시계를 보니 저녁 시간이었다. 나는 다시 복도를 걸어 카페 테리아로 가보았다. 모든 구내 식당이 그렇듯 튀김과 삶은 야채의 불쾌한 냄새가 가득했다. 식욕을 떨어뜨리는 냄새에도 사람들로 북적였다. 테이블마다 짧은 흰 가운 차림의 의사와 간호사, 긴장한 기색이 역력한 의대생 들이 앉아 있었다. 그들 모두 너무 반짝여서 장난감처럼 보이는 청진기를 목에 걸고 있었다. 모두가 접시도 없이 상자에서 바로 피자를 꺼내 먹고 냉동 건조한 매시드포테이토를 먹었다. 한참 뒤에야 테이블 하나에 옹기종기 모여 앉은 친척들을 찾아냈다. 할머니가 헤더와 이야기를 나누고 있었다. 할아버지는 손에 든 칠면조 샌드위치를 뚫어져라 보고 있었다.

케이트 고모와 다이앤 고모는 구석에 앉아 속삭이고 있었다. "몇 군데 찢어지고 멍들고. 병원에서 벌써 퇴원했더라고." 케이트 고모가 말했다. 잠시 나는 고모가 테디에 대해 말한다고 생각하고 너무나 흥분해서 울음을 터뜨릴 뻔했다. 하지만 고모는 곧이어, 그의 몸에서 알코올이 나오지 않았고, 우리 차가 그 사람의 차로로 미끄러져 들어갔으며, 딘랩 씨라는 사람이 미처 차를 멈출 시간이 없었다고 말했다는 이야기를 했다. 그제야 나는 이것이 테디에 관한 이야기가 아니라는 사실을 깨달았다. 다른 운전자 얘기였다.

"경찰은 눈 때문이거나, 아니면 사슴을 피해 방향을 바꾸다 사고가 났을 거라고 하던데." 케이트 고모가 말을 이었다. "그리고 이런 결과가 나오는 경우가 꽤 흔하대. 한쪽은 멀쩡한데 다른 한쪽은 끔찍한 부상을 입기도 하는 거……" 고모는 말끝을 흐렸다.

겉으로 보이는 부상이 가볍다 해도 던랩 씨가 "멀쩡하다"고 말할 수 있는지 나는 모르겠다. 어느 화요일 아침 잠에서 깨어 자기 트럭에 올라타 제재소나 사료 가게로 출근하던 길이거나, 아니면 계란 프라이를 먹으려고 로레타 식당에 가던 길이었을 던랩 씨의 심정은 어떨까. 아이가 있을 수도 독신일 수도 있고, 아주 행복하거나 아니면 완전히 비참한 삶을 살지도 모르는 던랩 씨. 하지만 오늘 아침에 그가 어떤 사람이었든 그는 더이상 같은 사람이 아닐 것이다. 그의 인생도 돌이킬 수 없이 변해버렸다. 고모의 말이 사실이라면, 충돌이 그의 잘못이 아니라면, 그는 엉뚱한 시간에 엉뚱한 곳에 있었던, 킴의 표현을 쓰자면 "가련한 얼간이"일 뿐이다. 그리고 그 불운 때문에, 그리고 그가 오늘 아침 자기 트럭을 몰고 동쪽 방향으로 가는 27번 도로를 탔기 때문에 두 아이가 부모를 잃었고 적어도 둘 중 하나는 지금

위중한 상태이다.

그런 기억을 안고 어떻게 살 수 있지? 잠시 나는 몸이 회복되어 여기서 나가 던랩 씨의 집으로 찾아간 다음 그의 부담을 덜어주고 그의 잘못이 아니었다고 안심시키는 상상을 해보았다. 어쩌면 우리는 친구가 될 수 있을지도 모른다.

물론 그렇게 되지는 않을 것이다. 만난다 해도 어색하고 슬플 것이다. 게다가, 나는 어떤 결정을 내려야 할지 전혀 모르겠다. 무엇보다도 이 세상에 남을지 말지를 어떻게 결정해야 하는 건지 아무런 실마리가 없다. 그걸 알아낼 때까지는 모든 걸 운명이든 의사든, 아니면 다른 누구에게든 맡겨야 할 것이다. 엘리베이터를 탈지 계단으로 올라갈지 결정해야 할 사람이 갈피를 못 잡고 있을 때 누군가 대신 결단을 내려주기도 하는 것처럼.

애덤이 필요했다. 나는 애덤과 킴을 마지막으로 한 번 더 찾아보았지만, 두 사람은 여기에 없다. 나는 다시 중환자실로 올라갔다.


중환자실에서 복도 몇 개를 지나면 나오는 외상 병동에서 두 사람을 발견했다. 두 사람은 애써 태연한 척하며 물품 벽장들의 문이 잠겼는지 확인해보고 있었다. 마침내 잠기지 않은 벽장을 찾아낸 두 사람은 그 안으로 들어갔다. 두 사람은 어둠 속에서 더듬거리며 전등 스위치를 찾았다. 미안하지만 스위치는 저 바깥에, 복도에 있는데.

"이런 일이 영화 밖에서도 정말 가능한 건지 모르겠어." 킴이 벽을 더듬으며 애덤에게 말했다.

"허구는 모두 현실에 바탕을 둔 거야." 애덤이 말했다.

"넌 전혀 의사처럼 보이지 않아." 킴이 말했다.

"나는 잡역부를 생각하고 있었는데. 관리인이나."

"잡역부가 중환자실에 들어갈 일이 뭐가 있어?" 킴이 물었다. 킴은 이런 세부 사항을 따지고 들길 좋아했다.

"전구가 깨졌겠지. 나도 몰라. 다 하기 나름이지 뭐."

"왜 친척들한테 바로 안 가는지 난 아직도 이해가 안 돼." 킴이 말했다. 늘 그렇듯 실용적이다. "미아의 할머니 할아버지가 설명하시면 미아를 보러 들어갈 수 있을 텐데."

애덤이 고개를 저었다. "그 간호사가 경비원을 부르겠다고 협박했을 때 제일 처음 든 생각은 '그냥 미아네 부모님에게 전화해서 말해야겠다'였어." 애덤이 말을 멈추고 몇 번 숨을 들이마셨다. "계속 그 생각이 떠나질 않아. 그리고 매번 처음처럼 고통스럽고." 그의 목소리가 잠겼다.

"알아." 킴이 속삭이듯 대답했다.

"어쨌든." 애덤이 다시 전등 스위치를 찾아 더듬거리며 말했다. "할아버지 할머니한테는 갈 수 없어. 안 그래도 많이 힘드실 텐데 나까지 짐이 될 순 없어. 이건 나 혼자 해야 하는 일이야."

할머니 할아버지는 기꺼이 애덤을 도와줄 텐데. 두 분은 애덤을 여러 번 만났고 아주 좋아한다. 언젠가 애덤이 할머니의 메이플 퍼지를 맛보고 정말 맛있다고 말한 적이 있는데, 그래서인지 할머니는 크리스마스만 되면 애덤에게 메이플 퍼지를 만들어준다.

하지만 나는 애덤이 가끔은 극적인 걸 좋아한다는 것 역시 알고 있다. 애덤은 '깜짝쇼'를 즐긴다. 내게 데이트를 신청하기 위해 이 주일 동안 피자를 배달하고 받은 팁을 모아 요요마 음악회에 데려갔던 것처럼. 내가 수두에 걸렸을 때 일주일 내내 내 방 창턱을 꽃으로 장식했던 것처럼.

지금 애덤은 눈앞의 과제에 집중하고 있다. 그가 정확히 무슨 생각을 하는지는 모르지만, 나는 그가 뭔가 계획을 짜고 있다는 것 자체가 고맙다. 중환자실 밖 복도에서 무기력해하던 애덤을 구해주었으니 말이다. 이런 모습을 전에도 본 적이 있다. 새로운 곡을 작곡하거나 내가 하지 않으려는 무언가—자기와 같이 캠핑을 가는 일 같은—를 하게 하려고 나를 설득할 때가 그랬다. 이럴 때는 아무것도, 운석이 지구와 충돌한대도, 중환자실에 누워 있는 여자친구도 그를 단념시킬 수 없다.

게다가, 무엇보다도 애덤의 전략을 필요로 하는 사람이 바로 그 중환자실의 여자친구다. 그리고 추측하건대, 그건 최근에 엄마와 같이 TNT 채널에서 본 영화 〈도망자〉에서도 나온 것처럼, 책에서 흔히 써먹는 수법이다. 나는 그 생각이 미덥지 못하다. 킴도 그런 것 같다.

"그 간호사가 널 못 알아볼 것 같아?" 킴이 물었다. "그 여자한테 소릴 질렀는데."

"날 못 보면 알아볼 필요도 없지. 너랑 미아가 어째서 단짝인지 이제 알겠다. 둘이 완전 쌍둥이야."

애덤은 셰인 부인을 만난 적이 없으니 킴에게 걱정도 팔자라고 말하는 건 싸우자는 이야기라는 걸 모른다. 킴은 그 말에 얼굴을 찌푸렸지만 져주는 게 보였다. "앞을 좀 볼 수 있다면 네 덜떨어진 그 계획이 좀더 잘 굴러가지 싶다." 킴은 가방을 뒤지더니 열 살 때부터 어머니가 들고 다니게 했던 핸드폰—킴은 그걸 "자식 추적 장치"라고 불렀다—을 꺼내 켰다. 네모난 불빛이 어슴푸레 어둠을 밝혔다.

"아하, 이제야 미아가 그렇게 자랑하던 똑똑한 킴이군." 애덤이 말했다. 애덤이 자기 핸드폰도 켜자 은은한 불빛이 벽장 안을 밝혔다.

불행히도, 불빛에 비친 작은 청소도구함 안에는 빗자루와 양동이, 대걸레 두어 개뿐이다. 애덤이 기대하는 변장을 위한 복장은 없다. 할 수만 있다면 병원에 의사와 간호사 들이 수술복과 실험실 가운으로 갈아입는 탈의실이 있다고 알려주고 싶다. 주변에 있는 유일한 병원 옷은 환자들이 걸치는 볼품없는 환자복뿐이다. 어쩌면 애덤은 아무도 눈치채지 못하게 저 옷을 입고 휠체어를 타고 복도를 돌아다닐 수는 있겠지만, 그 복장도 애덤을 중환자실에 들여보내주지는 못한다.

"젠장." 애덤이 말했다.

"계속 찾아보면 돼." 킴이 갑자기 치어리더처럼 기운을 북돋웠다. "이 병원은 10층쯤 되거든. 잠기지 않은 다른 벽장들이 분명 있을 거야."

애덤이 바닥에 주저앉았다. "맞아. 네 말이 맞았어. 이건 멍청한 짓이야. 더 나은 계획을 세워야 해."

"마약 남용 같은 걸로 가장해서 중환자실에 입원하면 되잖아." 킴이 말했다.

"여긴 포틀랜드야. 마약 남용은 잘해야 응급실일걸?" 애덤이 대답했다. "그런 거 말고, 나는 주의를 딴 데로 돌리는 걸 생각했어. 화재 경보 같은 걸 울리게 해서 간호사들이 다 뛰쳐나오게 한다든지."

"스프링클러 작동하고 간호사들이 법석을 떨면 미아한테 좋겠어?"

"아니, 그렇지 않겠지. 0.5초만이라도 간호사들이 딴 곳을 보면 내가 몰래 숨어들 수 있는 그런 게 필요한데."

"바로 찾아내서 널 내동댕이쳐버릴걸."

"상관없어. 딱 일 초면 돼."

"왜? 일 초 동안 할 수 있는 게 뭐가 있는데?"

애덤이 잠시 말을 멈추었다. 그의 눈빛, 떠돌이 개의 눈처럼 회색과 갈색과 초록색이 섞인 그의 눈빛이 어두워져 있다. "내가 여기 왔다는 걸 보여주려고. 아직 누군가 여기 있다는 걸."

킴은 더 묻지 않았다. 둘은 말없이 그 자리에 주저앉아 각자 생각에 잠겼다. 그 모습을 보니 애덤과 내가 같이 있으면서도 조용히 따로 시간을 보내던 게 떠올랐다. 나는 이제 둘이 친구가 되었다는 걸, 진짜 친구가 되었다는 걸 알았다. 무슨 일이 일어날지 모르지만, 적어도 그 바람은 이루었다.

오 분쯤 후 애덤이 자기 이마를 쳤다.

"맞아." 애덤이 말했다.

"뭐가?"

"배트 시그널*을 켜는 거야."

---

* 〈배트맨〉에서 배트맨에게 연락하기 위해 박쥐 실루엣 모양으로 공중에 투사하던 신호.

"뭐라고?"

"가자. 내가 보여줄게."

내가 첼로를 처음 시작했을 때 아빠는 여전히 밴드에서 드럼을 치고 있었다. 그러다 테디가 태어나고 두어 해 지나자 아빠의 밴드 활동은 점차 줄어들었다. 하지만 내가 처음 음악을 시작했을 때부터, 내가 좋아하는 음악을 연주하는 것에는 내 클래식 취향에 대한 부모님의 뚜렷한 당혹감 이상의 다른 문제가 있었다. 나의 음악은 고독했다. 아빠는 혼자서 몇 시간 동안 드럼을 두드려대거나, 혼자 통기타로 곡조를 퉁기며 식탁에서 곡을 쓸 수 있었다. 아빠는 곡은 연주를 할 때에야 비로소 써지는 거라고 늘 말씀하셨다. 바로 그것이 음악의 매력이라고.

첼로를 연주할 때, 나는 내 방에 혼자일 때가 많았다. 레슨 때 외에는, 대학생들과 연습할 때도 나는 주로 솔로를 맡았다. 그리고 독주나 협연을 할 때도 무대 위에서 나는 혼자였다. 내 첼로와 나 그리고 관객이 따로였다. 팬들이 열광한 나머지 무대에 뛰어 올라왔다가 폭탄을 투하하듯 다시 군중 속으로 다이빙하는 아빠의 콘서트와는 달리, 청중과 나 사이에는 언제나 벽이 있었다. 한동안 그렇게 연주를 하다보니 외로웠다. 지루하기도 했다.

8학년 봄, 나는 그만두기로 결심했다. 강박에 가까웠던 연습을 줄이고 연주회를 하지 않는 것으로 조용하게 서서히 자취를 지우기로 했다. 천천히 그만두면 가을에 고등학교에 들어갈 때쯤엔 더는 '첼리스트'로 불리지 않고 다시 시작할 수 있을 것 같았다. 그다음엔 어쩌면 기타나 베이스 같은 새 악기를 시작할 수 있을지도 몰랐다. 어쩌면 드럼을. 엄마는 테디 때문에 너무 바빠서 내 첼로 연습 시간이 얼마나 되는지 알기 어려웠고, 아빠는 새로 시작한 교직 때문에 수업안을 짜고 채점을 하느라 업무에 치였다. 나는 내가 완전히 그만둘 때까지 아무도 내가 연주를 그만둔 걸 눈치채지 못할 거라 생각했다. 아무튼 나 자신에게는 그렇게 변명했다. 하지만 사실을 말하자면 첼로를 단번에 완전히 끊으면 당장 숨이 멎을 것 같아서였다.

킴이 아니었다면 나는 정말로 첼로를 그만뒀을지도 모른다. 어느 오후, 나는 킴에게 방과 후에 시내로 나가자고 했다.

"주중이잖아. 연습 없어?" 킴이 자물쇠 번호를 돌려 사물함을 열며 물었다.

"오늘 연습 빼먹어도 돼." 나는 지구과학 책을 찾는 척하며 말했다.

"포드 피플*이 미아를 훔쳐갔나? 처음엔 연주회를 안 하더니,

이젠 연습을 다 빼먹고. 무슨 일이야?"

"나도 모르겠어." 나는 손가락으로 사물함을 두드리며 말했다. "다른 악기를 연주해볼까 해. 드럼 같은 거. 아빠 드럼 세트는 지하실에서 먼지만 뒤집어쓰고 있거든."

"아, 그거 딱이네. 네가 드럼을? 다른 사람도 아니고?" 킴이 쿡쿡 웃으며 말했다.

"진짜야."

킴은 입을 다물지 못하며 나를 쳐다보았다. 마치 내가 저녁으로 달팽이 볶음이라도 요리해주겠다고 말한 것처럼. "넌 첼로를 그만두지 못해." 너무 놀라 잠시 침묵하던 킴이 말했다.

"왜 못해?"

설명하려고 하는 킴의 표정이 힘들어 보였다. "나도 몰라. 하지만 첼로는 그냥 네 일부인 거 같거든. 난 그냥, 다리 사이에 첼로를 끼고 있지 않은 너는 상상할 수가 없어."

"바보 같아. 학교 관악대에서 연주할 수도 없고 말야. 내 말은, 그러니까 요즘 첼로를 연주하는 사람이 어딨어? 노인들이나 하지. 나 같은 여자애들이 하기엔 너무 고리타분한 악기야. 내가 너무 곰탱이 같아. 그리고 자유시간도 더 많았으면 좋겠어. 재밌

---

* 영화 〈우주의 침입자〉에 등장하는 외계인.

는 일도 해보고."

"재밌는 일, 뭐?" 킴이 응수했다.

"왜, 있잖아. 쇼핑도 하고 너하고도 놀고."

"말도 안 돼." 킴이 말했다. "쇼핑 싫어하면서. 나하고는 지금
도 실컷 놀고 있잖아. 하지만 뭐 괜찮아. 오늘 연습은 빼먹어. 너
한테 보여줄 게 있으니까." 킴은 자기 집에 날 데려가더니 너바
나의 'MTV 언플러그드' CD를 꺼내 〈Something in the Way〉
를 틀었다.

"들어봐." 킴이 말했다. "기타 연주자가 둘, 드럼 하나 그리고
첼로 연주자가 한 사람이야. 첼리스트 이름은 로리 골드스턴인
데, 모르긴 해도 이 여자도 어릴 때 내가 아는 누군가처럼 분명
하루에 두 시간씩 연습했을 거야. 필하모닉이나 너바나랑 연주
하려면 그렇게 해야 하니까. 난 아무도 감히 그녀를 '곰탱이'라
고 부르지 못한다고 봐."

나는 CD를 집으로 가지고 가서 그다음 주 내내 몇 번이고 들
으며 킴의 말을 곱씹어보았다. 몇 번인가 첼로를 꺼내 따라 연주
해보기도 했다. 그건 내가 해오던 것과는 다른 종류의 음악이었
다. 도전적이고 이상하게도 역동적이었다. 나는 그다음 주에 킴
이 저녁을 먹으러 오면 〈Something in the Way〉를 연주하기로
마음먹었다.

그런데 그러기도 전에, 저녁 식탁에서 킴이 아무렇지도 않게 우리 부모님한테 나를 여름 캠프에 보내야 한다고 단언했다.

"뭐야, 너희 율법 캠프에 가라고? 날 개종시킬 셈이야?" 내가 물었다.

"아니, 음악 캠프." 킴이 반들거리는 브로슈어를 꺼냈다. 캐나다 브리티시컬럼비아에서 하는 하계 프로그램인 프랭클린 밸리 컨서버토리 캠프였다. "진지한 음악 영재들이 가는 데야. 들어가려면 연주를 녹음한 테이프를 보내야 해. 내가 전화해봤거든. 접수 마감일은 5월 1일이니까 아직 시간이 있어." 킴은 내 일에 간섭해서 내 속을 긁으려고 작정했다는 듯이 나를 똑바로 쳐다보았다.

나는 화나지 않았다. 오히려 마치 킴이 방금 우리 가족이 복권에 당첨되었다며 이제 그 액수를 밝히겠다고 하는 순간인 것처럼 심장이 쿵쾅거렸다. 나는 킴을 보았다. 눈빛은 긴장한 기색이 역력한데 얼굴엔 반대로 "어디 한번 붙어볼래?" 하는 듯한 웃음이 번져 있었다. 종종 나 자신보다 나를 더 잘 이해하는 친구가 있다는 데 감사한 마음이 샘솟았다. 아빠는 내게 가고 싶으냐고 물었다. 내가 돈이 너무 많이 든다고 반대하자 아빠는 돈 걱정은 하지 말라고 했다. 나는 가고 싶은 걸까? 가고 싶었다. 그 무엇보다도.

석 달 후, 아빠가 밴쿠버아일랜드의 어느 쓸쓸한 모퉁이에 나를 내려주었을 때는 의구심이 들었다. 그곳은 전형적인 여름 캠프처럼 보였다. 숲 속에는 통나무집들이, 바닷가에는 카약이 널려 있었다. 아이들이 오십 명쯤 있었는데, 서로 끌어안고 시끄럽게 떠드는 걸로 보아 몇 년 동안 알고 지낸 것 같았다. 반면, 나는 아는 사람이 아무도 없었다. 처음 여섯 시간 동안은 캠프의 부원장을 빼고는 아무도 내게 말을 걸지 않았다. 부원장은 내게 통나무집을 배정해주고, 내가 쓸 2층 침대를 보여주고, 카페테리아로 가는 길을 알려주었다. 그날 밤 그 카페테리아에서 나는 미트 로프처럼 보이는 음식을 받았다.

나는 비참한 기분으로 내 접시를 빤히 보면서 우울한 잿빛 저녁 풍경을 내다보았다. 벌써 부모님과 킴 그리고 특히 테디가 보고 싶었다. 그 무렵 테디는 새로운 것은 다 해보고 싶어하고 "그게 뭐야?" 하고 끊임없이 물어대고 엉뚱한 말로 웃음보를 터뜨리게 했다. 내가 떠나기 전날, 테디는 "십중팔구 목이 말라"라고 말했다. 그 말이 너무 웃겨서 나는 하마터면 옷에 실례를 할 뻔했다. 나는 집이 그리워서 한숨을 내쉬곤 미트 로프 덩어리를 접시에서 빙빙 돌렸다.

"걱정 마. 매일 비가 오진 않으니까. 이틀에 한 번씩 오거든."

나는 고개를 들었다. 고작해야 열 살 정도밖에 안 돼 보이는 장난꾸러기 같은 인상의 남자아이였다. 짧게 친 금발에 콧잔등에는 주근깨가 별자리처럼 박혀 있었다.

"나도 알아." 내가 말했다. "나는 북서부에서 왔는데 거긴 오늘 아침에 해가 났어. 내가 걱정하는 건 미트 로프야."

남자아이가 웃었다. "그건 나아지질 않더라구. 하지만 땅콩버터 젤리 샌드위치는 언제나 맛있어." 그 애가 대여섯 명의 아이들이 샌드위치를 만들고 있는 테이블을 손짓으로 가리켰다. "피터. 트롬본. 온타리오." 아이가 말했다. 나중에 알게 된 거지만 그건 음악 캠프 특유의 인사법이었다.

"아, 나는 미아야. 첼로, 오리건. 이렇게 말하는 거 맞나."

피터는 자기가 열세 살이고, 두번째 오는 거라고 했다. 거의 모두가 열두 살 때 시작해서 서로 잘 아는 것이었다. 오십 명 가운데 절반 정도가 재즈를 했고, 나머지 절반은 클래식을 했다. 규모는 아담했다. 첼로 연주자는 나 말고 두 명뿐이었는데, 둘 중 하나인 호리호리한 붉은 머리 남자아이 사이먼을 피터가 손을 흔들어 불렀다.

"협연 콩쿠르에 참가할 거야?" 피터가 나를 미아, 첼로, 오리건이라고 소개하자마자 사이먼이 다짜고짜 물었다. 사이먼은 사이먼, 첼로, 레스터였는데, 알고 보니 레스터는 영국에 있는 도시였다. 캠프 참가자들은 꽤 국제적이었다.

"아닐 거 같은데. 그게 뭔지도 모르는걸." 내가 대답했다.

"캠프 마지막에 모두가 오케스트라에서 교향곡을 연주하잖아?" 피터가 물었다.

나는 고개를 끄덕였지만 어렴풋이 알고 있을 뿐이었다. 아빠는 봄 내내 캠프에 관한 자료를 소리 내어 읽었지만 나는 클래식을 하는 다른 아이들과 함께 하는 캠프에 간다는 것에만 마음이 쏠려 있었다. 자세한 내용에는 별반 관심을 두지 않았다.

"여름이 끝날 때쯤 교향악 공연이 있어. 사방에서 사람들이 보러 와. 꽤 큰 음악회야. 거기서 우리 어린 음악가들이 귀엽게 곁다리로 연주를 하는 거지." 사이먼이 설명했다. "프로 오케스트라와 같이 협연할 수 있는 건 캠프마다 한 사람뿐이야. 솔로로 한 악장을 연주해. 난 작년에 거의 될 뻔했는데 플루트 연주자가 뽑혔어. 나는 졸업하기 전까지 기회가 두 번밖에 안 남았어. 현악기가 뽑힌 지 좀 됐고, 첼로 세 사람 중 한 명인 트레이시는 응시하지 않을 거래. 걔는 취미로 하는 편이거든. 잘하긴 하지만 아주 진지하지는 않은 거지. 넌 진지하다고 들었어."

내가 진지한가? 몇 달 전만 해도 그만두려고 했던 내가 과연 진지하다고 할 수 있을까? "그런 얘기는 어디서 들었어?" 내가 물었다.

"여기 선생님들이 신청자들의 테이프를 하나하나 다 듣는데,

그러면 말이 돌거든. 네 오디션 테이프가 꽤 괜찮았나봐. 두번째 해에 새로운 사람을 입학시키는 일은 흔치 않거든. 그러니까 나는, 말하자면 내 수준에 맞는 실력 있는 경쟁자를 원해."

"야야, 좀 살살 해." 피터가 말했다. "이제 겨우 미트 로프 맛만 본 애한테."

사이먼이 코를 찡긋했다. "미안. 하지만 오디션 때 연주할 곡에 대해서 같이 생각해보고 싶으면 얘기해." 사이먼은 이 한마디를 남기고 선데 아이스크림 바 쪽으로 가버렸다.

"이해해줘. 한 이삼 년 동안 잘하는 첼리스트가 없었거든. 새로운 피가 수혈돼서 흥분해서 저래. 어디까지나 예술적인 측면에서 말야. 쟤는 게이거든. 영국 애라서 알아채기 쉽진 않지만."

"그렇구나. 그런데 뭐라는 거야? 내가 자기랑 맞붙기를 바라는 것처럼 들리던데."

"당연히 그렇지. 그게 재밌잖아. 그래서 우리가 이 우중충한 우림 같은 곳에 있는 거고." 피터가 밖을 가리키며 말했다. "저거랑 이 굉장한 음식." 피터가 나를 보았다. "그래서 온 거 아냐?"

나는 어깨를 으쓱했다. "모르겠어. 나는 여러 사람하고 연주해본 적이 없어. 적어도 진지한 사람들하고는."

피터가 귀를 긁적였다. "진짜? 오리건 출신이라며? 포틀랜드 첼로 프로젝트에서 뭐 한 적 없어?"

"포틀랜드 뭐?"

"아방가르드 첼리스트들 말야. 아주 흥미로운 작업인데."

"난 포틀랜드에 살지 않아." 나는 첼로 프로젝트에 대해 들어본 적조차 없다는 게 창피해서 웅얼거렸다.

"그럼 누구랑 연주하는데?"

"다른 사람들. 주로 대학생들."

"오케스트라가 아니고? 실내악단도 아니고? 현악사중주단은?"

나는 고개를 저었다. 대학생 선생님 가운데 한 사람이 사중주단에서 같이 연주하자고 초대했던 때가 떠올랐다. 나는 사양했는데, 그녀와 일대일로 연주하는 것과 전혀 모르는 사람들과 연주하는 건 별개였기 때문이다. 나는 언제나 첼로는 외로운 악기라고 믿었지만, 외로운 건 첼로가 아니라 나인지도 모르겠다는 생각이 들기 시작했다.

"흠. 그럼 어떻게 해서 잘하는 거야?" 피터가 물었다. "내가 재수 없게 굴려는 게 아니고, 그렇게 해야 잘하게 되는 거 아닌가? 테니스처럼. 못하는 사람하고 치면 샷도 놓치고 서브고 뭐고 형편없어지지만 에이스랑 치면 갑자기 네트 앞에서 펄펄 날면서 발리가 막 되잖아."

"몰라. 테니스도 안 치고." 대답하면서 나는 내가 세상에서 제일 재미없는 사람처럼, 온실 속 화초처럼 느껴졌다.

그다음 며칠은 생각이 잘 나지 않을 정도로 숨 가쁘게 지나갔다. 카약은 왜 내놓았는지 모를 일이다. 놀 시간이라곤 없었다. 적어도 카약 같은 놀이를 할 시간은. 매일 가혹한 일정이었다. 여섯시 반이면 일어나 일곱시까지 아침을 먹고 오전, 오후 세 시간씩 개인 연습을 하고, 저녁 먹기 전에는 오케스트라 리허설에 참가했다.

늘 몇 안 되는 연주자하고만 협연했기 때문에 오케스트라에 참여한 첫 며칠은 엄청나게 혼란스러웠다. 지휘자이기도 한 음악 감독은 우리를 급히 불러 모아 자리를 배치했는데, 그로서는 정해진 시간에 우리가 가장 기본적인 악장이라도 연주할 수 있게 하는 것조차 큰일이었다. 사흘째 되던 날, 음악 감독은 가까스로 브람스의 자장가를 이끌어냈다. 우리가 처음 그 곡을 연주했을 땐 정말 괴로웠다. 악기들은 서로 조화하는 게 아니라 잔디 깎는 기계 안에서 부딪치는 돌멩이들처럼 충돌했다. "끔찍하군!" 그가 소릴 질렀다. "자장가조차 못 맞추면서 어떻게 프로 오케스트라에서 연주하겠다는 거야? 자, 다시!"

일주일쯤 지나자 손발이 맞기 시작했다. 나는 처음으로 큰 그룹의 일원이 된다는 게 어떤 기분인지 맛보았다. 나는 첼로를 완전히 새로운 방식으로 들을 수 있게 되었다. 첼로의 저음이 그보다 높은 비올라의 음과 어떻게 어우러지는지, 첼로가 오케스트라의 다른 자리에 앉은 목관악기들을 어떻게 받쳐주는지 느낄 수 있었다. 큰 그룹의 일원이 되면 여러 사람 속에 섞이므로 자신이 어떤 소리를 내는지 그다지 신경 쓰지 않고 편안하게 연주할 거라고 생각하기 쉽지만, 오히려 그 반대였다.

나는 엘리자베스라는 열일곱 살짜리 비올라 연주자 뒤에 앉았다. 캠프에서 가장 뛰어난 연주자로 손꼽히는 엘리자베스는 토론토 왕립음악학교에 합격한 상태였다. 게다가 모델처럼 예뻤다. 키가 크고 기품 있으며, 커피색 피부에, 광대뼈는 얼음이라도 깎을 듯 날렵했다. 엘리자베스의 연주만 아니었다면 나도 그 애를 싫어하고 싶은 유혹에 빠졌을 것이다. 비올라는 주의하지 않으면 노련한 연주자의 손에서도 끔찍한 비명을 내지를 수 있다. 하지만 그 애의 손에서 울려 나오는 소리는 맑고 순수하며 경쾌했다. 그 애의 연주를 듣고, 그 애가 음악에 얼마나 깊이 빠져드는지 지켜보다보면 나도 그렇게 연주하고 싶다는 생각이 들었다. 아니, 더 잘하고 싶었다. 단지 엘리자베스를 이기고 싶어서가 아니었다. 그 애와 같은 수준으로 연주해야 한다는 빚을 진 기분이었다. 엘리자베스에게, 모두에게 그리고 나 자신에게.

"꽤 좋은데." 캠프가 끝날 무렵, 사이먼이 하이든의 〈첼로 협주곡 2번)의 한 악장을 연주하는 내게 말했다. 지난봄 처음 시도했을 때는 나를 한참 애먹인 곡이었다. "협연 콩쿠르에서 그 곡을 연주할 거야?"

나는 고개를 끄덕였다. 나도 모르게 입가에 웃음이 번졌다. 저녁을 먹은 다음 소등하기 전, 사이먼과 나는 첼로를 밖으로 가지고 나와 천천히 저물어가는 석양 속에서 즉흥 음악회를 열었다. 우리는 번갈아 연주하며 첼로 결투를 벌였다. 서로 상대방보다 더 미친 듯이 연주하려고 애썼다. 우리는 늘 경쟁하고, 늘 누가 악보 없이 더 잘 더 빨리 연주할 수 있는지 겨루었다. 굉장히 재미있었다. 그게 내가 하이든을 그토록 좋아하는 이유의 하나일 것이다.

"자신감 한번 대단한데. 날 이길 수 있다고 생각하는 거야?" 사이먼이 물었다.

"축구라면야, 당연히." 내가 슬쩍 받아쳤다. 사이먼은 자기가 가족 사이에서 미운 오리라고 말하곤 했다. 게이라거나 음악을 해서가 아니라 "축구를 못해서"였다.

사이먼은 가슴에 총을 맞은 시늉을 했다. 그러고는 킬킬댔다. "그 커다란 녀석 뒤에 숨지 않으면 큰코다칠걸." 그가 내 첼로를 가리키며 말했다. 나는 고개를 끄덕였다. 사이먼이 나를 보고 빙긋 웃었다. "아, 너무 우쭐해하진 마. 내 모차르트를 한번 들어봐야 하는데. 꼭 천사들이 노래하는 것 같을걸."

그해, 우리 둘 중 누구도 솔로 자리를 따내지 못했다. 솔로는 엘리자베스였다. 사 년 후에 나는 결국 솔로를 따냈다.


## 9:06 p.m.

"매니저가 완전 빡 돌기 전까지 딱 이십 분 남았어." 브룩 베가의 허스키한 목소리가 조용한 병원 로비에 울렸다. 그러니까 이게 애덤의 아이디어다. 인디 음악의 여신이자 비키니의 리드 싱어 브룩 베가. 자신의 트레이드마크인 펑키하고 섹시한 차림— 오늘 밤엔 버블 미니스커트에 망사 스타킹, 검정 가죽 부츠 그리고 예술적으로 찢은 슈팅스타의 티셔츠 위에 빈티지 모피 볼레로를 입고, 검은색 재키 오 선글라스를 썼다—을 하고 병원 로비에 서 있는 그녀는 닭 떼 한가운데 선 타조처럼 엄청 튀어 보인다. 그녀는 사람들에 둘러싸여 있다. 리즈와 세라, 슈팅스타의 리듬 기타와 베이스를 맡은 마이크와 핏지, 그리고 기억이 가물가물한 포틀랜드의 힙스터들이다. 자줏빛 머리의 브룩은 태양이고, 주위 사람들은 그 태양을 동경하며 공전하는 행성들 같다. 그리고 조금 떨어져 서서 턱을 만지작대고 있는 애덤은 달 같다.

한편 킴은 방금 화성인들이 병원으로 들어서기라도 한 듯 엄청난 충격을 받은 것 같다. 아니면 킴이 브룩 베가를 흠모하기 때문인지도. 실은 애덤도 마찬가지다. 내 존재를 빼면 이것은 두 사람 사이에서 찾기 쉽지 않은 공통점이다.

"십오 분 안에 보내줄게요." 애덤이 브룩의 은하계 안으로 들어서며 약속했다.

그녀가 애덤 쪽으로 걸어갔다. "애덤." 그녀가 나지막이 노래하듯 말했다. "어쩌면 좋니." 브룩이 오랜 친구처럼 애덤을 끌어안았지만 나는 두 사람이 오늘 처음 만났다는 걸 알고 있다. 어제만 해도 애덤은 오늘 브룩을 만날 생각에 얼마나 긴장되는지 모른다고 했다. 하지만 브룩은 지금 애덤의 친한 친구인 것처럼 행동하고 있다. 저게 바로 무대의 힘이겠지. 브룩이 애덤을 포옹하자, 로비에 있는 모든 남녀가 두 사람을 집어삼킬 듯 열띤 눈으로 지켜보고 있다. 자신들도 소중한 사람이 위중한 상태로 중환자실에 있어 브룩에게 위로의 포옹을 받았으면 좋겠다고 갈망하는 듯했다.

내가 예전과 같은 평소의 미아였다면 이 광경을 보면서 질투를 느꼈을까. 어쩔 수 없이 그런 생각이 들었다. 하지만 내가 예전과 같은 평소의 미아였다면 애덤이 나를 만나러 들어가겠다고 지금 이 자리에 브룩 베가를 부르는 일은 없었겠지.

"자, 이제 한판 벌여볼까. 애덤, 그래 계획은?" 브룩이 물었다.

"당신이 계획이에요. 그냥 당신이 중환자실에 가서 소란을 피우는 정도밖엔 생각해내지 못했어요."

브룩이 자신의 도톰한 입술을 핥았다. "소란 피우는 건 내 특기지. 우리가 어떻게 해야 할까? 미친듯이 비명을 지를까? 아니면 스트립쇼? 기타를 때려부술까? 아, 잠깐. 이런, 기타를 안 가져왔네."

"노래를 하면 어떨까?" 누군가가 제안했다.

"더 스미스의 〈Girlfriend in a Coma〉 어때?" 누군가가 외쳤다.

갑자기 현실을 상기시키는 이 말에 애덤의 얼굴이 창백해지자 브룩이 매섭게 나무라듯 눈썹을 치켜세웠다. 모두 진지해진다.

킴이 헛기침을 했다. "음, 브룩이 로비에서 시선을 딴 데로 돌려봤자 별 도움이 안 돼요. 중환자실로 올라가서, 누군가 브룩 베가가 왔다고 외치면 될 거 같아요. 그걸로 충분할 거예요. 안 되면, 그때 노래를 하세요. 우리가 원하는 건 호기심 많은 간호사들 두어 명이 나오고, 그 성질 더러운 수간호사가 따라 나오는 거거든요. 수간호사가 중환자실에서 나와서 복도에 모여 있는 우리를 보기만 하면 돼요. 그 여자는 우릴 상대하느라 애덤이 몰래 들어가도 모를 거예요."

브룩이 킴을 찬찬히 살폈다. 킴은 구겨진 검정 바지에 후줄근

한 스웨터 차림이었다. 브룩은 싱긋 웃더니 내 친구의 팔짱을 꼈다. "근사한 계획인데. 가자, 애들아."

나는 뒤에 남아 힙스터들이 로비를 질주하는 광경을 지켜보았다. 소란스러움, 무거운 부츠 소리, 시끄러운 목소리에 긴박함까지 더해져 그들은 숨죽인 듯한 고요를 뚫고 병원에 다소나마 생명을 불어넣었다. 텔레비전에서 노인들과 죽어가는 환자들의 기운을 북돋기 위해 고양이와 개 들을 들였던 요양원을 본 적이 있다. 모든 병원이 소란 피우는 펑크 로커들을 불러 시들어가는 환자들의 심장에 자극을 준다면 좋으련만.

그들은 엘리베이터 앞에 멈춰 서서 다 같이 탈 수 있을 때까지 한참을 기다렸다. 나는 애덤이 중환자실 안으로 들어왔을 때 그 자리에 있고 싶었다. 내가 애덤의 손길을 느낄 수 있을까 궁금했다. 엘리베이터 앞에서 기다리는 그들을 두고 나는 얼른 계단으로 갔다.

내가 중환자실을 떠나 있던 두 시간 남짓 사이 많은 것이 바뀌어 있었다. 빈 침대 하나에 새 환자가 들어와 있었다. 중년 남자인데 얼굴이 초현실주의 그림 같다. 반은 정상이고 심지어 잘생겼다. 나머지 절반은 방금 누군가 얼굴을 폭파시킨 것처럼 피와 붕대, 꿰맨 자국으로 엉망이다. 총상인지도 모르겠다. 이 부근은 사냥 사고가 많다. 거즈와 붕대에 칭칭 감겨 있어서 남자인지 여자인지 알 수 없던 다른 환자 한 사람은 사라지고 없다. 그/그녀가 있던 자리엔 목에 깁스를 한 여자가 있다.

나는 인공호흡기를 뗐다. 사회복지사가 할머니 할아버지와 다이앤 고모에게 이것이 긍정적인 신호라고 하던 게 기억났다. 나는 뭔가 다르게 느껴지는지 잠깐 확인해보았지만 아무것도 느껴지지 않는다. 적어도 물리적으로는. 오늘 아침 차 안에서 베토벤 〈첼로 소나타 3번〉을 들은 뒤로는 지금껏 아무런 감각도 없다. 이제 내가 스스로 호흡을 하는 만큼, 나를 둘러싼 기계들은 훨씬 덜 삐삐거리고, 간호사들이 찾아오는 일도 적어졌다. 손톱이 예뻤던 라미레스 간호사는 이따금 나를 건너다보지만 반쪽 얼굴의 남자 때문에 분주하다.

"어. 저기, 혹시, 브룩, 베가, 아냐?" 누군가가 중환자실의 자동문 밖 복도에서 꾸민 티가 너무 드러나는 목소리로 물었다. 나는 애덤의 친구들이 저렇게 미성년자 관람가 수준으로 건전하게 말하는 걸 들어본 적이 없다. 그건 "젠장 씨발 존나"를 병원용으로 위생 처리한 버전이다.

"비키니의 브룩, 베가, 말이야? 지난달에, 〈스핀〉 표지에 나왔던, 그, 브룩, 베가? 이 병원에?" 이건 킴이다. 킴은 여섯 살짜리가 학예회 연극에서 기초 식품군에 대한 대사를 읊듯이 말했다. 하루에, 과일과, 야채를, 다섯 번은, 먹어야, 한다는, 말이야?

"네! 맞습니다." 브룩의 허스키한 목소리가 들렸다. "포틀랜드 전 주민에게 로큰롤을 선사하러 제가 왔습니다!"

젊은 간호사 두어 명과, 아마도 라디오에서 팝을 듣거나 MTV를 봐서 비키니를 아는 듯한 이들이 고개를 들었다. 얼굴에 온통 물음표가 그려져 있다. 진짜 브룩인지 보고 싶어 안달하며 수런거리는 소리가 들렸다. 아니면 판에 박힌 일과로부터의 작은 일탈에 마냥 즐거운 것인지도 모른다.

"네, 맞아요. 어쨌든 노래를 한 곡 불러야겠네요. 제가 제일 좋아하는 곡으로요. 〈Eraser〉라는 곡입니다." 브룩이 말했다. "누가 전주 좀 넣어줄래?"

"두드릴 게 필요한데." 드러머 리즈가 대답했다. "누구 펜이나 그런 거 있어?"

이제 중환자실의 간호사와 보조원 들이 호기심에 못 이겨 문쪽으로 가고 있다. 나는 이 모든 일을 스크린 위의 영화를 보듯 지켜보고 있다. 나는 내 침대 곁에 서 있고, 이제 자동문에 익숙해진 내 눈은 문이 열리기만 기다리고 있다. 가슴이 두근거린다. 나는 애덤을 생각한다. 애덤의 손길이 닿을 때 얼마나 평온해지는지, 그가 무심히 내 목덜미를 쓰다듬거나 내 차가운 손에 따스한 입김을 불어줄 때면 얼마나 녹아내릴 것 같은지.

"무슨 일이야?" 나이 든 간호사가 물었다. 갑자기 모든 간호사가 바깥의 브룩이 아니라 그녀를 돌아보았다. 그녀에게 유명한 팝 스타가 밖에 와 있다고 설명하려는 사람은 아무도 없다. 기대는 깨지고 말았다. 긴장감이 실망감으로 바뀌는 걸 느낀다. 문은 열리지 않을 것이다.

밖에서 브룩이 〈Eraser〉의 가사를 열정적으로 노래하는 소리가 들렸다. 무반주인데도, 문 너머로 들리는 그녀의 목소리는 근사하다.

"누가 경비 좀 불러, 지금." 간호사가 딱딱거렸다.

"애덤, 그냥 지금 들어가는 게 좋겠다!" 리즈가 외쳤다. "지금 아니면 못 들어가. 전면 압박 수비를 하는 수밖에."

"가!" 갑자기 군 장교 같은 어조로 킴이 외쳤다. "우리가 엄호할게!"

문이 열렸다. 대여섯 명의 펑크족과 애덤, 리즈, 핏지, 내가 모르는 사람들 그리고 킴이 몰려 들어왔다. 밖에서는 브룩이 여전히 노래를 부르고 있다. 마치 이것이 그녀가 포틀랜드에서 하려던 공연인 듯이.

문 안으로 돌진하는 애덤과 킴은 둘 다 마음을 단단히 먹은 것 같다. 심지어 그들은 즐거워 보인다. 나는 그들의 유연성에, 숨어 있던 그들의 힘에 놀랐다. 어린이 야구 경기에서 테디가 3루를 돌아 홈으로 향할 때처럼 팔짝팔짝 뛰며 그들을 응원하고 싶다. 믿기 어렵게도 작전 중인 킴과 애덤을 보니 나까지 행복할 정도다.

"어디 있지?" 애덤이 외쳤다. "미아 어디 있어?"

"저기 구석에, 물품 보관실 옆이요!" 누군가가 외쳤다. 라미레스 간호사라는 걸 깨닫는 데 시간이 좀 걸렸다.

"경비! 저 사람 잡아요! 저 남자!" 투덜이 간호사가 외쳤다. 그녀는 여러 침입자 가운데서 애덤을 콕 집어냈다. 화가 나서 얼굴이 달아올라 있다. 병원 경비원 두 명과 다른 보조원들이 안으로 뛰어 들어왔다. "이봐, 저거 브룩 베가 아니야?" 한 사람이 팻지를 낚아채 출구 쪽으로 밀어내면서 물었다.

"그런 거 같은데." 다른 경비원이 세라를 붙잡아 밖으로 내보내며 대답했다.

킴이 나를 발견했다. "애덤, 저기 있어!" 킴이 목이 터져라 소리치더니 등을 돌려 나를 보았다. "여기 있어!" 킴이 다시 말했다. 하지만 이번에는 홀쩍이고 있었다.

킴의 말을 들은 애덤이 간호사들을 피해 내 쪽으로 뛰었다. 그리고 이제 애덤은 내 침대 발치에 있고, 나를 만지려 손을 내밀고 있다. 애덤의 손이 내게 닿으려 하고 있다. 별안간 요요마 음악회를 본 후 우리가 나눈 첫 키스가 떠올랐다. 키스의 순간이 코앞에 올 때까지 내가 그의 입술이 내 입술에 닿기를 얼마나 원하는지 전혀 몰랐던 게 생각났다. 지금까지 나는 내가 애덤의 손길을 얼마나 사무치게 원하는지 깨닫지 못했다. 그의 손길을 느낄 수 있는 순간에 거의 다다른 지금까지. 거의. 하지만 갑자기 애덤이 내게서 멀어졌다. 경비원 두 명이 애덤의 어깨를 붙잡고 뒤로 홱 낚아챈 것이다. 그중 한 명이 킴의 팔꿈치를 잡고 킴을 데리고 나갔다. 킴은 이제 맥이 빠져 저항조차 하지 못한다.

브룩은 아직도 복도에서 노래하고 있다. 애덤을 본 그녀가 노래를 멈췄다. "미안." 브룩이 말했다. "지금 바로 날아가야 해. 공연이 시작되기 전에. 아니면 체포될 거야." 그러고는 복도 저편으로 사라졌다. 보조원 두 명이 사인 좀 해달라며 그녀를 쫓아갔다.

"경찰 불러!" 나이 든 간호사가 소리 질렀다. "저 남자 체포하라고 해!"

"아래 경비실로 데려가겠습니다. 절차가 그렇습니다." 경비원 한 사람이 말했다.

"저희는 체포할 권한이 없습니다." 다른 경비원이 덧붙였다.

"내 병동에서 데리고 나가!" 그녀가 불평을 하곤 돌아섰다. "라미레스 간호사, 저 건달들을 부추긴 게 당신은 아니겠지."

"물론 아니죠. 저는 물품 보관실에 있었는데요. 소동을 보지도 못했는걸요." 라미레스 간호사가 대답했다. 그녀는 능수능란

한 거짓말쟁이라 얼굴에 아무것도 드러나지 않았다.

나이 든 간호사가 손뼉을 딱딱 쳤다. "자. 쇼는 끝났어. 다들 업무로!"

나는 엘리베이터 안으로 끌려가는 애덤과 킴을 쫓아 얼른 중환자실 문 밖으로 뛰쳐나갔다. 나는 그들과 같이 엘리베이터 안으로 뛰어들었다. 킴은 리셋 버튼을 눌러 아직도 부팅 중인 컴퓨터처럼 멍한 표정이다. 애덤은 입을 꼭 다물고 있다. 애덤이 곧 눈물을 흘릴지, 아니면 경비원을 때려눕힐지 알 수 없다. 애덤을 위해서는 전자이길, 나 자신을 위해서는 후자이길 바랄 뿐.

아래층으로 내려오자 경비원들은 어두운 사무실이 이어져 있는 복도로 애덤과 킴을 데려갔다. 몇 안 되는 불 켜진 사무실 중 하나로 들어가려는 찰나, 누군가가 비명을 지르듯 애덤을 불렀다.

"애덤. 잠깐. 거기 애덤이니?"

"윌로 아주머니?" 애덤이 외쳤다.

"윌로 아줌마?" 킴이 웅얼거렸다.

"실례지만 애들을 어디로 데려가시는 거죠?" 윌로 아줌마가 뛰어오면서 경비원들에게 소리 질렀다.

"두 사람은 중환자실에 침입하려다 잡혔습니다." 경비원 한 명이 설명했다.

"들여보내주지 않으니까 그렇죠." 킴이 힘없이 해명했다.

월로 아줌마가 그들 옆에 섰다. 아직도 간호사 유니폼을 입고 있다. 이상하다. 스스로 "정형외과 패션"이라 부르는 이 옷을 아줌마는 언제나 가급적 빨리 갈아입는데. 아줌마의 긴 적갈색 곱슬머리는 몇 주나 감지 못한 것처럼 축 처지고 기름기가 흐른다. 평소 사과처럼 발그레하던 두 뺨도 베이지색으로 덧칠되어 있다. "실례합니다. 저는 시더 크리크의 간호사인데요, 여기서 학위를 했어요. 괜찮으시다면 이 문제는 리처드 커러더스 씨를 만나 해결하겠습니다."

"그게 누굽니까?" 경비원 한 사람이 물었다.

"의료사회복지 담당 국장." 다른 경비원이 이렇게 말하고 월로 아줌마를 돌아보았다. "지금 안 계십니다. 업무 시간이 지났으니까요."

"저한테 집 전화번호가 있어요." 아줌마가 핸드폰을 무기처럼 휘두르며 말했다. "국장님이 심하게 다친 여자친구를 문병하려는 사람을 자기 병원에서 어떻게 대하는지 전화로 들으면 별로 기뻐할 거 같진 않은데요. 국장님은 효율만큼이나 연민도 중요하게 생각하는 분이니까요. 이건 환자를 걱정하는 가족을 대하는 태도가 아니죠."

"저희는 할 일을 하는 겁니다. 명령대로요."

"이 두 말썽쟁이를 제가 책임져서 두 분의 일을 덜어드리면 어떨까요? 환자의 가족이 모두 위층에 모여 있어요. 두 사람이 오길 기다리고 있었고요. 제 명함을 드릴게요. 이 일로 무슨 문제가 생기면 커러더스 씨에게 저한테 연락하라고 전해주세요." 아줌마가 가방 안을 뒤져 명함을 한 장 꺼내 건넸다. 경비원 한 사람이 명함을 보고 동료에게 건네주자 그는 명함을 흘끗 보곤 어깨를 으쓱했다.

"굳이 서류 작업을 할 필요는 없지." 그가 장대에서 내려진 허수아비처럼 축 처져 있는 애덤을 놓아주었다. "미안하다." 그가 애덤의 어깨를 토닥이며 말했다.

"여자친구가 괜찮아지면 좋겠구나." 다른 경비원이 나직이 말했다. 그러고는 두 사람은 자동판매기 불빛 쪽으로 사라졌다.

킴은 윌로 아줌마를 두 번밖에 만난 적이 없는데도 아줌마의 품 안으로 뛰어들었다. "고맙습니다!" 킴이 아줌마의 목에 대고 나지막하게 말했다.

아줌마는 킴을 끌어안고 어깨를 톡톡 두드려준 다음에야 놓아주었다. 아줌마가 눈을 비비더니 억지 웃음을 지었다. "너희 대체 어쩔 셈이었어?"

"미아를 보고 싶어요." 애덤이 말했다.

윌로 아줌마가 몸을 돌려 애덤을 보았다. 마치 마개가 열려 공기가 다 빠져나가는 것처럼 아줌마가 푹 꺼져 내렸다. 아줌마가 손을 뻗어 애덤의 뺨을 어루만졌다. "물론 그렇겠지." 아줌마는 손바닥으로 자신의 눈가를 훔쳤다.

"괜찮으세요?" 킴이 물었다.

아줌마는 질문에 대답하지 않았다. "네가 들어가서 미아를 만날 수 있는지 한번 보자."

이 말에 애덤이 기운을 차렸다. "가능할까요? 그 나이 든 간호사가 저라면 아주 이를 갈 텐데요."

"그 나이 든 간호사가 내가 아는 그 여자라면 이를 갈거나 말거나 상관없어. 그 여자한테 달린 게 아니니까. 미아네 할머니 할아버지를 일단 만나고, 이 병원에서 규칙을 깰 수 있는 게 누군지 알아본 다음 미아를 만날 수 있게 들여보내줄게. 지금 미아한텐 네가 필요해. 그 어느 때보다도 더."

애덤이 빙글 돌더니 윌로 아줌마의 발이 땅에서 번쩍 들릴 정도로 그녀를 꼭 끌어안았다.

해결사 윌로. 아빠의 제일 친한 친구이자 같은 밴드 멤버였던 헨리 아저씨를 구해냈던 윌로 아줌마. 헨리 아저씨는 한때 술에 빠져 사는 플레이보이였다. 헨리 아저씨와 데이트를 시작하고 몇 주 안 되어, 윌로 아줌마는 정신 차리고 술을 끊지 않으면 끝이라고 선언했다. 헨리 아저씨에게 최후통첩을 하며 정착을 강요하던 여자들이 많았는데, 대부분 길에서 혼자 우는 채로 버려졌다고 아빠는 말했다. 하지만 월로 아줌마가 자기 칫솔을 챙기면서 헨리 아저씨한테 철 좀 들라고 말했을 때 눈물을 보인 쪽은 아저씨였다. 아저씨는 눈물을 닦고 철이 들고 술도 끊고 일부일처제를 신봉하게 되었다. 팔 년이 지난 지금 두 분에겐 아기까지 하나 있다. 아줌마는 그런 면에서 대단히 뛰어나다. 바로 그런 점 때문에 월로 아줌마와 헨리 아저씨가 만나기 시작한 후 아줌마가 엄마의 친구가 되었나보다. 아줌마 역시 쇠못처럼 터프하고 고양이처럼 부드러운 페미니스트이다. 그리고 바로 그 때문에, 라몬스를 싫어하고 야구를 지루해하는데도(아빠는 라몬스에 목숨을 걸었고, 야구를 종교처럼 떠받들었다) 아빠가 제일 좋아하는 사람 중 하나가 된 것 같다.

이제 그 월로 아줌마가 여기 있다. 간호사 월로 아줌마가. '안 돼'는 대답으로도 치지 않는 월로 아줌마가. 애덤이 나를 만날 수 있게 아줌마가 들여보내줄 것이다. 모든 일을 처리할 것이다. 만세! 나는 외치고 싶다. 월로 아줌마가 왔어!

나는 월로 아줌마가 도착했다는 데 도취해서 한참이나 아줌마가 여기 와 있는 게 무슨 뜻인지를 알아차리지 못했다. 하지만 깨닫고 나자 그것은 벼락처럼 나를 뒤흔들었다.

월로 아줌마가 여기 있다. 아줌마가 여기 왔다면, 내가 있는 병원에 왔다면, 그건 아줌마가 자기 병원에 있을 이유가 없다는 뜻이다. 아줌마는 그곳에 테디를 혼자 남겨두고 올 사람이 아니다. 내가 여기 있다 해도, 아줌마는 테디와 남았을 것이다. 테디는 다쳤고, 치료를 위해 아줌마가 있는 병원에 보내졌다. 테디는 아줌마의 환자였다. 아줌마의 제일 중요한 환자였다.

나는 할머니 할아버지가 포틀랜드에, 나와 같이 있다는 사실을 떠올렸다. 그리고 대기실에서 모두들 나에 대해 이야기하던 걸, 엄마, 아빠, 테디에 대해서는 언급을 피하던 걸 떠올렸다. 그리고 윌로 아줌마의 표정을 생각했다. 기쁨이라곤 모두 달아난 듯한 그 표정. 그리고 나는 아줌마가 애덤에게 한 말을 생각했다. 내겐 지금 애덤이 필요하다고 했다. 그 어느 때보다도 더.

그렇게 나는 알게 되었다. 테디, 내 동생도, 떠났다는 걸.

엄마는 크리스마스 사흘 전에 진통을 시작했다. 그런데도 같이 크리스마스 쇼핑을 가자고 고집했다.

"누워 있거나 조산원 같은 데 가야 하는 거 아니에요?" 내가 물었다.

엄마가 진통으로 얼굴을 찌푸렸다. "아니. 그렇게 심하진 않

아. 아직 주기도 이십 분쯤이고. 너 낳을 땐 진통 초기에 집을 구석구석 대청소까지 했는걸."

"진통을 진압한다?" 내가 농담했다.

"똑똑한 녀석." 엄마가 말했다. 그러고는 숨을 몇 번 들이쉬었다. "갈 길이 멀어. 가자. 버스 타고 쇼핑몰에 가는 거야. 운전은 못 하겠어."

"아빠를 불러야 하지 않을까요?" 내가 물었다.

엄마는 코웃음을 쳤다. "제발. 난 배 속의 아기 하나 건사하기도 힘들거든? 아빠까지 상대할 힘 없어. 아빠는 힘주기 직전에 부르면 돼. 네가 곁에 있는 게 훨씬 나아."

그래서 엄마와 나는 쇼핑몰 주변을 어슬렁거렸다. 엄마가 앉아서 심호흡을 할 수 있도록 우리는 이 분에 한 번씩 멈췄는데 그럴 때마다 엄마가 내 손목을 하도 꽉 잡아서 벌겋게 성난 자국이 남았다. 그래도 묘하게 재미있고 생산적인 아침이었다. 우리는 할머니 할아버지 선물로 천사가 그려진 스웨터 한 벌과 새로 나온 에이브러햄 링컨에 관한 책을 샀다. 아기에게 줄 장난감과 내 선물로 새 장화도 샀다. 우리는 대개 크리스마스 세일까지 기다려 그런 물건들을 장만했는데, 엄마는 올해엔 기저귀 가느라 너무 바쁠 거라고 했다. "지금은 구두쇠 노릇을 할 때가 아냐. 아야, 젠장. 미안하구나. 가자. 파이 먹으러."

우리는 마리 캘린더스에 갔다. 엄마는 호박 파이 한 조각과 바나나 크림 파이 한 조각을 먹었고, 나는 블루베리 파이를 먹었다. 엄마는 다 먹은 접시를 밀어내더니 조산사를 만나러 갈 준비가 되었다고 선언했다.

분만실에 내가 들어갈 것인지에 대해 이야기를 나눈 적은 없었다. 그때 나는 엄마 아빠와 어디든 같이 다녔으므로 그냥 그러리라고 생각했다. 우리는 잔뜩 긴장한 아빠를 조산원에서 만났다. 조산원은 병원 진료실과는 완전히 달랐다. 일반 주택의 1층이었는데, 안에 여러 개의 침대와 욕조가 있고, 의료 장비는 주의 깊게 숨겨져 있었다. 히피 조산사가 엄마 아빠를 인도하며 나도 들어올 거냐고 물었다. 그때 이미 엄마는 욕을 내뱉으며 비명을 지르고 있었다.

"할머니한테 전화해둘게. 데리러 오실 거야." 아빠가 엄마의 욕 세례에 움찔하며 말했다. "시간이 꽤 걸릴 거야."

나는 고개를 저었다. 엄마에겐 내가 필요했다. 엄마가 그렇게 말했다. 나는 꽃무늬 소파 하나에 자리를 잡고 앉아 우스운 표정의 대머리 아기가 표지를 장식하고 있는 잡지를 집어 들었다. 아빠는 침대가 있는 방 안으로 사라졌다.

"음악! 이런 젠장! 음악!" 엄마가 소리 질렀다.

"엔야의 차분한 음악이 있어요. 마음을 진정하는 데 최고죠."

조산사가 말했다.

"엔야는 무슨, 빌어먹을!" 엄마가 소리 질렀다. "멜빈스! 어스! 빨리!"

"내가 다 준비했지!" 아빠가 말했다. 그러고는 내가 들어본 것 중에서 제일 시끄럽고 격렬하고 기타 연주가 많이 들어간 음악 CD를 꺼냈다. 그 CD에 비하면 아빠가 주로 듣는 펑크들은 하프 연주 같았다. 음악은 원초적이었는데, 엄마는 그걸 듣고는 좀 나은 모양이었다. 그리고 목 안쪽에서 울려 나오는 낮은 신음을 내기 시작했다. 나는 그냥 가만히 앉아 있었다. 엄마가 이따금 내 이름을 외쳐 부르면 냉큼 뛰어갔다. 나를 올려다보는 엄마의 얼굴은 땀으로 범벅이 되어 있었다. 겁내지 마, 엄마는 속삭였다. 여자들은 최악의 통증도 이겨낼 수 있어. 너도 언젠가는 알게 될 거야. 그러고는 다시 소릴 질렀다. 젠장!

나는 케이블 TV에서 분만하는 걸 두어 번 봤는데, 사람들은 대개 한참 소리를 질렀다. 때로는 욕을 해서 삑 소리로 처리되었지만 반 시간 이상 지속되는 적은 없었다. 세 시간 후에도, 엄마와 멜빈스는 여전히 소리를 질러대고 있었다. 밖은 영하 17도인데, 조산원은 열대성 기후처럼 온통 습했다.

헨리 아저씨가 들렀다. 안으로 들어서다 비명을 들은 아저씨가 그 자리에서 얼어붙었다. 나는 아저씨가 아이 낳는 걸 아주 부담스러워한다는 걸 알고 있었다. 엄마 아빠가 헨리 아저씨한 테는 철들 생각이 없다고 말하는 걸 들었다. 헨리 아저씨는 엄 마 아빠가 나를 낳은 데 충격을 받은 모양이었고, 지금은 엄마 아빠가 둘째를 낳기로 했다는 데 완전히 당황한 것 같았다. 헨 리 아저씨와 윌로 아줌마가 다시 합쳤을 때 엄마 아빠는 안도했 다. "헨리의 인생에 결국 어른이 한 명 생겼군." 엄마는 그렇게 말했다.

헨리 아저씨가 나를 보았다. 아저씨의 얼굴은 창백했고 식은 땀까지 흐르고 있었다. "이런 젠장. 미아. 너 지금 이걸 듣고 있 어야 하는 거야? 내가 지금 이걸 듣고 있어야 하는 거니?"

나는 어깨를 으쓱했다. 아저씨가 내 곁에 앉았다. "난 독감인 가에 걸려 있는데, 네 아빠가 전화를 해선 먹을 걸 좀 사오라고 하잖아. 그래서 왔지." 아저씨가 양파 냄새를 풍기는 타코벨 봉 투를 내밀며 말했다. 엄마가 한 번 더 처절하게 신음했다. "난 가야겠다. 바이러스를 퍼뜨리고 싶지 않아서." 엄마가 좀더 큰 소리로 비명을 질렀고 아저씨는 자리에서 펄쩍 뛰듯이 일어섰 다. "여기서 이러고 있고 싶은 거 확실하냐? 우리 집에 가도 돼. 윌로가 집에서 날 돌봐주고 있는데, 너도 돌봐줄 거야." 아줌마 의 이름을 말하며 아저씨가 씩 웃었다.

"아뇨, 괜찮아요. 엄마는 제가 필요해요. 아빠가 좀 당황한 상태거든요."

"아직 토하진 않았고?" 헨리 아저씨가 다시 소파에 앉으며 물었다. 나는 깔깔 웃었지만 표정을 보니 아저씨는 진지했다.

"너 태어날 땐 토했거든. 거의 바닥에 쓰러질 뻔했어. 기절할 만도 하지. 너희 아빠는 완전 엉망이었어. 의사들이 네 아빠를 쫓아내려고 했어. 네가 삼십 분 안에 나오지 않으면 그럴 거라고 했지. 그 말에 열받은 네 엄마가 오 분 후에 널 쑥 밀어냈지 뭐냐." 아저씨는 다시 소파에 기대앉으며 빙긋 웃었다. "말이 그렇다는 거야. 하지만 이건 확실해. 네 아빠는 네가 태어났을 때 엄청 울었어. 아주 곡을 했지."

"그 얘기는 들었어요."

"어떤 얘기를 들어?" 아빠가 숨을 몰아쉬며 묻더니 아저씨에게서 봉지를 확 낚아챘다. "타코벨?"

"챔피언들의 저녁이지." 아저씨가 말했다.

"이거면 됐어. 배고파 죽겠거든. 저 안은 지금 엄청나. 힘을 비축해야 해."

헨리 아저씨가 날 보고 윙크했다. 아빠는 부리토 하나를 꺼내 내게도 권했다. 나는 도리질했다. 아빠가 음식 포장을 벗기고 있는데 엄마가 고함을 내지르며 이제 마지막으로 힘줄 준비가 되었다고 조산사에게 소릴 질렀다.

조산사가 문밖으로 고개를 내밀며 말했다. "거의 다 된 거 같아요. 저녁은 좀 기다렸다 드시죠. 들어오세요."

아저씨는 말 그대로 현관문 밖으로 튀어나갔다. 나는 아빠를 따라 엄마가 이제 앉은 자세로, 병든 개처럼 헐떡이고 있는 침실로 들어갔다. "보시겠어요?" 조산사가 아빠에게 물었다. 아빠는 움찔하더니 얼굴이 파래졌다.

"전 여기 위쪽에 있는 게 낫겠어요." 아빠가 엄마의 손을 꼭 잡으며 말하자, 엄마가 난폭하게 손을 뿌리쳤다.

나한테 보겠느냐고 물은 사람은 없었다. 나는 그냥 자동으로 조산사 곁에 가서 섰다. 솔직히 말하면 상당히 징그러웠다. 피가 엄청났다. 나는 엄마의 전면을 그렇게 노골적으로 본 적이 없었다. 하지만 이상하게도 내가 거기 있는 게 당연하게 여겨졌다. 조산사가 엄마에게 힘을 주라고 하더니 멈추라고 했고, 그다음엔 다시 힘을 주라고 했다. "힘내, 아가! 힘내, 아가!" 조산사가 구호를 외쳤다. "거의 다 왔어!" 그녀가 응원했다. 엄마는 조산사를 한 대 치고 싶은 표정이었다.

마침내 미끄러져 나온 테디의 얼굴은 천장을 향하고 있었고, 그래서 테디가 제일 먼저 본 것은 나였다. 테디는 텔레비전에서 본 것처럼 큰 소리로 울면서 나오지 않았다. 그냥 조용했다. 눈을 뜨고서 나를 빤히 쳐다보았다. 테디는 조산사가 흡인기로 코

안의 이물질을 빼내는 동안 줄곧 나와 눈을 맞추고 있었다. "아들이에요." 조산사가 외쳤다.

조산사는 테디를 엄마의 배에 올려놓았다. "탯줄 자르시겠어요?" 그녀가 아빠에게 물었다. 아빠는 기가 질렸거나 메슥거려서 말을 못 하겠는지 손사래를 쳤다.

"제가 할게요." 내가 나섰다.

조산사가 탯줄을 팽팽하게 잡고 자를 곳을 일러주었다. 테디는 가만히 누워서 회색 눈을 동그랗게 뜨고 나를 빤히 보았다.

엄마는 늘 테디가 처음 본 게 나였고 내가 테디의 탯줄을 잘랐기 때문에 마음 한구석으론 나를 엄마로 생각한다고 말했다. "새끼 거위들처럼." 엄마가 농담했다. "엄마 거위가 아니라 동물원 직원을 엄마로 머릿속에 새기는 것처럼 말야. 부화하고 처음 본 게 그 사람들이니까."

그건 과장이다. 테디는 사실 나를 엄마로 생각하지는 않았다. 하지만 나만이 해줄 수 있는 일들이 있었다. 테디가 아기였을 때 밤이면 보채던 시기가 있었는데 내가 첼로로 자장가를 연주하기 시작하면 울음을 그쳤다. 『해리 포터』를 좋아하기 시작했을 무렵에는 나만이 매일 밤 테디에게 한 챕터씩 읽어줄 수 있었다. 그리고 테디는 무릎이 까지거나 머리를 어딘가에 부딪히면 내가 상처에 마법의 키스를 해줄 때까지 울음을 그치지 않았는데, 그런 뒤엔 기적처럼 나왔다.

온 세상의 모든 마법 키스를 합한다 해도 오늘 테디를 살릴 수 없었다는 걸 안다. 하지만 테디에게 한 번만이라도 마법의 키스를 해줄 수 있었다면 나는 무슨 일이라도 했을 것이다.


## 10:40 p.m.

나는 달렸다.

애덤과 킴, 윌로 아줌마를 로비에 남겨두고 병원 복도를 질주하기 시작했다. 소아과 병동에 닿고 나서야 나는 내가 찾던 곳이 거기라는 걸 깨달았다. 나는 네 살배기들이 내일 있을 편도선 절제 수술에 잠 못 이루며 뒤척이는 병실과 조막만 한 아기들이 나보다 더 많은 튜브를 꽂고 있는 신생아 중환자실과 머리를 빡빡 깎은 소아암 아이들이 무지개와 풍선이 그려진 발랄한 벽 아래서 자고 있는 소아암 병동을 지나 온 복도를 내달렸다. 나는 테디를 찾을 수 없다는 걸 알면서도 테디를 찾고 있었다. 어쨌든 찾아볼 수밖에 없다.

나는 테디의 머리카락을, 꼬불꼬불한 금발을 그려본다. 테디가 아기일 때부터 나는 그 곱슬머리에 코를 대고 냄새 맡기를 좋아했다. 나는 테디가 나를 밀쳐내며 "창피하게"라고 말할 때가 언제 오나 기다렸다. 어린이 야구 경기에서 아빠가 너무 시끄럽게 응원했을 때 그런 것처럼. 하지만 지금까지는 그런 적이 없었다. 지금까지는 테디의 머리에 언제고 접근할 수 있었다. 지금까지는. 이젠 더이상 '지금까지는'은 없다. 끝나버렸다.

마지막으로 테디의 머리 냄새를 맡는 내 모습을 상상했다. 그러나 울고 있는 내 얼굴, 내 눈물에 젖어 축 처져버린 테디의 금빛 소용돌이 곱슬머리가 아닌 다른 어떤 것도 상상할 수가 없다.

테디는 평생 어린이 야구를 졸업하지 못할 것이다. 콧수염을 기르지도, 주먹다짐이나 사슴 사냥을 해보지도 못할 것이다. 여자랑 키스를 하거나 섹스를 해보지도, 사랑에 빠지지도 결혼하지도, 저와 같은 곱슬머리 아이를 갖지도 못할 것이다. 나는 테디보다 겨우 열 살 많을 뿐이지만 이미 인생을 한참 더 산 것 같다. 이건 불공평하다. 우리 중에 누군가 남아야 한다면, 우리 중에 더 살 기회가 주어져야 할 사람이 있다면 그건 테디다.

나는 우리에 갇힌 야생 동물처럼 병원 안을 뛰어다녔다. 테디? 나는 불렀다. 어디 있니? 누나한테 돌아와!

하지만 테디는 돌아오지 않을 것이다. 불러봐야 소용없다는 걸 안다. 나는 포기하고 지친 몸을 이끌고 다시 중환자실로 갔다. 저 자동문을 깨부수고 싶다. 간호사 책상을 부숴버리고 싶다. 다 꺼져버렸으면 좋겠다. 나도 꺼져버리고 싶다. 여기 있고 싶지 않다. 이 병원에 있고 싶지 않다. 무슨 일이 일어나고 있는지 뻔히 보이는, 실제로 느낄 수 없는데도 내 감정을 의식하고 있는 이런 유보 상태에 있고 싶지 않다. 나는 목이 아프도록 소리 지를 수도, 손에 피가 나도록 유리창을 깨버릴 수도, 가슴보다 더 아플 때까지 머리칼을 쥐어뜯을 수도 없다.

나는 나 자신을, 병원 침대에 누워 있는 '살아 있는' 미아를 물끄러미 바라보았다. 분노가 치밀었다. 생기 없는 내 따귀를 때릴 수만 있다면 그러고 싶다.

대신 나는 모든 게 사라지길 빌며 의자에 앉아 눈을 감았다. 그러나 그럴 수 없었다. 갑자기 너무 시끄러워져 집중할 수가 없었다. 내 모니터들이 삑삑, 빽빽, 소리를 내기 시작하고 간호사 두 명이 뛰어왔다.

"혈압과 산소포화도가 떨어지고 있어요!" 한 간호사가 외쳤다.

"심박수가 빨라지고 있어!" 다른 간호사가 외쳤다. "무슨 일이지?"

"외상 병동 중환자실, 코드 블루, 코드 블루!" 스피커가 울려 댔다.

곧 게슴츠레한 눈 밑에 다크 서클이 짙은 의사 한 명이 눈을 비벼 잠을 쫓아내며 간호사들 대열에 합류했다. 그는 담요를 홱

젖히고 내 환자복을 들추었다. 나는 허리 아래로 아무것도 입고 있지 않았지만 여기선 아무도 그런 걸 신경 쓰지 않는 모양이다. 그가 딱딱하게 부풀어 오른 내 배에 손을 대보았다. 의사의 눈이 커졌다가 이내 가늘어졌다. "복부가 딱딱해." 그가 화난 듯 말했다. "초음파를 해야겠어."

라미레스 간호사가 안쪽 방으로 가더니 하얀 장비가 달린 노트북처럼 생긴 것을 밀고 나왔다. 그녀가 젤 같은 걸 짜서 내 배에 바르자 의사가 그 위에 하얀 기계를 갖다 댔다.

"젠장. 피가 잔뜩 찼어." 그가 말했다. "이 환자 오늘 오후에 수술을 받았나?"

"비장을 절제했습니다." 라미레스 간호사가 대답했다.

"소작하지 않고 놓친 혈관이 있는 거 같은데. 아니면 손상된 내장에서 조금씩 새어나왔거나. 교통사고라고 했나?"

"네. 오늘 아침에 구급 헬기로 이송되어 왔습니다."

의사가 내 차트를 뒤적였다. "소런슨 박사가 수술했군. 아직 당직이니까 박사한테 연락하고, 환자는 수술실로 옮겨. 환자의 바이털이 더 떨어지기 전에. 복부를 열어서 뭐가 왜 새고 있는지 확인해야 해. 이런, 뇌타박상에 폐허탈이라니. 이 아가씨, 완전히 대형 사고로군."

라미레스 간호사가 의사를 쏘아보았다. 그가 방금 나를 모욕이라도 했다는 듯.

"라미레스 간호사." 투덜이 간호사가 나무랐다. "담당 환자들 돌봐야지 않아? 그 환자는 얼른 기도삽관해서 수술실로 보내. 꾸물대느니 그게 환자한테 훨씬 도움이 될 거야." 간호사들이 서둘러 모니터와 카데터*를 분리하고 다른 튜브를 내 목구멍 안으로 넣었다. 보조원 두 사람이 수술용 침대를 끌고 와 나를 힘겹게 그 위로 옮겼다.

사람들이 바쁘게 나를 데리고 나가는 동안 내 하반신은 여전히 벗겨진 채였는데, 문에 닿기 직전 라미레스 간호사가 소리쳤다. "잠깐만요!" 그녀가 환자복 자락으로 내 다리를 덮어주었다. 그녀는 모스 부호 메시지처럼 손가락으로 내 이마를 세 번 톡톡톡 두드렸다. 나는 다시 수술하기 위해 수술실로 이어지는 미로처럼 복잡한 복도로 들어갔다. 하지만 이번에는 나 자신을 따라가지 않았다. 중환자실에 남았다.

이제야 알 것 같다. 글쎄, 완전히 안다고는 못 하겠지만. 내가 혈관아 터져서 배로 흘러들어가, 라고 명령을 한 것도 아니고, 수술을 또 하고 싶었던 것도 아니다. 하지만 테디가 갔다. 엄마도 아빠도 가버렸다. 오늘 아침, 나는 가족과 함께 차를 탔다. 그

---

* 체강 또는 각종 기관의 내용물을 배출하거나, 약제나 세정액을 주입하는 데 사용하는 관.

리고 지금 나는 여기에, 그 어느 때보다 더 혼자가 된 채 남아 있다. 고작 열일곱. 내 인생이 이 모양이어선 안 되는 거 아닌가.

나는 조용한 중환자실 한구석에서 오늘 지금까지 내가 간신히 무시하고 있던 씁쓸한 일들에 대해 골똘히 생각하기 시작했다. 내가 이 세상에 남는다면 어떻게 될까? 깨어보니 고아가 돼 있는 건 어떤 기분일까? 아빠의 파이프 담배 냄새를 다시는 맡지 못하는 건? 엄마 곁에 나란히 서서 설거지하며 조곤조곤 이야기를 나눌 수 없는 건? 다시는 테디에게 『해리 포터』를 읽어줄 수 없는 건? 가족 없이 혼자 남는 건?

여기가 내가 속한 세상인지 더는 잘 모르겠다. 내가 깨어나고 싶은 건지 모르겠다.

나는 장례식에 딱 한 번 가봤다. 내가 잘 알지 못하는 사람의 장례식이었다.

글로리아 이모할머니가 급성 췌장염으로 돌아가셨을 때도 장례식에 갈 뻔했다. 그런데 이모할머니는 장례식에 대해 상세한 유언을 남겼다. 이모할머니는 전통적인 장례식이나 가족 묘지 매장을 원치 않았다. 대신 화장을 한 다음, 시에라네바다 산맥 어딘가에 원주민 의식에 따라 유해를 뿌려달라고 했다. 할머니는 이 일에 대해, 그리고 이모할머니의 거의 모든 것에 대해 상당히 언짢아했다. 할머니는 이모할머니가 언제나 자신이 별나다는 걸 표내고 싶어하더니 죽어서까지 그런다고 했다. 할머니는 결국 유해를 뿌리는 날 참석하지 않기로 했다. 할머니도 가지 않는데 우리가 갈 이유가 없었다.

음악 캠프에서 트롬본을 연주했던 친구 피터 헬먼이 이 년 전에 죽었다. 나중에 캠프에 가서 피터가 없다는 걸 알아챈 다음에야 그 사실을 알았다. 우리 중에 피터에게 림프종이 있었다는 사실을 안 사람은 거의 없었다. 그건 음악 캠프의 희한한 특징이었다. 여름 내내 그토록 친하게 지내면서도 캠프 후에는 연락을 하지 않는 것이 불문율이었다. 우리는 여름 친구였다. 캠프에서 우리는 피터를 기리는 기념 음악회를 열었지만, 그건 진짜 장례식은 아니었다.

케리 기퍼드는 시내에서 일하던 뮤지션으로, 엄마 아빠의 지인이었다. 나이가 들면서 가정을 꾸리고 연주자라기보단 음악 애호가가 된 아빠나 헨리 아저씨와는 달리, 케리 아저씨는 미혼으로 남아 그의 첫사랑인 음악 연주에 충실했다. 아저씨는 밴드 세 개에서 활동하고 시내 클럽에서 음향 담당으로 일하며 생계를 꾸렸다. 케리 아저씨의 밴드 중 적어도 하나가 매주 그 클럽에서 연주를 하는 것 같았으니, 그건 이상적인 환경이었다. 아저씨는 일하다가 그냥 무대로 뛰어 올라가 연주를 하고 무대 음향은 다른 사람들에게 맡겨놓으면 되었는데, 가끔은 무대 아래로 뛰어 내려와 모니터를 직접 조절하는 걸 볼 수 있었다. 나는 어릴 때 엄마 아빠와 같이 공연을 보러 다니며 케리 아저씨를 알게 되었다. 그후 애덤과 데이트를 하며 공연장에 다니게 되면서 아저씨를 다시 만났다.

어느 밤, 아저씨는 클로드라는 포틀랜드 밴드를 위해 음향을 조절하다가 갑자기 무릎을 꿇으며 사운드보드 위로 쓰러졌다. 구급차가 도착했을 때는 이미 숨을 거둔 뒤였다. 뇌동맥류라고 했다.

케리 아저씨의 죽음은 우리 동네를 뒤흔들어놓았다. 아저씨는 이 부근에선 터줏대감 같은 사람이었다. 레게 머리를 한 백인에 털털한 성격과 솔직한 발언으로 유명했다. 아저씨는 서른둘밖에 안 된 젊은 나이였다. 우리가 아는 사람은 모두 아저씨의 장례식에 갈 계획이었다. 장례식은 아저씨가 자란 산속 마을에서 있었는데, 차로 두어 시간 가야 했다. 엄마 아빠는 물론 참석할 계획이었고, 애덤도 마찬가지였다. 누군가의 장례식에 허락도 없이 쳐들어가는 불청객이 된 기분이었지만 나도 그냥 따라

가기로 했다. 테디는 할머니 댁에 남았다.

많은 차가 줄줄이 케리 아저씨의 고향으로 향했다. 우리는 헨리 아저씨, 윌로 아줌마와 같이 한 차에 탔다. 아줌마는 당시 만삭이어서 둥근 배 위로 안전띠가 채워지지 않았다. 모두 돌아가며 케리 아저씨와 얽힌 재미있는 이야기를 하기 시작했다. 이라크 전쟁에 항의하기 위해 한 무리의 남자와 가까운 징병 사무소에 누더기를 입고 몰려가 입대하겠다고 했던 노골적인 좌파 케리. 너무 상업화된 크리스마스가 못마땅해 클럽에서 메리 안티크리스마스 파티를 열어 크리스마스캐럴을 제일 잘 비꼬아 연주하는 밴드를 뽑는 콘테스트를 개최했던 심통쟁이 무신론자 케리. 그러곤 클럽 한가운데에 허접한 선물을 던져 쌓아놓으라며 모두를 부추겼던 케리. 떠돌던 이야기와는 달리, 케리 아저씨는 그 선물들을 불에 태우지 않았다. 아빠는 아저씨가 선물들을 자선단체인 세인트 빈센트 드 폴에 기부했다고 이야기해줬다.

모두가 케리 아저씨에 대해 얘기하자 차 안의 분위기는 탄산수처럼 부글부글 끓어오르며 흥겨워졌다. 장례식이 아니라 서커스에 가는 것만 같았다. 하지만 그게 옳은 듯했다. 늘 열정적인 에너지가 넘치던 케리 아저씨였으니까.

하지만 장례식은 그 반대였다. 지독히도 우울했다. 동맥이 다소 약했던 것 말고는 특별한 이유가 없는데 젊은 나이에 명을 달리한 사람의 장례식이어서 그랬던 것만은 아니었다. 장례식은 거대한 교회에서 치러졌는데, 케리 아저씨가 공공연한 무신론자였다는 걸 생각하면 이상한 일이었지만 그 점은 나도 이해한다. 장례를 치를 만한 곳이 교회 말고 달리 또 어디 있겠는가? 문제는 추도식에 있었다. 목사는 케리 아저씨를 한 번도 만나본 적이 없는 게 분명했다. 목사가 아저씨에 대해 하는 말은 천편일률적이었다. 케리 아저씨가 가슴이 매우 따뜻한 사람이었으며, 그가 떠나서 슬프지만 분명 "천국의 보상"을 받을 거라는 내용이었다.

그리고 밴드 친구들이나 마지막 십오 년을 함께 보낸 마을 사람들이 추도문을 읽는 대신, 보이시에서 온 아저씨뻘 되는 어떤 남자가 일어나 케리 아저씨가 여섯 살 때 아저씨에게 자전거 타는 법을 가르쳤던 일에 대해 이야기했다. 자전거를 배운 것이 케리 아저씨의 인생에 의미심장한 순간이라도 되는 듯이. 그 남자는 케리 아저씨가 이제 예수님과 같이 걷고 있다며 우리를 안심시키는 것으로 추도문을 마쳤다. 그가 이 말을 할 때 엄마의 낯빛이 붉어져서 나는 엄마가 무슨 말을 하지나 않을까 조금 걱정스러웠다. 우리는 가끔 교회에 나갔으니 엄마가 종교에 특별히 반감이 있는 건 아니었다. 하지만 케리 아저씨는 분명 엄청난 반감을 가졌다. 엄마는 당신이 사랑하는 사람들에 대한 보호본능이 아주 강해서, 그들에 대한 모욕을 몹시 불쾌해했다. 엄마 친구들은 이 때문에 엄마를 '엄마 곰'이라고 불렀다. 베트 미들러의 〈Wind Beneath My Wings〉가 울려 퍼지며 장례식이 끝났을 땐 엄마의 귀에서 김이 폴폴 났다.

"케리가 죽었기에 망정이지. 안 그랬으면 장례식 보고 미쳐버렸을 거야." 헨리 아저씨가 말했다. 교회 장례식이 끝난 후 우리는 공식 오찬 대신 허름한 식당으로 갔다.

"〈Wind Beneath My Wings〉라고?" 애덤이 무심코 내 손을 잡고 입김을 불어주며 기가 막히다는 듯 말했다. 애덤은 늘 차가운 내 손가락을 덥혀주려고 곧잘 그러곤 했다. "차라리 〈Amazing Grace〉가 낫지 않나? 적어도 전통적이……"

"적어도 토하고 싶게 만들진 않지." 헨리 아저씨가 끼어들었다. "아니면 차라리 밥 말리의 〈Three Little Birds〉를 부르든가. 그 정도는 돼야 우리 케리를 기릴 수 있지."

"그 장례식은 케리의 인생을 기리는 게 아니었어!" 엄마가 목도리를 홱 낚아채 풀며 쏘아붙였다. "부정하는 거였다면 모를까. 케리를 두 번 죽인 거나 마찬가지야."

아빠가 엄마의 꽉 쥔 주먹을 꼭 잡았다. "진정해. 그냥 노래한 곡일 뿐인데."

"그냥 노래 한 곡이 아니야!" 엄마가 아빠의 손을 뿌리치며 말했다. "그 한 곡이 바로 장례식의 전부를 보여준 거야. 아까 봤던 그 생쇼가 말야. 다른 사람은 몰라도 당신은 이해해야지."

아빠는 어깨를 으쓱하더니 씁쓸한 미소를 지었다. "그래야겠지. 하지만 난 케리네 가족에게 화를 내진 못하겠어. 이 장례식은 그분들이 자기들 방식으로 아들을 되찾는 게 아니었을까."

"제발." 엄마가 고개를 저으며 말했다. "자기 자식을 되찾고 싶었으면 왜 아들이 선택했던 인생을 존중하지 않는 거지? 어떻게 한 번도 안 찾아올 수가 있어? 아들의 음악을 지지하지도 않고?"

"그분들이 그런 것에 대해 어떻게 생각했는지 우린 모르잖아." 아빠가 대답했다. "그분들을 너무 가혹하게 판단하지 말자고. 자기 자식을 묻는데 얼마나 가슴이 찢어지겠어."

"당신이 그 사람들을 대신해서 변명을 하다니, 믿을 수가 없어." 엄마가 성토했다.

"그런 거 아냐. 난 당신이 음악 선곡 하나를 너무 확대해석하는 것 같아서 그런 것뿐야."

"그리고 나는 당신이 줏대 없는 걸 연민으로 착각하고 있다고 생각할 뿐이고!"

아빠는 얼굴을 살짝 찌푸렸지만 거의 알아챌 순 없었다. 하지만 애덤이 내 손을 꼭 잡고 헨리 아저씨와 윌로 아줌마가 마주보게 하기엔 충분했다. 헨리 아저씨가 아빠를 구하러 나섰다. 내가 보기엔 그랬다. "너하곤 좀 다르지. 네 부모님들을 봐." 아저씨가 아빠에게 말했다. "내 말은, 너희 부모님은 구식이지만 네일에 관심이 많으셨고, 넌 제일 자유분방하게 살았던 시절에도 착한 아들이었고 훌륭한 아버지였어. 일요일 저녁은 늘 집에서 함께 먹고 말야."

엄마가 갑자기 큰 소리로 웃었다. 헨리 아저씨의 말이 엄마의 주장을 입증하기라도 하는 것처럼. 모두 엄마에게로 고개를 돌렸다. 우리의 충격받은 표정에 엄마는 자신이 좀 지나쳤다는 걸 깨달은 듯했다. "내가 너무 흥분했어." 엄마가 말했다. 아빠는 당장은 그 이상의 사과는 받을 수 없으리란 걸 이해한 것 같았다. 아빠는 한 손으로 엄마의 손을 감싸 쥐었고, 엄마는 이번엔 뿌리치지 않았다.

아빠는 입을 열기 전에 잠시 망설이며 뜸을 들였다. "나는 그냥, 장례식은 죽음 자체와도 상당히 닮았다고 생각해. 각자 그에 대한 소망과 계획이 있겠지만 결국은 자기가 통제할 수 없으니까."

"아니." 헨리 아저씨가 말했다. "자기 소망을 제대로 된 사람들한테 알리면 그렇게 되지 않아." 아저씨는 윌로 아줌마 쪽으로 돌아보곤 그녀의 부른 배에 대고 말했다. "그러니까 잘 들어, 내 가족들. 내 장례식에는 아무도 검은색은 입으면 안 돼. 그리고 음악으로는 팝, 그중에서도 올드 팝이 좋겠어. 미스터 티 익스피리언스 같은." 그가 윌로 아줌마를 올려다보았다. "들었지?"

"미스터 티 익스피리언스. 꼭 그걸 틀게."

"고마워. 그런데 당신은?" 헨리 아저씨가 윌로 아줌마에게 물었다.

아줌마는 전혀 머뭇거리지 않고 말했다. "난 일스의 〈P.S. You Rock My World〉를 틀어줘. 난 친환경적인 장례식을 원해. 왜 나무 밑에 묻는 거 있잖아. 그러면 장례식도 자연 속에서 하게 되겠지. 그리고 꽃은 사절. 그러니까 나한테 꽃을 선물하고 싶으면 내가 살아 있을 때 실컷 주고, 내가 죽으면 다들 나 대신 '국경없는의사회' 같은 훌륭한 자선단체에 기부나 해줘."

"그런 세세한 것까지 다 생각해놓으셨어요?" 애덤이 물었다. "간호사라서 그러신 거예요?"

윌로 아줌마가 어깨를 으쓱했다.

"킴 말로는, 그건 아줌마가 심오해서래요." 내가 말했다. "킴은 세상에는 자기 장례식을 상상하는 사람과 그렇지 않은 사람이 있는데, 똑똑하고 예술적인 사람들은 자연히 전자에 속하게 된다고 했거든요."

"너는 어떤 쪽인데?" 애덤이 내게 물었다.

"난 모차르트의 레퀴엠이 좋겠어." 내가 말했다. 그러곤 엄마 아빠를 돌아보았다. "걱정 마세요. 자살 충동이 있거나 한 건 아니니까요."

"좀!" 엄마가 커피를 저으며 말했다. 이제 기분이 나아진 것 같았다. "난 어렸을 때 내 장례식에 대해 아주 세세하게 상상하곤 했어. 우리 건달 아버지하고 나한테 잘못한 친구들이 모두 내 관에 엎어져서 눈물을 흘리는 거야. 관은 당연히 빨간색이어야 하고, 음악은 제임스 테일러였지."

"내가 맞혀볼게." 윌로 아줌마가 말했다. "〈Fire and Rain〉?"

엄마가 고개를 끄덕이자, 엄마와 아줌마는 같이 웃기 시작했다. 곧 모두들 배꼽을 잡고 깔깔 웃는 바람에 눈물이 뺨을 타고 흘렀다. 그리고 우리는 울었다. 케리 아저씨를 잘 몰랐던 나까지도. 울다가 웃다가, 웃다가 울었다.

"그래서 지금은 어떠신데요?" 모두 진정한 다음 애덤이 물었다. "아직도 테일러한테 끌리세요?"

엄마가 가만히 눈을 깜빡였다. 무언가 생각할 때의 버릇이다. 곧 엄마는 팔을 뻗어 아빠의 뺨을 쓰다듬었다. 엄마로선 흔치 않은 공공연한 애정 표현이었다. "이상적인 시나리오는 마음 좋고 잘 속는 우리 남편하고 내가 아흔두 살에, 둘이 동시에 오래 고통받지 않고 죽는 거지. 어떻게 죽을지는 모르겠지만. 이를테면 아프리카에서 사파리 여행을 하다가…… 미래엔 우리도 부자

일 테니까. 뭐 환상이 다 그런 거 아니겠어? 여하튼 뭔가 이국적인 병에 걸려서 어느 날 밤 멀쩡하게 잠자리에 들었다가 아침에 그대로 깨어나지 못하는 거야. 그리고 제임스 테일러는 아냐. 우리 장례식에선 미아가 연주할 거야. 아, 물론 우리가 뉴욕 필하모닉 오케스트라에서 미아를 잠깐 데려올 수 있다면 말이지만."

아빠의 말은 틀렸다. 자기 장례식을 자신이 통제할 수 없는 건 맞지만 때로 죽음은 선택할 수 있을지도 모른다. 나는 엄마의 소망 중 일부는 실현되었다는 생각을 멈출 수가 없다. 엄마는 아빠하고 함께 떠났으니까. 하지만 나는 부모님의 장례식에서 연주할 수 없을 것이다. 엄마의 장례식이 내 장례식이 될 수도 있으니까. 그게 어쩐지 위안이 된다. 가족과 함께 떠나는 것. 아무도 뒤에 남지 않는 것. 이렇게 말하고 보니, 엄마는 이런 걸 좋아하지 않을 거라는 생각이 든다. 아니, 엄마 곰은 오늘 사건들이 이렇게 전개된 것에 엄청난 분노를 터뜨릴 것이다.


**2:48 a.m.**


나는 출발점으로 돌아왔다. 중환자실로. 그러니까 내 몸으로.

너무 피곤해서 움직일 수가 없어 줄곧 여기 앉아 있었다. 잠들 수 있으면 좋겠다. 내게 마취제 같은 게 있다면, 아니면 최소한 세상을 멈출 무언가가 있으면 좋겠다. 내 영혼도 내 육체처럼 고요하고 생기 없이, 다른 사람들의 손에 맡겨져 있다면 좋겠다. 내겐 이런 결정을 내릴 기운이 없다. 더는 이런 걸 원치 않는다. 소리 내어 말해보았다. 난 이런 걸 원치 않아. 바보같이 느껴져서 중환자실을 둘러보았다. 이 병동에 있는 만신창이가 된 다른 사람들 역시 좋아서 여기 있는 건 아닐 것이다.

내 몸은 중환자실을 그리 오래 비우지 않았다. 수술실에서 몇 시간, 회복실에서 얼마 동안 있었을 뿐. 내게 정확히 무슨 일이 일어난 건지는 모르겠다. 나는 오늘 처음으로 그것에 신경 쓰지 않는다. 신경 쓰지 말았어야 했다. 이렇게 애쓰지 말았어야 했다. 이제 알겠다. 죽는 건 쉽다. 사는 게 어렵지.

나는 다시 인공호흡기를 하고 있고, 눈에도 다시 테이프가 붙어 있다. 나는 아직도 테이프를 이해하지 못하겠다. 의사들은 내가 수술 중에 갑자기 깨어나 메스와 피에 깜짝 놀랄 거라고 생각하는 걸까? 이제 와서 내가 고작 그 정도에 겁먹을 거라고 생각하나. 간호사 둘이, 내 담당 간호사와 라미레스 간호사가 침대 곁으로 와서 모니터를 확인하고 있다. 그들은 이제 내 이름만큼이나 친숙한 것들의 수치를 입을 모아 읊는다. 혈압, 산소포화도, 호흡수. 라미레스 간호사는 어제 오후에 출근했을 때와는 완전히 다른 사람이 되어 있다. 화장은 모두 지워지고 머리는 찰싹 달라붙어 있다. 서서라도 잘 수 있을 것처럼 보인다. 그녀의 근무 시간은 곧 끝날 것이다. 나는 라미레스 간호사가 그립겠지만 그녀가 내게서, 이곳에서 벗어날 수 있어 기쁘기도 하다. 나도 벗어나고 싶다. 아무래도 그렇게 될 것 같다. 이젠 시간문제일 뿐이다. 이제 어떻게 떠날 것인지 결정하는 일만 남았다.

중환자실로 돌아온 지 십오 분도 안 되어 윌로 아줌마가 나타났다. 그녀는 자동문 안으로 성큼성큼 걸어 들어와 책상 앞의 간호사에게 말을 걸었다. 무슨 말인지는 들리지 않지만 어조는 알 수 있다. 공손하고 부드럽지만 질문할 여지를 주지 않는다. 몇 분 후 윌로 아줌마가 자리를 떴을 때 공기는 달라져 있었다. 이제는 아줌마가 대장이다. 투덜이 간호사는 처음엔 약이 올라 보였다. 이 여자가 뭔데 날더러 이래라저래라야? 하지만 잠시 후 그녀는 체념한 듯 두 손을 들었다. 정신없는 밤이었고 교대할 시간도 거의 다 됐다. 뭐하러 고생을 사서 하겠는가? 나와 시끄럽고 막무가내인 내 문병객들은 곧 남의 골칫거리가 될 텐데.

오 분 후 아줌마가 할머니 할아버지와 함께 돌아왔다. 윌로 아줌마는 종일 일하고 나서 또 밤새 여기에 있었다. 평소에도 잠을 충분히 자지 못한다는 걸 알고 있다. 엄마가 아줌마한테 밤에 아기를 재우는 요령을 일러주던 걸 듣곤 했다.

나와 할아버지 중에 누가 더 엉망으로 보이는지 모르겠다. 할아버지의 혈색이 좋지 않다. 얼굴이 창백하고 부석부석하고 눈은 충혈되어 있다. 반면 할머니는 여느 때와 같은 모습이다. 지친 흔적이나 눈물 자국은 보이지 않는다. 피로가 할머니한테는 감히 시비를 걸지 못하는 것 같다. 할머니는 곧장 내 침대로 다가왔다.

"네가 오늘 정말 우리를 들었다 놨다 하는구나." 할머니가 가벼운 투로 말했다. "네 엄마가 네가 얼마나 순한 딸인지 모른다고 할 때마다 내가 말했단다. 어디 사춘기가 돼서도 그런지 두고 보자고. 하지만 넌 내 말이 틀렸다는 걸 보여줬지. 사춘기에도 넌 참 순한 아이였어. 말썽 한번 없었지. 심장이 내려앉을 만큼 놀래키는 짓은 절대 하지 않는 아이였어. 평생 그리 순하게 살아온 걸 오늘 한꺼번에 갚는구나."

"그만해, 여보." 할아버지가 한 손을 할머니 어깨에 올려놓으며 말했다.

"아, 그냥 농담이에요. 미아가 좋아할 거 같아서. 미아는 유머 감각이 있잖아요. 아주 심각해 보일 때도 있지만 말이에요. 이번엔 좀 심술궂은 유머지만."

할머니는 내 침대 곁의 의자를 당겨 앉고는 손가락으로 내 머리칼을 빗겨주었다. 누군가 내 머리를 헹궈준 덕분에 깨끗하다고 할 수는 없지만 피로 떡칠되어 있지는 않다. 할머니는 턱까지 내려온 엉킨 내 앞머리를 매만져주었다. 나는 언제나 앞머리를 잘랐다 기르고, 잘랐다 또 길렀다. 그게 내가 할 수 있는 가장 파격적인 변신이었다. 할머니는 계속 손으로 내 머리를 매만지며 베개 밑에 깔린 머리카락을 내 가슴 위로 늘어뜨려, 내게 연결된 선과 튜브 들을 일부 가렸다. "훨씬 낫구나." 할머니가 말했다. "있잖니, 내가 오늘 산보를 나갔다가 뭘 봤는지 아니? 솔 잣새가 있지 뭐냐. 2월의 포틀랜드에 말이다. 그건 정말 드문 일이지. 글로리아 언니인 거 같아. 언니는 언제나 너한테 약했잖니. 널 보면 네 아빠가 생각난다면서 말이다. 글로리아 언니는 네 아빠를 아주 예뻐했거든. 네 아빠가 처음으로 머리를 모호크식으로 밀었을 땐 파티를 열어주기까지 했단다. 반항적이고 남다르다면서 좋아했어. 네 아빠가 자기를 얼마나 싫어했는지도 모르고. 한번은 네 아빠가 대여섯 살쯤 됐을 때 글로리아 언니가 우릴 찾아왔는데, 들쥐 털 코트를 입고 있었지 뭐니. 글로리아 언니가 동물의 권리니 크리스털*이니 그런 데 관심을 갖기 전이었지. 그 코트에선 나프탈렌 같은 지독한 냄새가 났어. 다락방

---

* 마약의 일종.

트렁크에 보관하는 오래된 침구처럼 말야. 그래서 네 아빠는 글로리아 언니를 '트렁크 냄새 이모'라고 불렀지. 글로리아 언니는 전혀 몰랐지만. 글로리아 언니는 네 아빠가 우리한테 반항하는 걸 좋아했어. 그걸 반항이라고 생각한 거지. 그리고 네가 클래식 음악을 선택한 것도 반항이라고 생각했단다. 그런 게 아니라고 내가 말해줬지만 언니는 들은 척도 안 했지. 언니는 매사에 자기만의 생각이 있었으니까. 뭐 우리 모두가 그렇지."

할머니는 오 분 정도 더 수다를 떨며 다른 사소한 소식들을 전했다. 헤더는 도서관 사서가 되기로 했다. 내 사촌 매슈가 오토바이를 샀는데 퍼트리샤 고모는 그걸 달가워하지 않았다. 나는 할머니가 저녁을 짓거나 화분에 난초를 심으며 이런 이야기들을 시시콜콜 늘어놓는 걸 들은 적이 있다. 지금 할머니 말씀을 듣고 있으니 할머니 댁 온실에 있는 우리 모습이 그려진다. 그 온실은 겨울에도 늘 따스하고 습하며, 거름 냄새가 살짝 풍기는 흙내가 난다. 할머니는 소똥을 손으로 긁어모아—할머니는 이걸 '소똥 패티'라고 부른다—톱밥과 같이 섞어서 당신만의 퇴비를 만든다. 할머니는 이 퇴비를 사용한 난초로 늘 상을 받는다. 그래서 할아버지는 그 제조법을 특허 내서 팔아야 한다고 생각한다.

나는 할머니의 목소리를 들으며 명상을 해보려 했다. 할머니의 행복한 수다에 나를 내맡기려 했다. 가끔 할머니 댁 주방 카운터에 있는 스툴에 앉아서 할머니의 얘기를 듣다 반쯤 잠이 들기도 했다. 오늘 여기서도 그럴 수 있을까. 잘 수 있다면 너무나 좋을 텐데. 따스한 어둠의 이불이 모든 것을 지워준다면. 꿈꾸지 않고 잘 수 있다면. 사람들이 죽은 사람의 잠에 대해 말하는 걸 들은 적이 있다. 죽음이란 그런 기분일까? 너무도 푸근하고 따스하고 곤한, 끝없는 낮잠 같은 걸까? 그런 거라면 나쁘지 않다. 죽음이 그런 거라면, 나는 전혀 싫지 않다.

갑자기 나는 두려움에 부르르 떨었다. 할머니의 이야기를 듣는 동안 조금이나마 되찾은 평온이 산산조각 났다. 아직 자세한 것까지는 명확히 알 수 없지만, 내가 떠나겠다고 마음만 먹는다면 떠날 수 있으리라는 건 알고 있다. 하지만 나는 준비가 되어 있지 않다. 아직은. 이유는 모르겠지만 아직은 떠날 준비가 되지 않았다. 끝없는 낮잠이라면 나쁘지 않겠다고 잠깐 생각한 것이 정말로 그런 일로 이어져 돌이킬 수 없게 될까봐 덜컥 겁이 났다. 시계가 정오를 알릴 때 우스운 표정을 지으면 그 얼굴이 평생 남는다던 할아버지 할머니의 말처럼.

죽어가는 사람들은 모두 남을 것인지 떠날 것인지 결정할 수 있는지 궁금하다. 그렇지 않을 것 같다. 이 병원에도 정맥에 독한 화학약품을 퍼붓거나 끔찍한 수술을 해서라도 이 세상에 남으려는 사람이 많지만 그들 가운데 몇몇은 어쨌거나 죽지 않는가.

엄마 아빠는 스스로 결정했을까? 두 분에게 그런 중요한 결정을 내릴 시간이 있었을 것 같지 않다. 더구나 두 분이 나를 남겨두고 떠나는 걸 선택했다고는 상상하기 어렵다. 그러면 테디는? 테디는 엄마 아빠와 함께 가기를 원했을까? 테디는 내가 아직 살아 있다는 걸 알았을까? 알았다 해도, 나 없이 떠나기로 했다고 테디를 원망할 수는 없다. 테디는 어리다. 분명 잔뜩 겁먹었을 것이다. 혼자서 두려움에 떠는 테디의 모습이 떠오르는 순간 나는 처음으로 천사에 대한 할머니의 생각이 맞기를 바랐다. 나는 천사들이 테디를 위로하느라 너무 바빠서 나를 챙기지 못했기를 기도했다.

누군가 다른 사람이 나 대신 이 결정을 해주면 안 되나? 죽음의 대리인 같은 게 좀 있으면 안 되나? 아니면 야구 경기 막바지에 베이스에 있는 선수들을 홈으로 불러오기 위해 막강한 타자가 필요할 때 야구팀들이 하듯이 그러면 안 되나? 나를 홈으로 데려가줄 대타를 쓰면 안 되나?


할머니가 갔다. 윌로 아줌마도 가고 없다. 중환자실은 고요하다. 나는 눈을 감았다. 다시 눈을 뜨니 할아버지가 눈앞에 있다. 울고 있다. 소리는 전혀 나지 않지만 눈물이 두 뺨을 타고 흘러내리며 할아버지의 얼굴을 온통 적시고 있다. 누가 이렇게 우는 모습을 본 적이 없다. 어찌 된 일인지 할아버지 눈 안쪽의 수도 꼭지가 열려버렸다. 조용하게 끝없이 눈물이 스며 나온다. 그리고 내 이불 위로 떨어진다. 조금 전에 할머니가 빗겨준 머리칼 위로. 뚝. 뚝. 뚝.

할아버지는 눈물을 닦아내지도, 코를 풀지도 않았다. 그저 눈물이 아무 데나 떨어지게 내버려두었다. 그리고 슬픔의 우물이 잠시 말랐을 때, 할아버지는 다가와 내 이마에 입을 맞췄다. 할아버지는 떠날 듯하더니 다시 내 곁으로 와서, 내 귀까지 몸을 낮추곤 속삭였다.

"괜찮아. 네가 떠나고 싶다고 해도. 다들 네가 남아주길 바라지만. 나는 살면서 이보다 더 간절하게 원한 것은 없었단다. 할아버지는 네가 남아주면 좋겠구나." 감정이 북받친 듯 할아버지의 목소리가 갈라졌다. 잠깐 목청을 가다듬고 숨을 크게 들이쉰 다음 할아버지는 말을 이었다. "하지만 이건 내 바람이고. 네가 다른 걸 바란다 해도 난 이해할 거란다. 네가 떠나고 싶다고 해도, 이해한다고 그냥 말하고 싶었다. 네가 꼭 우릴 떠나야 한다면, 괜찮아. 이제 그만 싸우고 싶다 해도 괜찮아."

테디도 가버렸다는 걸 알고 난 후 처음으로 뭔가 응어리진 것이 풀리는 느낌이었다. 이제 숨을 쉴 수 있다. 할아버지는 내가 바라던 9회말 대타는 아니다. 할아버지는 내 인공호흡기를 떼지도, 내게 모르핀 같은 걸 과다 투여하지도 않을 테니까. 하지만 오늘 처음으로 누군가가 내가 무언가를 잃었다는 걸 인정했다. 사회복지사는 할머니 할아버지에게 내가 심란해할 말은 하지 말라고 했지만 할아버지의 인정은, 그리고 방금 내게 해준 허락은, 선물처럼 느껴졌다.

할아버지는 나를 두고 나가지 않았다. 다시 의자에 털썩 주저 앉았다. 이젠 조용하다. 너무 조용해서 다른 사람들이 꿈꾸는 소리까지 들릴 것만 같다. 너무 조용해서 내가 할아버지에게 건네는 말까지 들릴 것만 같다. 고마워요, 할아버지.

엄마가 테디를 임신했을 때 아빠는 대학 때부터 활동하던 밴드에서 여전히 드럼을 치고 있었다. 그 밴드는 CD를 두어 장 내기도 했다. 밴드는 여름마다 투어를 떠났다. 결코 유명하다고 할 수는 없었지만 북서부 전역, 그리고 이 동네와 시카고 사이의 대학가에 팬들이 있었다. 신기하게도 일본에도 팬이 꽤 있었다. 자기 집에서 묵어도 좋다며 일본에 와서 연주를 해달라고 하는 일본 십대들의 팬레터를 늘 받았다. 아빠는 만약 일본에 공연을 하러 가게 된다면 나와 엄마를 데려가겠다고 입버릇처럼 말했다.

혹시 몰라서 엄마와 나는 일본어까지 몇 마디 배워두었다. 곤니 치와. 아리가토. 하지만 결국은 불발에 그치고 말았다.

엄마가 테디를 임신했다고 발표한 후, 변화의 첫 징후는 아빠가 스스로 운전면허 필기시험을 봐서 합격한 거였다. 그때 아빠는 서른셋이었다. 아빠는 연수를 위해 엄마에게 운전을 배워보려 했지만, 아빠 말로는 엄마가 성질이 너무 급했고, 엄마 말로는 아빠가 잔소리에 너무 민감했다. 그래서 할아버지가 픽업트럭에 아빠를 태우고 텅 빈 시골 길로 나가서 가르쳤다. 아빠의 다른 형제들도 다들 그렇게 배웠다. 다른 형제들이 열여섯에 운전을 배운 것만 달랐을 뿐.

그다음으로 옷차림이 바뀌었지만 우리 중 누구도 바로 알아차리지 못했다. 아빠가 하루아침에 타이트한 블랙진과 밴드 티셔츠를 벗고 정장으로 갈아입은 건 아니었으니까. 옷차림의 변화는 훨씬 더 서서히 진행되었다. 처음에는 밴드 티셔츠 대신 중고 옷 가게에서 찾아낸 50년대식 버튼업 셔츠를 입었다. 그런데 그 스타일이 유행하기 시작하자 아빠는 고급 빈티지 옷 가게에서 옷을 사기 시작했다. 그다음엔 다크블루 리바이스 한 벌만 빼고 청바지가 쓰레기통으로 들어갔다. 아주 잘빠진 이 청바지는 다려서 주말에 입곤 했다. 아빠는 거의 매일 단정하고 앞주름이 없고 밑단이 잡힌 점잖은 바지를 입었다. 하지만 테디가 태어나고 몇 주가 지나자 아빠는 가죽 재킷마저 줘버렸다. 표범 털가죽 벨트가 달린, 낡았지만 아빠가 보물처럼 여기던 라이더 재킷이었다. 우리는 그제야 엄청난 변화가 일어나고 있다는 걸 깨달았다.

"야아, 너 지금 장난하는 거지?" 아빠가 가죽 재킷을 건네주자 헨리 아저씨가 말했다. "이건 네가 어릴 때부터 입던 거잖아. 심지어 네 냄새까지 나는데."

아빠는 어깨를 으쓱하곤 끝이었다. 그리고 아기 바구니에서 꽥꽥 소리 지르고 있는 테디를 안아 올렸다.

몇 달 후, 아빠는 밴드를 그만두겠다고 선언했다. 엄마는 자기 때문에 그러지는 말라고 했다. 엄마는 아빠가 한 달씩 걸리는 투어를 떠나 우리 둘과 엄마만 남겨두는 게 아니라면 계속 밴드에서 연주를 해도 좋다고 했다. 아빠는 엄마를 위해서 그만두는 게 아니니 걱정 말라고 했다.

다른 밴드 멤버들은 아빠의 결정을 흔쾌히 받아들였다. 하지만 헨리 아저씨는 크게 실망했다. 아저씨는 아빠를 설득하려고 했다. 투어를 다니지 않고 인근에서만 공연하겠다고 약속했다. 밖에서 밤을 새우는 일도 없을 거라고 했다. "정장 입고 공연해도 좋아. 랫 팩*처럼 보이겠지. 시내트라 노래를 부르는 거야. 어때, 괜찮지?" 헨리 아저씨는 논리적으로 설득했다.

아빠가 다시 생각해보려 하지 않자, 아빠와 헨리 아저씨는 크게 다투었다. 헨리 아저씨는 아빠가 밴드를 일방적으로 그만둔다며, 특히 엄마가 공연을 계속해도 좋다고 했는데도 그런다고 몹시 화를 냈다. 그 무렵 아빠는 벌써 대학원 지원서를 작성한 뒤였다. 아빠는 이제 교사가 되려고 했다. 더는 빈둥거리지 않기로 했다. "두고 봐. 너도 이해할 날이 올 거야." 아빠는 헨리 아저씨에게 말했다.

"젠장, 실컷 두고 봐라." 헨리 아저씨가 쏘아붙였다.

그후 헨리 아저씨는 몇 달이나 아빠와 말을 하지 않았다. 윌로 아줌마가 가끔 들러 중재자 노릇을 했다. 아줌마는 아빠에게 헨리 아저씨가 생각을 정리하고 있다고 말했다. "시간을 좀 줘요." 윌로 아줌마가 그렇게 말하면 아빠는 대수롭지 않은 척했다. 윌로 아줌마와 엄마는 부엌에서 커피를 마시며 다 안다는 듯한 미소를 주고받았다. 남자들은, 다 애야.

결국 헨리 아저씨는 다시 나타났지만 아빠에게 사과하지는 않았다. 어쨌든 곧바로는 아니었다. 몇 년이 지나고 아저씨도 딸을 얻은 후에야 눈물을 글썽이며 한밤중에 우리 집에 전화했다.

---

* 1950~60년대를 풍미했던 프랭크 시내트라 등 유명 연예인.

"이제야 알겠다." 아저씨가 아빠에게 말했다.

　이상하게도 할아버지는 헨리 아저씨만큼이나 아빠의 변신에 속상해하는 것 같았다. 할아버지라면 아빠의 변신을 기꺼이 반길 거라고 생각했다. 겉으로 보면 할아버지 할머니는 대단히 구식이고 시간을 역행하는 것 같았기 때문이다. 두 분은 컴퓨터도 모르고 케이블 TV도 보지 않으며, 비속어를 쓰는 법도 없어서 두 분 앞에서는 누구나 예의를 차렸다. 교도관처럼 입이 거친 엄마도 할머니 할아버지 앞에서는 욕을 하는 법이 없었다. 아무도 두 분을 실망시키고 싶어하지 않는 것 같았다.

　할머니는 아빠의 스타일 변신을 아주 좋아했다. "그런 게 다시 유행할 줄 알았다면 할아버지 옛날 양복을 잘 보관해뒀을 텐데." 어느 일요일 오후 우리가 점심을 먹으러 들렀을 때 아빠가 트렌치코트를 벗자 그 안에 입은 모직 개버딘 바지와 50년대식 카디건을 보고 할머니가 말했다.

　"이런 옷이 다시 유행하는 게 아니구요, 펑크가 유행이에요. 그래서 어머님 아들은 지금 거기에 다시 반항하는 거 같은데요?" 엄마가 샐샐 웃으며 말했다. "누구 아빠가 반항아지? 테디 아빠가 반항아인가?" 테디가 기분 좋게 옹알거리자 엄마가 어르며 말했다.

"아, 훨씬 말쑥한 건 맞잖니." 할머니가 말했다. "안 그래요?" 할머니가 할아버지를 돌아보며 물었다.

할아버지는 어깨만 으쓱했다. "내 눈엔 언제나 멀쩡했어. 우리 애들하고 손자들 전부 다." 하지만 표정에는 언짢은 기색이 역력했다.


그날 오후, 나는 할아버지가 장작을 준비하는 걸 도우러 밖으로 나갔다. 통나무를 좀더 패야 해서 할아버지가 마른 오리나무에 도끼질하는 걸 지켜보았다.

"할아버지, 아빠의 새 옷차림이 마음에 안 드세요?" 내가 물었다.

할아버지의 손에 들린 도끼가 허공에서 멈추었다. 할아버지는 내가 앉은 벤치에 천천히 앉았다. "왜, 네 아빠 옷 괜찮아." 할아버지가 말했다.

"그런데 할머니가 그 얘기 하실 때 굉장히 슬퍼 보이셨어요."

할아버지는 고개를 저었다. "넌 그냥 지나치는 게 없구나. 열 살밖에 안 된 녀석이."

"어떻게 그냥 지나쳐요. 할아버지는 슬프면 슬픈 티가 나는걸요."

"슬픈 게 아니야. 네 아빠는 행복해 보인다. 그리고 좋은 선생

202

이 될 것 같아. 네 아빠하고 『위대한 개츠비』를 읽게 될 애들은 정말 행운아지. 난 그냥, 음악이 그리울 거 같아서."

"음악이요? 할아버지는 아빠 공연에도 안 가시잖아요."

"귀가 안 좋거든. 전쟁 탓이지. 시끄러운 소리는 귀가 아파."

"헤드폰을 끼세요. 엄마도 저한테 그러라고 시키거든요. 귀마개는 그냥 빠져버리니까요."

"그래, 한번 해보마. 하지만 난 늘 네 아빠 음악을 들었단다. 소리를 작게 하고. 내가 전기기타 소리를 그다지 좋아하지 않는다는 건 인정하마. 내 취향은 아니거든. 하지만 그래도 그 음악이 좋아. 특히 가사가 좋았지. 네 또래였을 때, 네 아빠는 멋진 이야기들을 지어내곤 했단다. 작은 탁자에 앉아서 이야기를 쓴 다음 타자로 쳐달라고 네 할머니한테 주는 거야. 그러고 나서 거기에 그림을 그렸지. 동물에 대한 우스운 얘기들이었는데 실감나고 재치 있었단다. 왜 그 책 있지 않니, 난 늘 그 책이 생각나더구나. 거미하고 돼지가 나오는…… 제목이 뭐였지?"

"『샬롯의 거미줄』이요?"

"그래, 그거. 나는 늘 네 아빠가 크면 작가가 될 거라고 생각했다. 그리고 어떻게 보면 네 아빠가 작가가 된 거나 다름없다고 생각해왔지. 곡에다 가사 붙인 거 봐라. 다 시거든. 가사를 주의 깊게 들어본 적 있니?"

고개를 젓는데 갑자기 부끄러워졌다. 나는 아빠가 가사도 쓴다는 걸 미처 몰랐다. 아빠는 보컬이 아니니까. 은연중에 나는 마이크를 잡는 사람들이 가사를 쓴다고 생각했던 것 같다. 아빠가 기타와 메모지를 가지고 식탁에 앉아 있는 걸 백 번도 넘게 봤는데도. 한 번도 그 두 가지를 연관 짓지 못했다.

그날 밤 집에 돌아와서, 나는 아빠의 음반과 CD플레이어를 가지고 방으로 올라갔다. 앨범 속지에서 아빠가 쓴 곡들을 확인한 다음 가사를 공들여 받아 적었다. 과학 실험 공책에 옮겨 쓴 가사를 본 뒤에야 나는 할아버지의 말뜻을 이해할 수 있었다. 아빠의 가사는 그냥 운율만 맞춘 게 아니었다. 그 이상이었다. 특히 〈Waiting for Vengeance〉*라는 곡은 외울 때까지 듣고 또 들었다. 두번째 앨범에 실린 곡으로 아빠의 밴드가 부른 것 중 유일하게 느린 노래였다. 힐빌리 펑크에 심취했던 헨리 아저씨 때문인지 컨트리 분위기가 났다. 너무 많이 들은 나머지 나도 모르게 그 곡을 흥얼거리기 시작했다.

글쎄, 이게 뭐지?

---

* '복수를 기다리며'라는 뜻.

내가 어떻게 된 거지?
이제 난 어떡하지?
언젠가 빛나던 네 눈엔
이제 공허함뿐
하지만 그건 이미 오래전 일
그건 어젯밤 일

글쎄, 저건 뭐지?
지금 들리는 소리는 뭐지?
그건 내 생애일 뿐
그건 내 귓가를 스쳐 지나갈 뿐
돌이켜보면
모든 것은 삶보다 작아 보여
그토록 오랫동안 그랬듯이
어젯밤부터 그랬듯이

이제 나는 떠나지
나는 어느 순간 가고 없을 터
너는 알게 되겠지
너는 뭐가 잘못된 걸까 생각하겠지

내 선택은 아니지만

난 싸울 힘을 잃어가지

그리고 그건 오래전에 결정됐지

바로 어젯밤에


"무슨 노랠 부르고 있니, 미아?" 테디를 재워보겠다고 주방에서 유모차를 계속 밀고 다니는 날 보고 아빠가 물었다.

"아빠 노래요." 나는 멋쩍어하며 말했다. 별안간 내가 아빠만의 세계에 무단 침입한 것 같았다. 그런데 다른 사람의 음악을 허락 없이 부르는 게 잘못이었던가?

하지만 아빠는 기쁜 것 같았다. "우리 미아가 우리 테디한테 〈Waiting for Vengeance〉를 불러주고 있구나. 그 노래가 좋니?" 아빠는 내게로 몸을 숙여 내 머리칼을 헝클어뜨리고 테디의 통통한 뺨을 간질였다. "방해 안 할게. 계속 불러. 이건 아빠가 맡을게." 아빠가 유모차를 가져가며 말했다.

나는 아빠 앞에서 부르기가 쑥스러워서 웅얼거렸다. 곧 아빠가 따라 불렀고, 그래서 우리는 테디가 잠들 때까지 조용히 같이 노래했다. 그리고 아빠는 손가락을 입술에 대며 거실로 따라오라는 몸짓을 했다.

"같이 체스나 할까?" 아빠가 물었다. 아빠는 언제나 내게 체스 두는 법을 가르치려 했지만 나는 체스가 가상의 게임치고 너무 머리를 많이 써야 한다고 생각했다.

"체커는 어때요?" 내가 물었다.

"그러자."

우리는 묵묵히 게임을 했다. 아빠가 말을 놓을 차례가 되자, 나는 버튼업 셔츠를 입은 아빠를 보며 빠른 속도로 흐려져가는, 머리를 탈색하고 가죽 재킷을 입던 아빠의 옛 모습을 기억해내려 애썼다.

"아빠?"

"응."

"한 가지 여쭤봐도 돼요?"

"뭐든지."

"밴드를 그만둬서 서운하지 않아요?"

"아아니."

"조금도요?"

아빠의 회색 눈이 내 눈을 지그시 바라보았다. "웬일로 그런 걸 물어?"

"할아버지하고 얘기했거든요."

"아, 알겠다."

"정말요?"

아빠가 고개를 끄덕였다. "할아버지는 당신이 나한테 은연중에 압력을 가해서 내 인생이 바뀌었다고 생각하시거든."

"흠, 할아버지가 정말 아빠한테 그러셨어요?"

"글쎄, 간접적으로는 그러신 거 같구나. 그냥 당신의 존재 그 자체로. 아버지란 무엇인지 보여주는 걸로 말이지."

"하지만 아빠는 밴드에서 연주하실 때도 좋은 아빠였어요. 좋았다는 말로는 부족해요. 최고였어요. 저 때문에 아빠가 그걸 포기하지 않으셨으면 좋겠어요." 이렇게 말하는데 어쩐지 목이 메었다. "테디도 그렇게 생각할 거구요."

아빠는 빙긋 웃으며 내 손을 토닥였다. "미아, 오 나의 미아. 아빠는 아무것도 포기하지 않아. 이건 참이 아니면 거짓인 수학 명제가 아니거든. 선생이냐 음악이냐, 청바지냐 정장이냐 그런 게 아니야. 음악은 언제나 아빠 인생의 일부일 거야."

"하지만 밴드를 그만두셨잖아요. 펑크족처럼 옷 입는 것도요!"

아빠가 한숨을 내쉬었다. "그건 어렵지 않았어. 내 인생의 한 역할을 연기했던 거니까. 때가 된 거란다. 할아버지나 헨리 아저씨 생각은 다를지 모르지만 아빠한텐 두 번 생각할 필요도 없는 일이었어. 살다보면 때로는 내가 선택을 하기도 하고, 때로는 내 선택이 나를 만들기도 하지. 무슨 말인지 알겠니?"

나는 첼로를 떠올렸다. 때로는 나도 왜 내가 첼로에 끌렸는지 이해하지 못하면서, 오히려 첼로가 나를 선택한 것 같다고 생각하지 않는가. 나는 고개를 끄덕이고 살며시 웃었다. 그러고는 다시 게임으로 관심을 돌렸다. "킹이에요."[*] 내가 말했다.

## 4:57 a.m.

〈Waiting for Vengeance〉가 머리에서 떠나지 않는다. 그 노래를 들어본 지도, 생각해본 지도 여러 해가 되었지만 할아버지가 내 곁에 있다 간 뒤로, 나는 혼자 그 노래를 계속 읊조렸다. 아빠가 그 노래를 쓴 건 오래전인데, 꼭 어제 일만 같다. 마치 아빠가 지금 있는 그곳에서 쓴 것만 같다. 그 노래 속에 내게 전하는 비밀 메시지가 있는 것만 같다. 그렇지 않고서야 그 가사를 어떻게 설명할 수 있을까. 내 선택은 아니지만 난 싸울 힘을 잃어가지.

무슨 뜻일까? 지시 같은 걸까? 엄마 아빠라면 무엇을 선택할지 알려주는 실마리 같은 걸까? 나는 엄마 아빠의 관점에서 생각해보았다. 두 분이 나와 함께 있길, 언젠가는 우리 모두가 함께하길 원하리란 건 알고 있다. 하지만 죽고 난 후에 그런 일이

---

[*] 체커에서 자기 말이 왕이 될 때 하는 말.

일어나는 게 가능한지 모르겠다. 혹 가능하다면 내가 오늘 아침에 죽든, 칠십 년 뒤에 죽든 그렇게 될 것이다. 두 분은 지금 나를 위해 무엇을 원할까? 이렇게 묻자마자 엄마의 화난 표정이 떠올랐다. 엄마는 내가 여기 남는 것 말고 다른 것을 생각하는 것만으로도 펄쩍 뛸 것이다. 하지만 아빠는 투지가 다하는 것이 무엇인지 이해하고 있었다. 어쩌면 아빠도 할아버지처럼 이해할지 모른다. 내가 이곳에 남을 수 있을 거라 생각지 않는 까닭을.

나는 그 노래를 부르고 있다. 마치 가사에 무슨 지시라도 숨겨져 있는 듯, 내가 어디로 가야 하고 어떻게 가야 할지 알려주는 음악적인 로드맵이라도 숨겨져 있는 듯.

노래를 부르며 흩어진 마음을 모으고, 노래를 부르며 깊이 생각하느라, 나는 월로 아줌마가 중환자실로 돌아온 것도 알아채지 못했다. 아줌마가 투덜이 간호사와 이야기하고 있는 것도 모르고 있었다. 아줌마의 목소리에 묻어나는 쇳덩이 같은 단호함도 눈치채지 못했다.

주의를 기울였더라면 나는 월로 아줌마가 애덤이 나를 면회할 수 있도록 힘쓰고 있다는 걸 알았을지도 모른다. 주의를 기울였더라면 나는 월로 아줌마가 언제나처럼 성공하기 전에 그 자리를 떠났을지도 모른다.

지금은 애덤을 보고 싶지 않다. 물론 보고 싶기도 하다. 아프도록. 하지만 애덤을 만나면 할아버지가 내게 떠나도 좋다고 했을 때 찾아왔던 한 줄기 평온마저 잃고 말 것이다. 나는 내가 해야 할 일을 하기 위해 필요한 용기를 모으고 있다. 그런데 애덤이 나타나면 일이 복잡해진다. 나는 떠나기 위해 일어섰다. 하지만 수술실에서 돌아온 후 내게 어떤 일이 일어났다. 나는 이제 움직일 힘이 없다. 의자에 똑바로 앉는 데만도 안간힘을 써야 했다. 나는 도망칠 수 없다. 내가 할 수 있는 일은 숨는 것뿐이다. 나는 가슴 앞에 무릎을 모으고 눈을 감았다.

라미레스 간호사가 월로 아줌마에게 말하는 소리가 들렸다. "제가 이 학생을 안내할게요." 그녀가 말했다. 그리고 투덜이 간호사는 처음으로 라미레스 간호사에게 담당 환자들한테나 신경 쓰라고 명령하지 않았다.

"아까 그건 너무 무모한 행동이었어요." 라미레스 간호사가 애덤에게 말했다.

"알아요." 애덤이 대답했다. 목이 잠겨 애덤의 목소리는 속삭이는 것 같다. 소리를 많이 지르는 공연 끝엔 늘 저렇게 목이 쉰다. "절망적이었거든요."

"아니, 낭만적이었어요." 라미레스 간호사가 말했다.

"바보 같은 짓이었어요. 미아가 그 전엔 상태가 더 괜찮았다고 들었어요. 인공호흡기를 뗐다고요. 힘을 되찾고 있었다고요.

하지만 제가 들어온 뒤에 악화됐어요. 수술대에서 미아의 심장이 멎었다고⋯⋯" 애덤이 말끝을 흐렸다.

"그래서 다시 소생시켰잖아요. 미아의 장에 구멍이 생겨서 담즙이 배로 조금씩 샜고, 그래서 장기에 문제가 생겼던 거예요. 이런 일은 언제나 일어나요. 학생이 찾아온 거하곤 전혀 상관없어요. 문제를 발견해서 바로잡았으니 그게 중요한 거죠."

"하지만 그 전엔 상태가 더 나았는데." 애덤이 속삭였다. 애덤의 목소리는 꼭 장염에 걸린 테디가 말하는 것처럼 연약하고 어리게 들린다. "그때 제가 들어와서 미아가 죽을 뻔했어요." 애덤의 목소리가 갈라지더니 흐느낌으로 변했다. 나는 얼음물을 뒤집어쓴 듯 화들짝 정신이 들었다. 애덤이, 자기가 날 이렇게 만들었다고 생각한단 말야? 아니야! 그건 말도 안 되는 소리다. 틀려도 한참 틀렸다.

"그렇게 따지면 난 푸에르토리코에 남아서 개자식하고 결혼할 뻔했어요!" 라미레스 간호사가 발끈했다. "하지만 안 했어요. 그리고 지금은 다른 인생을 살고 있고. 어떤 일을 할 뻔한 건 중요하지 않아요. 지금 눈앞의 상황에 어떻게 대처하는가가 중요하지. 그리고 미아는 아직 살아 있어요." 그녀가 침대 주위에 쳐놓은 커튼을 확 젖혔다. "들어가요." 그녀가 애덤에게 말했다.

나는 안간힘을 다해 고개를 들고 눈을 떴다. 애덤. 세상에, 이런 모습인데도 애덤은 근사하다. 피로로 눈이 쑥 들어갔다. 턱에도 수염이 까슬까슬 자라서, 키스한다면 내 턱이 따가울 것 같다. 애덤은 늘 입는 밴드 유니폼, 티셔츠에 밑단을 접은 스키니진과 컨버스 차림에 할아버지의 체크무늬 목도리를 어깨에 걸쳤다.

내 모습을 본 애덤은 일본 만화 〈블랙 라군〉에 나오는 끔찍한 괴물이라도 본 것처럼 얼굴이 창백해졌다. 내 모습이 처참하긴 하다. 다시 인공호흡기와 튜브 여러 개가 붙어 있고, 조금 전 수술한 곳의 붕대 위로 피가 배어나오고 있다. 하지만 애덤은 곧 숨을 크게 한 번 내쉬고 다시 평소의 모습으로 돌아갔다. 애덤은 무언가 떨어뜨린 듯이 한참을 더듬거리더니 원하던 걸 찾았다. 내 손이다.

"젠장, 미아. 손이 얼음장이다." 애덤이 쭈그리고 앉더니 내 오른손을 자기 손안에 감싸 쥐고 튜브와 전선에 걸리지 않도록 조심하면서 입을 대고 자기 손으로 만들어낸 작은 공간에 따스한 입김을 불어넣었다. "너랑 네 얼음장 같은 손은 정말." 애덤은 한여름에도, 가장 뜨거웠던 데이트 이후에도 어떻게 내 손이 그렇게 계속 차가울 수 있는지 놀라곤 했다. 나는 혈액순환이 잘 되지 않아서 그렇다고 했지만 내 발은 대개 따뜻하기 때문에 애덤은 그 말을 믿지 않았다. 애덤은 내 손이 생체공학 손이라며 그래서 내가 첼로를 그렇게 잘 연주하는 거라고 했다.

지금껏 수천 번도 더 그랬던 것처럼 애덤이 내 손을 덥혀주는 모습을 지켜보고 있다. 학교 잔디밭에 앉아서 처음으로 애덤이 너무도 자연스러운 일인 듯 내 손을 따뜻하게 해주었던 때가 생각났다. 그리고 우리 부모님 앞에서 처음으로 내 손에 입김을 불어주던 것도. 그날은 크리스마스이브였고 우리는 모두 포치에 앉아 애플 사이다를 마시고 있었다. 바깥은 추웠다. 애덤이 내 손을 잡고 입김을 불었고, 테디는 낄낄거렸다. 엄마 아빠는 곧바로 아무 말 없이 눈길만 교환했다. 두 분만의 은밀한 눈길이 오간 후, 엄마는 우리가 애처로운 듯 미소를 지었다.

노력하면 애덤의 손길을 느낄 수 있을까. 침대에 누운 내 몸 위로 가서 눕는다면 나는 내 몸과 다시 하나가 될 수 있을까? 그러면 애덤의 손길을 느낄 수 있을까? 유령 같은 내 손을 애덤의 손을 향해 뻗는다면, 애덤은 내 손길을 느낄까? 애덤은 보이지 않는 내 두 손에도 입김을 불어줄까?

애덤이 내 손을 내려놓더니 나를 보기 위해 가까이 다가섰다. 너무 가까이 서 있어서 애덤의 체취까지 맡을 수 있을 것 같았다. 나는 어떻게든 애덤을 만져보고 싶었다. 아기가 엄마의 젖을 원하듯 온 힘을 다해 갈구하는, 너무나 기본적이고 원초적인 욕망이었다. 우리가 서로를 만지는 순간, 지난 몇 달 동안 애덤과 나 사이에 있었던 무언의 줄다리기보다 더욱 고통스러운 새로운 줄다리기가 시작되리라는 걸 알고 있는데도.

애덤이 무언가 읊조리고 있었다. 낮은 소리로. 몇 번이고 말하고 있다. 제발. 제발. 제발. 제발. 제발. 제발. 제발. 제발. 제발. 마침내 말을 멈춘 애덤이 내 얼굴을 들여다보았다. "제발, 미아." 애덤이 애원했다. "내가 곡을 쓰게 만들지 마."

나는 내가 사랑에 빠질 거라고는 예상치 못했다. 나는 절대 록스타를 좋아하거나 브래드 피트와 결혼하는 걸 꿈꾸는 그런 아이가 아니었다. 그저 어렴풋이 언젠가는(킴의 예상대로라면 대학에서) 남자친구가 생길 것이고 결혼을 할 거라고만 생각했다. 이성에게 전혀 끌리지 않은 건 아니었지만 사랑에 빠지는 모호한 분홍빛 공상에 넋을 잃는 낭만적인 여자아이는 아니었다.

정말 사랑— 한순간에 확 빠져드는 강렬한 사랑, 얼굴에서 웃음을 지울 수 없게 하는 사랑—에 빠지던 때조차도 나는 무슨 일이 일어나고 있는지 깨닫지 못했다. 애덤과 있을 때면, 적어도 어색했던 처음 몇 주가 지난 뒤에는 나는 기분이 너무 좋아서 내게, 우리에게 무슨 일이 일어나고 있는 건지 굳이 생각하려 들지 않았다. 거품 목욕을 하러 뜨거운 욕조로 미끄러져 들어가는 것처럼 그저 정상적이고 당연한 일인 듯 느껴졌다. 그렇다고 우리가 싸우지 않은 건 아니다. 우리는 많은 일로 다투었다. 애덤이 킴에게 더 잘해주지 않는다고, 내가 공연장에서 사교적이지 못하다고, 애덤이 너무 거칠게 운전한다고, 잘 때 내가 이불을 빼앗아간다고. 나는 애덤이 나에 대한 곡을 쓰지 않는다고 토라졌다. 애덤은 자기는 감상적인 사랑 노래는 잘 쓰지 못한다고 주장했다. "너에 대한 노래를 원한다면 네가 바람을 피우거나 뭐 그래야 할걸." 애덤은 그런 일이 없으리란 걸 너무도 잘 알았다.

하지만 지난가을, 애덤과 나는 전과는 다른 싸움을 시작했다. 실은 싸움도 아니었다. 큰소리가 오간 것도 아니니까. 언쟁조차 없었다. 하지만 긴장이 뱀처럼 우리 삶에 미끄러져 들어왔다. 그건 아무래도 내 줄리아드 오디션과 함께 시작된 것 같다.

"그래, 심사위원들 코를 납작하게 해주고 왔어?" 내가 돌아오자 애덤이 물었다. "전액 장학생으로 받아준대?"

나는 합격할 거라는 느낌이 있었다. 한 심사위원이 "오리건 시골 소녀를 본 게 아주 오랜만"이라고 했다는 말을 크리스티 교수님에게 전하기 전에도, 교수님이 그건 합격을 암시한 거라며 흥분하기 전에도. 그날 오디션에서 연주할 때 내게 어떤 일이 일어났다. 나는 보이지 않는 어떤 장벽을 깨고 마침내 내 머릿속에서 들리는 것처럼 연주했고, 그 결과는 무언가 초월적이라고밖에 할 수 없는 것이었다. 내 정신적, 신체적 능력이, 기술적이고 정서적인 면면이 마침내 어우러져 조화를 이룬 것이었다. 집으로 돌아오는 차 안에서, 캘리포니아와 오리건의 경계에 가까워졌을 때 나는 갑작스러운 섬광을 보았다. 내가 낑낑대며 뉴욕으로 첼로를 끌고 가는 모습이었다. 나는 앞날을 알고 있는 것만 같았고, 그 확신이 따스한 비밀처럼 내 속에 자리 잡았다. 나는 예지력이 있거나 쉽게 과신하는 사람이 아니었기에, 내가 본 섬광에는 마법이라 믿고 싶은 것 이상의 무언가가 있지 않을까 생각했다.

"그럭저럭했어." 애덤에게 이렇게 대답하면서 내가 그에게 처음으로 새빨간 거짓말을 했다는 걸, 그리고 그건 오디션에 대해 숨기면서 했던 거짓말과는 다르다는 걸 깨달았다.

처음에는 줄리아드에 지원한다는 걸 숨겼다. 그건 생각보다 훨씬 힘든 일이었다. 지원서를 보내기 전, 나는 크리스티 교수님과 만나 쇼스타코비치 협주곡 한 곡과 바흐 무반주 조곡 두 곡을 미세 조정하기 위해 남는 시간은 모조리 연습에 할애해야 했다. 애덤이 왜 그렇게 바쁘냐고 물으면 나는 새로 배우는 곡이 어렵다고 얼버무렸다. 따지고 보면 그 말도 사실이라고 나는 스스로를 정당화했다. 그 뒤 크리스티 교수님이 고음질의 CD를 줄리아드에 제출할 수 있도록 대학교에서 녹음할 수 있게 주선해줬다. 일요일 아침 일곱시에 녹음실에 가야 했기 때문에, 전날 밤나는 몸이 안 좋은 척하며 애덤에게 우리 집에서 자고 가지 않는게 좋겠다고 말했다. 나는 그 작은 거짓말도 정당화했다. 너무긴장해서 몸이 좋지 않으니 진짜로 거짓말한 건 아니었다. 게다가 요란을 떨 필요는 없다고 생각했다. 킴에게도 말하지 않았으니, 특별히 애덤만 속이는 것도 아니었다.

그러나 오디션을 그럭저럭 봤다고 말하고 나자 한번 빠지면헤어나올 수 없는 모래밭으로 들어가는 느낌이 들었다. 한 발짝만 더 나아갔다간 다시는 빠져나오지 못하고 질식할 때까지 가라앉고 말 것 같았다. 그래서 나는 심호흡을 한 번 하고 자신을다시 단단한 땅 위로 힘겹게 끌어올렸다. 나는 애덤에게 말했다. "있잖아, 사실은 나, 아주 잘했어. 내 인생 최고의 연주였을 거야. 꼭 뭔가에 홀린 것 같았어."

대견하다는 듯 싱긋 웃어 보인 게 애덤의 첫 반응이었다. "내가 봤어야 하는 건데." 하지만 곧 애덤의 눈빛이 어두워지더니입가가 일그러졌다. "왜 잘 못한 것처럼 말한 거야?" 애덤이 물었다. "왜 오디션 후에 전화해서 자랑하지 않았어?"

"나도 모르겠어."

"어쨌든 좋은 소식이잖아." 애덤이 상처받지 않은 척하려 애쓰며 말했다. "축하해야지."

"그래, 그러자." 나는 짐짓 발랄한 척 말했다. "토요일에 포틀랜드에 가자. 재퍼니즈 가든에 가고, 저녁은 보 타이에서 먹는 거야."

애덤이 얼굴을 찌푸렸다. "난 안 돼. 우리, 이번 주말에 올림피아하고 시애틀에서 공연이 있어. 미니 투어. 기억 안 나? 네가 왔으면 좋겠지만 그게 너한테 정말 축하 파티가 될지는 모르겠다. 하지만 일요일 오후 늦게 돌아오니까, 네가 원하면 일요일 저녁에 포틀랜드에서 만날 수 있어."

"안 되는데. 어떤 교수님 댁에서 현악사중주를 하기로 했어. 다음 주는 어때?"

애덤은 고통스러운 표정이었다. "다음 이 주 동안은 주말에 녹음실에 있어야 해. 하지만 주중에는 움직일 수 있어. 이 부근에서. 그 멕시코 식당에 갈까?"

"그래. 멕시코 식당."

이 분 전만 해도 나는 축하하고 싶은 생각조차 없었다. 그런데 이젠 낙심하고 있었다. 늘 가던 식당에, 그것도 주중에 저녁 먹으러 가는 걸로 미뤄졌으니 모욕당한 기분마저 들었다.

지난봄 애덤이 고등학교를 졸업하고 부모님 집에서 나와 하우스 오브 록으로 이사했을 때만 해도 나는 많은 것이 변할 거라고는 생각하지 못했다. 애덤은 여전히 가까이 살았다. 우리는 여전히 자주 만났다. 음악동에서의 일상적인 만남이 그립겠지만 우리의 관계가 고등학교의 현미경 아래에서 벗어난다는 데 안도감이 들기도 했다.

하지만 애덤이 하우스 오브 록으로 이사하고 대학에 다니기 시작하자 변화가 찾아왔다. 내가 생각했던 이유 때문은 아니었다. 가을이 오고 애덤이 대학 생활에 익숙해질 무렵 슈팅스타의 인기가 갑자기 치솟기 시작했다. 시애틀의 중견 음반회사에서 녹음을 제의받았고 이제는 스튜디오에서 녹음하느라 바빴다. 더 많은 청중 앞에서 더 많이 공연했다. 거의 주말마다 공연이 있었다. 너무 정신없이 바빠지자 애덤은 수강 과목을 거의 반이나 취소하고 시간제 등록생이 되었다. 이대로라면 애덤은 학교를 그만두는 것도 생각할 것이다. "두번째 기회란 없거든." 애덤은 내게 말했다.

나는 애덤의 일에 진심으로 기뻐했다. 슈팅스타가 특별하다는 것도, 대학가의 밴드 이상이라는 것도 알았다. 애덤의 부재가 점점 더 잦아지는 것도 싫지 않았다. 특히 애덤 스스로 그 점을 많이 신경 썼기 때문에 더욱 그랬다. 하지만 내가 줄리아드에 합격한다면 일이 달라질 것이다. 나는 그게 신경이 쓰였다. 하지만 그건 말이 안 된다. 우리 둘의 입장이 같아지는 거니까. 이젠 내게도 신나는 일이 생겼다.

"몇 주 있으면 같이 포틀랜드에 갈 수 있어." 애덤이 약속했다. "그땐 크리스마스 장식도 다 되어 있을 거고."

"그래." 나는 뾰로통하게 말했다.

애덤이 한숨을 쉬었다. "일이 꼬인다, 그렇지?"

"응. 우리 둘 다 일정이 너무 빡빡해." 내가 대꾸했다.

"내 말은 그게 아냐." 애덤이 내 얼굴을 자기 얼굴 쪽으로 돌려 자기 눈을 바라보게 했다.

"나도 그 말이 아닌 거 알아." 이렇게 대답하는데 무언가 북받쳐 올라 나는 더 말을 이을 수 없었다.


우리는 갈등을 풀어보려고 했다. 그 일에 대해 말할 때는 핵심은 피하면서 에두르기도 하고 농담 삼아 말하기도 했다. "내가 〈US 뉴스 앤드 월드 리포트〉에서 읽었는데, 윌러메트 대학교 음악학과가 진짜 좋대." 애덤이 말했다. "세일럼에 있는데, 거기가 점점 더 쿨해지고 있다는데?"

"대체 누가 그래? 주지사?" 내가 대꾸했다.

"리즈가 거기 빈티지 옷 가게에서 꽤 괜찮은 물건들을 건졌더라구. 너도 알잖아. 빈티지 가게가 들어서면 힙스터들이 바로 몰린다는 거."

"잊어버린 모양인데, 난 힙스터가 아니거든." 내가 애덤에게 상기시켜주었다. "말이 나왔으니 말인데, 슈팅스타가 뉴욕으로 가는 건 언제? 펑크 하면 아무래도 뉴욕이잖아. 라몬스, 블론디 등등." 내 말투는 가볍고 애교가 넘쳤다. 오스카상을 받아 마땅한 연기였다.

"그건 삼십 년 전 얘기지. 그리고 내가 뉴욕으로 가고 싶다고 해도, 나머지 밴드 멤버들은 가능성이 없어." 애덤이 시무룩한 얼굴로 자기 신발을 내려다보았고, 나는 우리의 농담이 끝났다는 걸 깨달았다. 갑자기 배 속이 요동쳤다. 이런 배앓이는 말하자면 에피타이저다. 엄청난 가슴앓이라는 메인 메뉴가 곧 나오리라는 걸 알고 있을 때, 그에 앞서 찾아오는 전채요리 같은 거.

애덤과 나는 미래에 대해서, 우리의 관계가 어디로 가고 있는지에 대해서 이야기하는 커플은 아니었다. 하지만 갑자기 앞날이 불투명해지자, 우리는 몇 주 단위를 넘는 먼 미래에 일어날일에 대해 언급하는 걸 완전히 피하게 되었다. 그 때문에 우리의 대화는 편한 사이가 되기 전의 처음 몇 주만큼이나 형식적이고 어색해졌다. 어느 가을 오후, 나는 아빠가 정장을 샀던 빈티지 옷 가게에서 아주 예쁜 30년대식 실크 드레스를 발견하고 그 옷을 가리키며 졸업 파티에 입고 갈까 애덤에게 물어볼 뻔했다. 하지만 졸업 파티는 6월이었고, 애덤이 6월에 투어를 가고 없거나 내가 줄리아드 입학 준비로 너무 바쁠지도 몰라서 아무 말도 하지 않았다. 얼마 후 애덤이 자기 기타가 너무 낡았다고 불평하면서 빈티지 깁슨 SG를 사야겠다고 했다. 내가 생일 선물로 사주겠다고 했더니 애덤은 그 기타가 몇천 달러나 하는 데다 자기 생일은 9월까지 기다려야 한다고 했다. 9월이라고 말하는 애덤의 목소리가 판사가 징역을 선고하는 소리처럼 들렸다.

몇 주 전, 우리는 신년 파티에 함께 갔다. 애덤은 술에 취했고, 자정이 되자 내게 진하게 키스했다. "약속해줘. 내년에도 나와 함께 새해를 맞겠다고." 애덤이 내 귀에 속삭였다.

나는 내가 줄리아드에 가더라도 크리스마스와 새해는 집에서 지낼 거라고 설명하려다가, 정말 중요한 건 그게 아니라는 걸 깨달았다. 그래서 약속했다. 애덤만큼이나 나도 그렇게 되길 바랐기에. 그리고 나도 애덤에게 진하게 키스했다. 입술로 우리 둘의 몸을 하나로 이으려는 듯이.

그날 밤이 지나고 새해 첫날에 집으로 돌아오니, 식구들이 헨리 아저씨네 가족과 함께 주방에 모여 있었다. 아빠는 아침을 준비하고 있었다. 아빠의 특기인 훈제 연어 해시였다.

헨리 아저씨는 나를 보더니 고개를 절레절레 저었다. "애들 좀 보라구. 비틀거리며 여덟시에 집에 들어와도 일찍이라고 느껴졌던 게 엊그제 같은데, 이제는 아침 여덟시까지 잘 수만 있다면 소원이 없겠어."

"우린 자정까지 버티지도 못했어." 윌로 아줌마가 아기를 무릎 위에서 어르면서 맞장구쳤다. "다행이었지 뭐, 이 꼬마 아가씨가 새해를 다섯시 반에 시작하기로 결심했으니 말야."

"전 열두시까지 안 잤어요!" 테디가 외쳤다. "열두시에 공이 떨어지는 거 텔레비전에서 다 봤어요. 뉴욕에서요. 누나, 거기로 이사 가면 그 공 떨어지는 거 진짜로 보게 해줄 거지?" 테디가 물었다.

"그럼, 테디." 나는 흥분한 척하며 맞장구쳤다. 내가 뉴욕으로 가는 건 점점 더 정해진 일처럼 이야기되고 있었다. 그걸 생각하면 긴장되면서도 한편으론 다소 모순되게도 흥분되었다. 그럼에도 테디와 12월 31일을 같이 보내는 모습을 상상하니 견딜 수 없이 쓸쓸해졌다.

엄마가 눈썹을 찌푸리며 나를 보았다. "오늘은 새해 첫날이니까 이 시간에 들어왔다고 혼내진 않을 거야. 하지만 숙취 같은 게 있으면 외출 금지야."

"없어요. 맥주 한 병 마신 게 전부예요. 그냥 좀 피곤한 거예요."

"그냥 좀 피곤하다고? 정말이야?" 엄마가 내 손목을 잡고 나를 엄마 쪽으로 돌려세웠다. 내 표정을 본 엄마는 너 괜찮니? 하고 문득 고개를 갸웃했다. 나는 어깨를 한 번 으쓱하고는 울음을 참으려고 입술을 깨물었다. 엄마는 고개를 끄덕이더니 커피를 한 잔 건네주고 나를 식탁으로 데려갔다. 엄마는 해시와 두껍게 썬 효모빵 한 접시를 내려놓았다. 배가 고픈 것도 모르고 있었는데, 어느새 입에 침이 고이고 배에서 꼬르륵 소리가 났다. 갑자기 허기가 몰려왔다. 나는 말없이 먹었고, 엄마는 줄곧 나를 지켜보았다. 모두가 식사를 마치자 엄마는 텔레비전으로 로즈 퍼레이드를 보라며 다른 사람들을 모두 거실로 보냈다.

"다들 나가." 엄마가 명령했다. "설거지는 미아하고 내가 할게."

모두 나가고 엄마가 나를 돌아보자마자 나는 엄마 품에 쓰러졌다. 그렇게 엄마 품에서 울며 나는 지난 몇 주 동안 쌓인 초조함과 불안을 터뜨렸다. 엄마는 말없이 서서 내가 엄마의 스웨터에 대고 엉엉 울게 두었다. 내가 울음을 그치자 엄마는 스펀지를 내밀었다. "설거지는 네가 해. 난 물기를 닦을게. 그리고 얘기를 하는 거야. 마음을 가라앉히는 데는 따뜻한 물과 세제 거품이 늘 좋은 거 같더라구."

엄마가 마른 행주를 들었고 우리는 일을 시작했다. 나는 엄마에게 애덤과 나의 관계에 대해서 말했다. "지난 일 년 반은 우리 둘한테 너무 완벽했어요." 내가 말했다. "너무 완벽해서 난 미래에 대해선 생각도 못 했어요. 미래가 우리를 다른 방향으로 끌고 간다는걸요."

엄마의 미소는 슬퍼 보였지만 다 안다고 말하는 듯했다. "난 너희들 미래에 대해 생각했는데."

나는 엄마를 돌아보았다. 엄마는 창밖을 물끄러미 내다보며 물웅덩이에서 목욕하는 참새 한 쌍을 지켜보았다. "작년 크리스마스이브에 애덤이 놀러왔던 게 생각나네. 난 네 아빠한테 네가 너무 일찍 사랑에 빠졌다고 말했지."

"저도 알아요. 저도 안다구요. 멍청한 어린애가 사랑에 대해 뭘 알겠어요."

엄마는 프라이팬을 닦다가 멈추었다. "내 말은 그런 뜻이 아니야. 그 반대지. 너하고 애덤은 '고등학생' 커플이라고는 보이지 않았어." 엄마는 일부러 손가락으로 따옴표까지 표시했다. "내가 고등학교에 다닐 땐 술에 취해 아무 남자하고 차 뒷좌석에서 뒹군 것도 연애라고 불렀어. 하지만 너희는 진심으로, 깊이 사랑에 빠진 것처럼 보였어. 지금도 그렇고." 엄마가 한숨을 쉬었다. "하지만 열일곱은 사랑에 빠지기엔 성가신 게 많은 나이야."

그 말에 나는 빙그레 웃었다. 내 안의 공허함이 조금은 덜어지는 듯했다. "제 말이요." 내가 말했다. "우리가 둘 다 음악을 하지 않았다면 같이 대학에 다닐 수도 있고, 괜찮았을 텐데."

"그건 핑계야." 엄마가 반박했다. "연애란 모두 어려운 거야.

음악과 마찬가지로. 때로는 화음을 내기도 하고, 때로는 불협화음이 생기기도 하지. 그건 엄마가 말 안 해도 알잖아."

"그런 거 같아요."

"게다가, 사실 너희 둘을 이어준 건 음악이잖아. 그게 너희 아빠와 내가 늘 생각하는 거란다. 너희는 둘 다 음악하고 사랑에 빠졌고, 그다음에 서로와 사랑에 빠졌지. 너희 아빠와 나도 비슷했어. 난 연주는 안 했지만 음악을 들었지. 다행히 우리가 만났을 땐 내 나이가 너보다 많긴 했지만."

나는 요요마 음악회 후에 왜 나야? 하고 물었을 때 애덤이 했던 대답을 엄마에게 들려준 적이 없다. 음악이 그의 대답에서 얼마나 큰 무게를 지녔는지. "맞아요. 하지만 지금 우리를 갈라놓으려는 것도 음악인 거 같아요."

엄마는 고개를 저었다. "말도 안 되는 소리. 음악은 그럴 수 없어. 인생이 너희를 다른 길로 데려갈 수는 있겠지. 하지만 각자 어떤 길을 택할 건지 결정할 기회가 있어." 엄마는 몸을 돌려 나를 바라보았다. "애덤이 네가 줄리아드 가는 걸 막는 건 아니지?"

"제가 애덤을 뉴욕으로 오게 하려고 하지 않는 거나 마찬가지죠. 어쨌든 웃기는 일이에요. 내가 뉴욕에 가지 못할지도 모르는데."

"그렇지, 못 갈지도 모르지. 하지만 어딘가 가긴 할 거야. 우리 모두가 그 사실을 알고 있다고 생각해. 그건 애덤도 마찬가지고."

"하지만 애덤은 여기 살면서 어디든 갈 수 있겠죠."

엄마가 어깨를 으쓱했다. "그럴지도 모르지. 어쨌든 지금은."

나는 두 손에 얼굴을 묻고 고개를 저었다. "난 이제 어떡해요?"
나는 한숨을 쉬었다. "꼼짝없이 갇혀버린 것 같아요."

엄마는 안쓰러운 듯 얼굴을 찌푸렸다. "잘 모르겠다. 네가 애
덤과 같이 있고 싶어서 여기 남는다면 엄마는 그걸 지지할 거
야. 하지만 그건 네가 줄리아드를 거부하지 못할 거란 걸 알기
때문에 하는 말이지. 네가 사랑을 택한다면, 음악에 대한 사랑
보다 애덤에 대한 사랑을 택한다면 엄마는 그것도 이해해. 어떤
선택을 해도 이기는 거고, 어떤 선택을 해도 지는 것이기도 해.
내가 무슨 말을 할 수 있겠니? 사랑이란 게 원래 그렇게 고약한
것인걸."

그후 애덤과 나는 한 번 더 그 문제에 대해 이야기했다. 우리
는 하우스 오브 록에서 애덤의 접이식 침대에 앉아 있었다. 애덤
은 통기타에 대해 이런저런 불평을 늘어놓았다.

"나, 합격 못 할지도 몰라." 내가 말했다. "너랑 같이 여기 대
학에 다니게 될지도 몰라. 아무것도 선택할 필요 없게 그냥 합격
하지 않았으면 좋겠어."

"합격하면 선택은 이미 끝난 거잖아, 안 그래?" 애덤이 물었다.

그랬다. 갈 것이다. 그건 내가 애덤을 더는 사랑하지 않는다는 뜻도, 우리가 헤어질 거라는 뜻도 아니었다. 엄마와 애덤 둘 다 맞다. 나는 줄리아드를 거부하지 않을 것이다.

애덤은 잠시 말없이 기타만 퉁겼다. 기타 소리가 너무 커서 하마터면 나는 애덤의 말을 놓칠 뻔했다. "네가 가지 않길 바라는 그런 남자가 되고 싶진 않아. 입장이 바뀌었다면 넌 날 보내줬을 테니까."

"난 벌써 보내준 거나 마찬가진걸. 어떻게 보면 넌 이미 떠난 거잖아. 너만의 줄리아드로." 내가 말했다.

"알아." 애덤이 조용히 말했다. "하지만 난 아직 여기 있어. 아직도 널 미친 듯이 사랑하고."

"나도 그래." 내가 말했다. 그리고 우리는 잠시 말을 멈추었고, 애덤은 기타로 낯선 멜로디를 연주했다. 나는 무슨 곡이냐고 물었다.

"음, '여자친구는 줄리아드로 떠나고 펑크족인 내 가슴은 갈가리 찢어지네 블루스'라고 부를까봐." 애덤이 과장된 콧소리로 엉터리 곡을 노래했다. 그러더니 바보처럼 수줍게 웃었다. 그 웃음엔 애덤의 가장 진실한 마음이 담긴 것 같았다. "농담이야."

"다행이네." 내가 말했다.

"조금은." 애덤이 덧붙였다.


## 5:42 a.m.


애덤이 사라졌다. 애덤은 라미레스 간호사에게 중요한 걸 잊었다며, 최대한 빨리 돌아오겠다고 말하고 갑자기 뛰쳐나갔다. 라미레스 간호사가 자신은 퇴근한다고 말했을 땐 이미 애덤은 문밖으로 나간 뒤였다. 그녀는 방금 퇴근하면서 '투덜이 할망구'와 교대한 간호사에게 "스키니진을 입고 머리가 엉망인 젊은 남자"가 돌아올 건데, 나를 면회하도록 허가를 받았다고 분명히 알리고 떠났다.

그 문제는 이제 해결됐다. 지금은 윌로 아줌마가 대장이다. 아줌마는 새벽 내내 행군을 지휘했다. 할머니, 할아버지, 애덤 그 다음엔 퍼트리샤 고모가 들렀다. 그리고 다이앤 고모와 그레그 삼촌이 왔다. 그다음엔 사촌들이 들어왔다. 윌로 아줌마는 눈을 반짝이며 이리저리 뛰어다니고 있었다. 아줌마는 뭔가 생각이 있는 게 틀림없지만, 친척들을 동원해서 이 세상에 남도록 나를 설득하려는 건지, 아니면 작별인사를 하라고 이들을 들이는 건지 알 수가 없었다.

이제 킴의 차례다. 가여운 킴. 킴은 쓰레기장에서 자고 온 것 같은 몰골이다. 머리카락은 반란을 일으켜 땋은 갈래에 남아 있는 것보다 삐져나온 게 더 많다. 킴이 늘 "똥 스웨터"라고 부르는, 셰인 부인이 언제나 킴에게 사주는 녹색인지 회색인지 갈색인지 알 수 없는 펑퍼짐한 옷을 걸치고 있다. 킴은 처음엔 내가 눈부신 빛이라도 되는 듯 눈을 가늘게 뜨고 나를 보았다. 그러더니 마치 빛에 적응한 것처럼, 내가 아무리 좀비 꼴을 하고 있어도, 구멍이란 구멍엔 온통 튜브를 달고 있어도, 붕대 위로 배어나온 피로 내 담요가 얼룩져 있어도, 나는 여전히 미아이고 자신은 여전히 킴이라고 결론 내린 것 같다. 그럼 미아와 킴이 제일 좋아하는 건? 수다.

킴은 내 침대 곁의 의자에 자리를 잡고 앉았다. "괜찮아?" 킴이 물었다.

잘 모르겠다. 난 지쳤지만, 애덤이 찾아와서 무언가 남기고 갔다…… 그게 뭔지는 모르겠다. 흥분. 초조. 각성. 정신이 번쩍 들었다. 애덤의 손길을 느끼진 못했지만 그래도 애덤의 존재는 나를 휘저어놓았다. 애덤이 악마에라도 쫓기듯 자리를 박차고 나갔을 때 나는 그가 찾아와줘서 고마운 마음이 들던 참이었다. 애덤은 내 얼굴을 보기 위해, 여기 들어오기 위해 지난 열 시간을 싸웠는데, 결국 성공하자 십 분 만에 이곳을 떠났다. 나를 보고 겁이 났는지도 모른다. 이런 일에 맞서고 싶지 않았는지도 모른다. 나만 겁쟁이인 건 아닌지도 모른다. 나만 해도 종일 애덤이 찾아오길 기다리다 마침내 애덤이 중환자실에 뛰어 들어왔을 땐 그럴 힘만 있었다면 달아나려고 했으니까.

"간밤에 얼마나 야단법석이었는지 넌 상상도 못 할 거야." 킴이 말했다. 그러고는 이야기를 시작했다. 자기 엄마가 히스테리를 부린 것, 우리 친척들 앞에서 자기가 폭발했던 것, 친척들은 내내 침착했던 것. 그리고 로즐랜드 극장 밖에서 펑크족과 힙스터들을 앞에 두고 모녀가 싸웠던 것. 킴이 울고 있는 자기 엄마에게 "정신 좀 차리고 어른처럼 굴어요!"라고 소리 지른 다음 엄마를 보도에 버려두고 클럽 안으로 혼자 들어가자, 징을 박은 가죽옷에 형광색 머리의 남자들이 환호하면서 킴에게 하이파이브를 했던 것. 킴은 나에게 애덤에 대해서, 나를 꼭 만나려 하던 애덤의 단호함에 대해 말해주었다. 중환자실에서 쫓겨난 다음 애덤이 어떻게 음악 하는 친구들의 도움을 빌렸는지도, 그들은 킴이 상상했던 속물들이 아니었다는 것도. 그리고 진짜 록 스타가 나를 위해 병원에 찾아왔었다는 얘기도 했다.

물론 나는 킴이 들려주는 얘기를 거의 다 알고 있지만, 킴이 그 사실을 알 리 없다. 그리고 나는 킴이 내게 그 하루를 들려주는 게 좋았다. 할머니가 좀 전에 그랬듯 킴이 늘 하던 대로 얘기하는 게 좋았다. 그냥 주절주절, 긴 이야기를 풀어놓는 게 좋았다. 우리 집 포치에 앉아 커피(킴은 아이스 캐러멜 프라푸치노)를 마시며 서로 밀린 이야기를 나누듯이.

일단 죽고 나면 살았을 때의 일을 기억하는지 못 하는지는 나도 잘 모르겠다. 기억 못 하는 게 논리적으로 맞을 것 같다. 죽음이란 태어나기 전과 같은 느낌일 것이고, 완전한 무(無)일 것이다. 다만, 적어도 내게는 태어나기 전의 세월이 완전히 백지는 아니라는 게 다르다. 엄마 아빠는 이따금씩 무언가에 대해 얘기를 들려주었다. 아빠는 할아버지랑 처음으로 연어를 낚았던 일을, 엄마는 아빠와 첫 데이트를 할 때 갔던 데드 문의 대단했던 콘서트에 대해서 이야기했다. 그러면 나는 강렬한 기시감에 사로잡히곤 했다. 단지 그 이야기를 전에 들은 것뿐 아니라 직접 체험했다는 느낌이 들었다. 나는 열두 살의 어린 아빠가 진홍빛 은연어를 물에서 낚아 올리는 걸 강둑에 앉아 지켜보는 내 모습을 상상할 수 있다. 또는 엑스레이 카페에서(그곳은 내가 태어나기 전에 이미 문을 닫았는데도) 데드 문이 라이브로 〈D.O.A.〉를 연주할 때의 기타 피드백 소리를 상상할 수 있다. 때로 그런 기억은 너무나 생생하고 본능적이고 사적이어서 꼭 나의 기억인 것만 같다.

나는 아무에게도 이 '기억들'에 대해 말한 적이 없다. 내가 말했다면 엄마는 내가 엄마 난소 안의 난자로 그 자리에 같이 있었다고 말했을 것이다. 아빠는 두 분이 당신들의 이야기를 너무 많이 들려줘서 나를 고문했다고, 그래서 내가 어느새 세뇌된 거라고 농담했을 것이다. 할머니는 내가 엄마 아빠의 딸이 되기로 결정하기 전에 천사로 그 자리에 있었던 거라고 말했을 것이다.

하지만 이제는 잘 모르겠다. 그리고 지금, 나는 그것이 나의 기억이길 바란다. 죽고 난 뒤에도 킴을 기억하고 싶기 때문이다. 그리고 이렇게 기억하고 싶다. 우스운 이야기를 들려주고, 못 말리는 자기 엄마랑 싸운 뒤 펑크족의 환호를 받고, 위기에 처했을 때 기지를 발휘하고 자신도 몰랐던 힘을 발휘하는 킴으로.

애덤은 다르다. 애덤을 기억하는 건 그를 다시 한번 잃는 것과 같을 것이다. 무엇보다 내가 그걸 견딜 수 있을지 모르겠다.

킴의 이야기는 이제 브룩 베가와 십여 명의 펑크족이 병원에서 벌인 '교란 작전'에 이르렀다. 그들이 중환자실에 도착하기 전까지는 그런 소란에 말려드는 게 무서웠지만 막상 병동 안으로 뛰어들자 신이 나더라고 했다. 경비원들이 자기를 붙잡았을 때도 전혀 두렵지 않았다고 했다. "계속 생각했어. 최악이라고 해봐야 별거 있겠어? 유치장에나 가겠지. 엄마는 난리를 피울 거고. 나는 일 년 동안 외출 금지를 먹겠지." 킴은 잠시 말을 멈췄다. "하지만 오늘 일어난 일에 비하면 그건 아무것도 아니잖

아. 감옥에 간대도 널 잃는 것에 비하면 별거 아닌 일인걸."

킴이 이런 말을 하는 건 내가 살기를 바라기 때문이다. 자신의 말이 할아버지의 허락처럼 묘하게도 나를 자유롭게 한다는 걸 킴은 아마 모를 것이다. 내가 죽으면 킴은 몹시 괴로워하겠지. 나는 킴이 한 말을 생각해보았다. 무섭지 않았다는, 날 잃는 것에 비하면 감옥도 별거 아니라는 말을. 그렇게 해서 나는 킴이 괜찮으리라는 걸 알게 되었다. 나를 잃으면 킴은 아플 것이다. 처음에는 실감 나지 않다가 시간이 지나면 숨도 쉬지 못할 만큼 고통스러워질 것이다. 그리고 킴이 고등학교에서 보내는 마지막 해는 아마도 엉망이 될 것이다. 킴은 '단짝이 죽은 아이'로 질리도록 동정을 받을 것이고, 그러면 킴은 짜증이 나서 죽을 맛일 테니까. 게다가 우리는 학교에서 서로에게 유일한 단짝이었으니까. 하지만 킴은 이겨낼 것이다. 그리고 앞으로 나아갈 것이다. 오리건을 떠날 거고, 대학에 갈 테고, 새 친구를 사귈 것이다. 사랑에도 빠질 것이다. 사진작가가 될 것이다. 헬리콥터를 타지 않아도 되는 사진작가가 될 것이다. 나는 킴이 오늘 잃은 그것 때문에 더 강한 사람이 될 거라고 믿는다. 이런 일을 겪은 이들이라면 세상에 무서울 게 없는 사람이 되지 않을까.

이렇게 말하는 게 위선적이라는 걸 알고 있다. 내 말대로라면 나도 이 세상에 남아야 하지 않는가? 헤쳐 나가야 하지 않는가. 어쩌면, 내가 미리 연습을 좀 했더라면, 살면서 처참한 일을 좀더 겪었더라면 나는 앞으로 나아갈 준비가 되었을지도 모르겠다. 지금까지 내 삶이 완벽했다는 건 아니다. 실망도 겪었고, 외로움과 좌절, 분노, 모두가 느끼는 온갖 싫은 것도 다 겪어보았다. 하지만 가슴이 찢어질 듯 고통스런 일만은 예외였다. 내가 이 세상에 남는다면 겪어야 할지도 모르는 일들에 대처할 만큼 충분히 강인해지지 못했다.

킴은 이제 철창신세를 질 뻔하다가 월로 아줌마에게 구출되던 장면을 이야기하고 있다. 월로 아줌마가 병원을 완전히 장악한 모습을 묘사하는 킴의 목소리에는 경탄이 배어 있다. 나는 킴과 월로 아줌마가 스무 살이나 되는 나이 차를 뛰어넘어 친구가 되는 모습을 그려본다. 우리 가족이라는, 이제 더이상 존재하지 않는 보이지 않는 끈으로 연결된 두 사람이 차를 마시거나 영화를 보러 가는 모습을 상상하니 행복해진다.

지금 킴은 지난 하루 동안 병원에 와 있거나 다녀간 사람들을 모두 손가락으로 꼽으며 열거하고 있다. "너희 할아버지, 할머니, 고모들, 삼촌들 그리고 사촌들. 애덤, 브룩 베가 그리고 브룩이랑 같이 와서 소란을 피웠던 힙스터들. 애덤네 밴드 멤버 마이크, 핏지, 리즈와 세라. 모두들 중환자실에서 쫓겨나고는 아래층 대기실에서 기다렸어. 크리스티 교수님도 차로 달려오셔서 새벽까지 계시다 가셨고. 몇 시간이라도 주무시고 샤워하고 여러 개나 되는 아침 약속에 가셔야 한대. 헨리 아저씨와 아기도 지금 오는 중이야. 아기가 새벽 다섯시에 깨서 더는 집에 못 있겠다고 아저씨가 우리한테 전화했거든. 그리고 나하고 엄마." 킴의 목록이 끝났다. "젠장. 전부 몇 명이었는지 세다가 놓쳤네. 어쨌든 많았어. 그리고 더 많은 사람이 전화해서 오고 싶다고 했는데 다이앤 고모가 기다리라고 했어. 우리가 너무 민폐가 되고 있다고. 내 생각엔 그 '우리'가 나하고 애덤을 말하는 거 같아." 킴은 하던 말을 멈추고 아주 잠깐 싱긋 웃었다. 그러곤 이상한 소리를 냈다. 울먹이지 않으려고 목을 가다듬는 소리와 기침 소리의 중간쯤인 소리를. 킴이 이런 소리를 내는 걸 전에도 들은 적이 있다. 킴이 용기를 그러모을 때 하는 버릇이다. 마치 암벽에서 차디찬 강물로 뛰어내리기 전에 호흡을 가다듬는 것처럼.

"내가 이 말을 하는 건 다 이유가 있어." 킴이 말을 이었다. "지금 이 대기실에만 스무 명쯤 있다구. 몇몇은 친척이고 몇몇은 아니야. 하지만 우린 모두 네 가족이야."

킴은 이제 말이 없다. 킴이 내 위로 몸을 숙이는 바람에 킴의 머리칼 몇 가닥이 내 얼굴을 간질였다. 킴이 내 이마에 입을 맞추었다. "너에겐 아직 가족이 있어." 킴이 속삭였다.

지난여름, 생각지 않게 우리 집에서 노동절 파티가 열렸다. 그 여름엔 아주 바빴다. 나는 캠프에 갔고 그다음엔 가족과 함께 매사추세츠에 있는 할머니 일가의 별장에 갔다. 나는 여름 내내 애덤과 킴을 만나지 못한 기분이 들었다. 엄마 아빠는 헨리 아저씨네 가족을 몇 달이나 못 봤다며 안타까워했다. "헨리가 그러는데 딸아이가 걸음마를 한대." 그날 아침 아빠가 불쑥 말했다. 우리는 모두 더위에 지쳐 거실에서 선풍기 바람을 쐬고 있었다. 오리건은 기록적인 더위에 허덕이고 있었다. 오전 열시밖에 안 됐는데 기온이 33도에 육박했다.

엄마가 달력을 올려다보았다. "벌써 십 개월이나 됐잖아. 시간이 대체 어디로 가버린 거야?" 그러고는 테디와 나를 보았다. "인간적으로 말이지, 나한테 고등학교 졸업반이 되는 딸이 있다는 게 말이 돼? 우리 갓난쟁이 아들이 벌써 초등학교 2학년이라는 게 말이 되냐고."

"나 갓난쟁이 아냐." 명백한 모욕에 테디가 반박했다.

"미안, 꼬맹이. 하지만 우리가 아기를 하나 더 낳지 않는 한, 넌 언제까지나 우리한텐 갓난쟁이야."

"하나 더?" 아빠가 경악한 척하며 물었다.

"긴장 풀어. 농담이니까. 뭐 일단은 말이지." 엄마가 말했다. "미아가 대학으로 떠나면 어떨지 두고보자구."

"12월이 되면 나도 여덟 살이야! 그럼 나도 어른이니까 '테디'가 아니고 '테드'라고 불러야 돼!" 테디가 못을 박았다.

"오, 그런 거야?" 나는 너무 웃겨서 오렌지 주스를 코로 뿜고 말았다.

"케이시 카슨이 그랬어." 테디는 이렇게 말하고 입을 굳게 다물었다.

엄마 아빠와 나는 신음했다. 케이시 카슨은 테디의 단짝이다. 우리는 모두 그 아이를 좋아하고 케이시의 부모님이 좋은 분이라고 생각했기에 어떻게 아이한테 그런 바보 같은 이름을 지어주었는지 이해할 수 없었다.

"글쎄, 케이시 카슨이 그렇게 말한다면야." 나는 킥킥거렸고, 엄마 아빠도 곧 웃음을 터뜨렸다.

"뭐가 그렇게 웃겨?" 테디가 물었다.

"아무것도 아냐, 꼬마 어른." 아빠가 말했다. "그냥 더워서."

"오늘 스프링클러 틀어도 돼요?" 테디가 물었다. 올 여름엔 물을 아끼자는 주지사의 요청이 있었지만 아빠는 그날 오후에 스프링클러를 틀어놓고 그 사이로 뛰어다녀도 된다고 테디에게 약속했다. 주지사의 그 요청에 아빠는 잔뜩 화가 나 있었다. 오리건 주민들은 일 년에 여덟 달은 비 때문에 괴로워하는데 물 아끼는 걱정은 좀 면제해줘야 하는 거 아니냐는 거였다.

"물론 되고말고. 원한다면 아예 집이 잠기게 해도 좋아." 아빠가 말했다.

테디는 진정이 된 모양이었다. "아줌마네 아기가 걸을 수 있으면 우리랑 같이 물 맞으면서 다녀도 되겠다. 아기랑 같이 스프링클러 사이로 다녀도 돼요?"

엄마가 아빠를 건너다보았다. "괜찮은 생각인데." 엄마가 말했다. "윌로가 오늘 비번이지 아마?"

"우리, 바비큐 파티 하면 되겠다." 아빠가 말했다. "오늘이 노동절이잖아. 이 더위에 고기를 굽는다면, 그건 당연히 노동이고."

"게다가 아버님이 지난번에 쇠고기를 짝으로 주문하셔서 냉동고에 스테이크가 잔뜩이잖아." 엄마가 거들었다. "안 될 이유 없지."

"애덤도 불러도 돼요?" 내가 물었다.

"물론이지." 엄마가 대답했다. "애덤도 본 지 오래됐네."

"애덤네 밴드가 요즘 바빠져서요." 내가 말했다. 당시에는 나도 그 때문에 신이 나 있었다. 진심으로 그리고 완전히. 할머니가 내 머릿속에 줄리아드에 대한 씨앗을 뿌린 것은 바로 그 얼마 전의 일이어서 그 생각은 아직 내 안에 뿌리내리지 않았다. 나는

240

아직 지원을 결정하지 않았다. 애덤과의 관계도 아직 괜찮던 때였다.

"록 스타가 우리 같은 평범한 사람들하고 식사하는 걸 감당할 수 있다면야." 아빠가 농담했다.

"저 같은 평범한 아이도 감당하니까, 아빠 같은 평범한 사람도 당연히 감당할 수 있겠죠." 나도 농담으로 응수했다. "그럼 킴도 초대할까봐요."

"많을수록 더 즐겁지. 옛날처럼 큰 파티를 벌이는 거야." 엄마가 말했다.

"공룡들이 돌아다니던 때처럼?" 테디가 물었다.

"바로 그거야." 아빠가 말했다. "공룡들이 돌아다니고 엄마랑 아빠가 젊었을 때처럼."


스무 명쯤 되는 사람들이 나타났다. 헨리 아저씨, 윌로 아줌마, 아기, 애덤, 그리고 애덤이 데려온 핏지, 킴, 그리고 킴이 데려온 뉴저지에서 온 사촌, 그리고 엄마 아빠가 오랫동안 만나지 못했던 친구들. 아빠는 오래된 바비큐 도구를 지하실에서 꺼내 오후 내내 그릴을 닦았다. 우리는 스테이크를 구웠고, 오리건 사람답게 두부 소시지와 채식주의 버거도 구웠다. 얼음을 채운 양동이에 넣어 시원하게 해놓은 수박도 있었고, 엄마 아빠의 친구들 몇이 시작한 유기농 농장의 야채로 만든 샐러드도 있었다. 엄마와 나는 테디와 내가 딴 야생 블랙베리로 파이 세 개를 구웠다. 우리는 아빠가 어느 오래된 시골 가게에서 발견한 옛날식 유리병 펩시콜라를 마셨는데, 일반 콜라보다 훨씬 더 맛있었다. 날씨가 너무 더워서였는지, 아니면 갑자기 열린 파티여서였는지, 그것도 아니면 그릴에 구우면 뭐든 더 맛있어져서 그런지 몰라도 오래도록 기억에 남을 바비큐 파티였다.

아빠가 테디와 아기를 위해 스프링클러를 틀자, 모두들 물줄기 사이를 누비기로 했다. 우리는 마른 풀밭이 미끄러운 거대한 진창이 될 때까지 스프링클러를 틀어놓았다. 나는 주지사가 직접 찾아와서 끄라고 하지 않을까 걱정되었다. 애덤이 나를 공격했고 우리는 웃음을 터뜨리며 잔디에서 굴렀다. 너무 더워서 굳이 마른 옷으로 갈아입지 않았고 땀이 날 때면 다시 몸을 적셨다. 해질녘이 되자 내 선드레스는 뻣뻣해졌다. 테디는 셔츠를 벗고 몸에 진흙을 묻혔다. 아빠는 테디가 『파리 대왕』에 나오는 소년 같다고 했다.

어두워지기 시작했을 무렵에는 사람들 대부분이 대학에서 하는 불꽃놀이를 보러 가거나 오즈월드 파이브-0라는 밴드의 공연을 보러 시내로 나갔다. 애덤, 킴, 윌로 아줌마, 헨리 아저씨를 비롯한 몇 명만 남았다. 더위가 한풀 꺾이자 아빠가 잔디밭에 모닥불을 피웠고, 우리는 마시멜로를 구워 먹었다. 곧 악기들이 등장했다. 아빠가 집 안에서 스네어 드럼을, 헨리 아저씨가 차에서 기타를, 그리고 애덤이 내 방에서 기타를 가지고 나왔다. 다 같이 즉석에서 연주하고 노래를 불렀다. 아빠의 노래, 애덤의 노래, 클래시의 옛 노래, 와이퍼스의 옛 노래 들을. 테디가 춤을 추었고, 테디의 금발에 불꽃의 황금빛이 반사되었다. 그 모든 걸 지켜보면서 가슴이 벅찼던 게 떠오른다. 그리고 이렇게 생각했던 것. 이런 게 행복이겠지.

잠시 후 아빠와 애덤이 연주를 멈추었고, 나는 두 사람이 무언가 속삭이는 걸 보았다. 둘은 집 안으로 들어가면서 맥주를 더 가지러 간다고 했다. 하지만 두 사람은 내 첼로를 가지고 나타났다.

"아, 싫어요. 저 공연 안 해요." 내가 말했다.

"공연하라는 거 아냐." 아빠가 말했다. "우리랑 같이 연주하자는 거지."

"말도 안 돼요." 내가 말했다. 가끔 애덤이 자기랑 같이 "즉흥 연주"를 하자고 부추겼지만, 나는 늘 거절했다. 그 무렵 애덤이 에어 기타와 에어 첼로로 듀엣을 하자고 농담하기 시작했는데, 내가 받아들일 수 있는 건 거기까지였다.

"왜 안 돼, 미아?" 킴이 물었다. "너 그런 클래식 속물이었어?"

"그런 거 아냐." 내가 당황하며 대답했다. "스타일이 서로 안 맞아서 그런 것뿐이야."

"누가 그래?" 엄마가 눈썹을 치켜세우며 물었다.

"그러니까 말야, 우리 미아가 음악적 분리주의자였다는 걸 누가 알았겠어?" 헨리 아저씨가 농담조로 말했다.

윌로 아줌마가 헨리 아저씨를 살짝 째려보곤 나를 돌아보았다. "미아, 해봐." 아줌마가 아기를 재우느라 다리에 놓고 어르며 말했다. "요즘 내가 우리 미아 연주하는 걸 통 듣질 못했구나."

"해봐, 미아." 헨리 아저씨가 말했다. "다 한 식군데 어때."

"그럼요." 킴이 맞장구쳤다.

애덤이 내 손을 잡고 손가락으로 내 손목 안쪽을 쓰다듬었다. "날 위해서 해줘. 나 정말 너랑 연주해보고 싶어. 딱 한 번만."

나는 고개를 저으려고 했다. 서로 어우러지는 기타들 속에서, 펑크록의 세계에서 내 첼로가 설 자리는 없다고 단호하게 말하려 했다. 그러다 엄마를 보았다. 엄마는 어디 해보시지 하는 듯 고소한 표정을 짓고 있었고, 아빠는 부담을 주지 않으려고 파이프를 털며 무관심한 척했으며, 테디는 펄쩍펄쩍 뛰고 있었고(물론 내 연주를 듣고 싶어서라기보다는 마시멜로를 많이 먹어서 그런 것 같았다), 킴과 윌로 아줌마, 헨리 아저씨는 이 일이 정말 중요하다는 듯 나를 빤히 바라보고 있었다. 게다가 애덤은 내 연주를 들을 때마다 그러듯 감탄과 자부심에 찬 표정을 하고 있었다. 나는 잘 섞이지 못할까봐, 화음을 이루지 못하고 연주를 엉망으로 만들까봐 두려워하고 있었다. 하지만 모두들 나를 바라보고 있었고, 같이 연주하길 간절히 바라고 있었다. 좀 불협화음이 된다 해도 지상 최악의 일은 아닐 거라는 생각이 들었다.

그래서 나는 연주했다. 그럴 거라고 생각하지 않겠지만 첼로와 기타의 어울림은 나쁘지 않았다. 아니, 사실은 굉장히 근사했다.


## 7:16 a.m.

아침이다. 병원 안에서는 새벽이 조금 다르다. 담요가 부스럭거리고, 눈을 비비며 아침이 시작된다. 어떻게 보면 병원은 결코 잠들지 않는다. 불이 계속 켜져 있고, 간호사들은 늘 깨어 있다. 하지만 밖이 아직 어두워도 사물이 깨어나고 있다는 걸 알 수 있다. 의사들이 돌아와 다시 내 눈꺼풀을 뒤집어 펜라이트로 비춰보고, 내 차트에 뭔가 갈겨쓰면서 인상을 찌푸렸다. 마치 내가 그들을 실망시키기라도 한 듯이.

나는 더는 신경 쓰지 않았다. 나는 이 모든 것이 지겨웠다. 곧 끝날 것이다. 사회복지사도 다시 업무를 시작했다. 간밤의 잠이 그녀에겐 별 효과가 없었던 모양이다. 눈은 여전히 무겁게 내려와 있고, 곱슬머리는 엉망이다. 그녀는 내 차트를 보고, 간호사들로부터 분주했던 간밤의 소식을 들었다. 그 때문에 더욱 피곤해 보인다. 검푸른 피부의 간호사도 돌아왔다. 그녀는 오늘 아침에 나를 보게 되어 얼마나 기쁜지 모른다고 말하며 간밤에 내 생각을 했다고, 내가 여기 있기를 바랐다고 인사했다. 그러더니 내 담요의 핏자국을 발견하고 쯧쯧 혀를 차더니 얼른 새 담요를 가져왔다.

킴이 가고 난 뒤엔 방문자가 더는 없었다. 이제 윌로 아줌마한테는 내 마음을 돌리기 위해 보낼 사람이 없는 모양이다. 나는 모든 간호사가 이 결정의 문제에 대해 알고 있는지 궁금했다. 라미레스 간호사는 물론 알고 있다. 그리고 지금 내 곁에 있는 간호사도, 간밤에 잘 버텼다며 내게 축하 인사를 건네는 것으로 보아 알고 있는 것 같다. 그리고 모두의 행군을 강행하는 걸로 봐서, 윌로 아줌마도 알고 있는 것 같다. 나는 이 간호사들이 참 좋다. 이 사람들이 내 결정에 기분 나빠하지 않았으면 좋겠다.

나는 이제 너무 지쳐서 눈을 깜빡일 힘도 없다. 이제 모든 건 시간문제이고, 내 몸 어딘가에선 왜 내가 불가피한 일을 미루고 있는지 궁금해한다. 하지만 나는 왜인지 알고 있다. 나는 애덤이 돌아오기를 기다리고 있다. 애덤이 떠나고 난 뒤의 시간이 영원처럼 느껴졌지만 실제로는 한 시간 정도밖에 안 됐을 것이다. 애덤이 기다려달라고 했으니 나는 기다릴 것이다. 내가 그에게 해줄 수 있는 일은 그뿐이다.

눈을 감고 있었기에 나는 소리로 애덤이 왔다는 걸 알았다. 그의 거친 숨소리가, 폐가 들썩이는 소리가 들린다. 애덤은 마라톤이라도 뛴 것처럼 숨이 가쁘다. 그리고 땀 냄새가 난다. 할 수만 있다면 병에 담아 향수처럼 뿌리고픈 깨끗한 머스크 향도. 나는 눈을 떴다. 애덤은 눈을 감고 있었다. 그의 눈꺼풀이 부어 있고 붉다. 무슨 일이 있었는지 짐작할 수 있다. 그래서 자리를 떠났던 걸까? 내가 안 보는 데서 울려고?

애덤은 의자에 앉는다기보다 털썩 쓰러졌다. 긴 하루를 보내고 바닥에 아무렇게나 던져놓은 옷가지처럼. 애덤은 두 손으로 얼굴을 가리고 몸을 가누기 위해 숨을 깊이 들이쉬었다. 잠시 후 두 손을 다리 위로 떨어뜨렸다. "잘 들어." 애덤이 갈라진 목소리로 말했다.

나는 눈을 크게 떴다. 가능한 한 똑바로 앉았다. 그리고 귀를 기울였다.

"남아줘." 그 한마디를 내뱉으며 애덤은 울먹였다. 하지만 그는 이내 감정을 추스르고 말을 이었다. "너한테 일어난 일은 말로 다 할 수 없어. 좋게 생각해볼 구석이라곤 찾아볼 수가 없어. 하지만 살아야만 하는 이유는 있어. 내가 그 이유라는 게 아냐. 그냥…… 모르겠어. 내 말이 다 헛소리일지도 몰라. 나도 내가 충격받았다는 거 알아. 너희 부모님과 테디한테 일어난 일을 내가 아직 받아들이지 못했다는 것도……" 애덤의 목소리가 갈라지더니 눈물이 폭포처럼 그의 뺨으로 흘러내렸다. 그리고 나는 생각했다. 사랑해.

애덤이 마음을 가라앉히려고 여러 번 크게 숨을 들이쉬는 소리가 들렸다. 애덤이 말을 이었다. "나는 네가 여기서 인생을 끝내기로 한다면 얼마나 엿 같을까 하는 생각밖엔 안 들어. 내 말은, 물론 네 인생이 벌써 영원히 엿 같아졌다는 건 알아. 그리고 난, 나나 누군가가 그걸 되돌릴 수 있다고 생각할 만큼 멍청하진 않아. 하지만 난 상상할 수가 없어. 네가 어른이 되고, 아이를 갖고, 줄리아드에 가고, 엄청나게 많은 관객 앞에서 첼로를 켜고, 그래서 네가 활을 들 때마다, 네가 날 보고 웃을 때마다 내가 느끼는 그런 전율을 사람들이 느끼게 할 수 없다는 건 도저히 상상할 수가 없어.

네가 남아준다면, 원하는 건 뭐든 할게. 밴드도 그만두고 너랑 같이 뉴욕으로 갈게. 내가 떠나길 바란다면 그렇게 할게. 리즈하고 얘기했는데, 옛날의 삶으로 돌아가는 건 너한테 너무 고통스러울 거래, 우릴 지워버리는 게 너한테 더 쉬울 거라더라. 그건 정말 싫지만 그래도 할 거야. 내가 오늘 널 잃지만 않는다면 그렇게 널 잃는 건 할 수 있어. 널 보내줄게. 네가 남아주기만 한다면."

이제 다 내려놓은 건 애덤이었다. 참지 못하고 터져 나오는 그의 흐느낌은 쓰라린 상처에 주먹질을 하는 것 같다.

나는 눈을 감았다. 귀를 막았다. 이건 볼 수가 없다. 이건 들을 수가 없다.

하지만 그 순간, 내 귀에 들리는 건 더이상 애덤의 소리가 아니었다. 순식간에 날아올랐다가 별안간 달콤하게 변하는 낮은 신음 같은 소리. 첼로다. 애덤이 생명력을 잃어가는 내 귀에 헤드폰을 씌워주고 내 가슴에 아이팟을 올려놓았다. 애덤은 내가 제일 좋아하는 곡이 아니라서 미안하다며 그게 최선이었다고 말했다. 내가 아침 공기 속에서 음악을 들을 수 있도록 애덤은 볼륨을 높였다. 그리고 내 손을 잡았다.

요요마다. 〈안단테 콘 모토 에 포코 루바토〉. 낮은 피아노 선율이 마치 경고처럼 들린다. 그리고 피 흘리는 심장 같은 첼로 소리. 내 안에서 무언가가 폭발하는 것 같다.

나는 가족과 함께 아침 식탁에 앉아 따끈한 커피를 마시며 코코아가 묻어 생긴 테디의 콧수염을 보고 웃고 있다. 밖에는 눈발이 날린다.

나는 묘지를 찾아간다. 강을 굽어보는 언덕 위 나무 밑의 무덤 셋.

나는 애덤과 같이, 애덤의 가슴에 머리를 두고 강 옆의 모래밭에 누워 있다.

사람들이 고아라고 말하는 소리가 들린다. 그들이 나에 대해 얘기하고 있다는 걸 깨닫는다.

나는 킴과 같이 뉴욕 시내를 활보한다. 높은 빌딩 숲이 우리 얼굴 위로 그림자를 드리우고 있다.

나는 무릎에 앉힌 테디를 간질이고, 테디는 깔깔 웃느라 내 무릎에서 떨어지려 한다.

나는 첼로를 들고 앉아 있다. 첫 연주회 후 엄마 아빠가 내게 선물한 첼로다. 내 손가락은 시간과 손길로 닳아서 매끄러워진 나무 보드와 패그를 쓰다듬고 있다. 이제 내 활은 현 위에 놓여 있다. 나는 연주의 시작을 기다리며 내 손을 바라본다.

나는 애덤의 손에 잡혀 있는 내 손을 바라보았다.

요요마의 연주가 계속된다. 마치 링거액과 혈액을 주입하듯 피아노와 첼로 소리를 내 몸속에 들이붓고 있다. 내가 살아온 생의 추억들, 그리고 내가 살아갈 생의 장면들이 너무도 빠르고 격렬하게 다가온다. 더는 그 속도를 따라갈 수 없을 것 같은데, 그

장면들은 계속 몰아치고 모든 게 서로 충돌한다. 내가 더는 견딜 수 없을 때까지. 일 초도 더 버틸 수 없을 때까지.

그리고 눈이 멀 것 같은 눈부신 섬광. 태워버릴 듯 짧은 순간 내 몸을 뚫고 지나가는 통증. 내 망가진 몸에서 울리는 소리 없는 비명. 나는 처음으로, 이 세상에 남는 게 얼마나 고통스러울지 실감한다.

그러나 그 순간, 애덤의 손이 느껴졌다. 애덤의 손이 그 자리에 있다는 걸 그저 아는 게 아니라 손의 감촉이 느껴졌다. 나는 이제 의자에 웅크리고 있지 않다. 나는 병원 침대에 누워 있다. 다시 내 몸과 하나가 되어 있다.

애덤이 울고 있고, 내 몸속 어딘가에서 나도 울고 있다. 마침내 나도 느낄 수 있기 때문이다. 육체적인 고통뿐 아니라 내가 잃은 모든 것이 느껴진다. 내 속에 깊고 처참하고 그 무엇으로도 채울 수 없는 분화구를 남길 것들이. 하지만 나는 내가 살면서 얻은 모든 것—내가 잃은 것까지 포함해서—도, 삶이 앞으로 내게 가져다줄지 모를 멋진 미지의 것들도 느낄 수 있다. 너무 버겁다. 그 느낌들이 모두 쌓이고 쌓여, 내 가슴을 가르고 터져 나오려 한다. 이 느낌들에서 살아남을 수 있는 단 한 가지 방법은 애덤의 손에 집중하는 것이다. 내 손을 꼭 쥐고 있는 그 손에.

그리고 갑자기 이 세상 무엇보다도 애덤의 손을 잡는 게 중요하게 느껴졌다. 단지 그의 손에 잡혀 있는 것이 아니라 나도 같이 잡아야 했다. 나는 남은 힘을 모두 내 오른손에 모았다. 기운이 없어 이 일이 너무 힘겹다. 내 평생 가장 힘겨운 일일 것이다. 나는 지금껏 느껴온 모든 사랑을, 할머니 할아버지와 간호사들 그리고 윌로 아줌마가 내게 북돋워준 힘을 그러모았다. 나는 엄마, 아빠, 테디가 할 수만 있었다면 내게 불어넣어줬을 숨을 한껏 모았다. 나는 내가 가진 모든 힘을 불러 모아 내 오른손의 손가락과 손바닥에 레이저를 쏘듯 집중했다. 나는 테디의 머리칼을 쓰다듬는 내 손을, 첼로 위에 놓인 활을 쥔 내 손을, 애덤의 손과 깍지 낀 내 손을 그려보았다.

그리고 손에 힘을 주었다.

나는 기진맥진해져서 다시 쓰러졌다. 확신할 수가 없다. 내가 방금, 정말 손에 힘을 준 건지. 그게 무슨 뜻인지. 애덤이 내 손길을 느꼈는지. 그것이 중요한지.

그때, 애덤이 손을 꽉 쥐는 것이 느껴졌다. 그의 손이 내 온몸을 꽉 쥐고 있는 것만 같다. 마치 나를 이 침대에서 일으킬 수 있다는 듯이. 그리고 애덤이 숨을 거칠게 들이쉬는 소리와 그의 목소리가 들려왔다. 오늘 처음으로, 애덤의 목소리가 정말로 들려왔다.

"미아?"

한 가족이 살았다. 엄마, 아빠, 테디처럼 어린 아들 그리고 더 어린 남자 아기, 이렇게 네 식구였다. 그리고 눈이 내리던 어느 하루, 가족은 차를 타고 나들이에 나섰다. 교통사고가 일어나고, 말로 할 수 없는 비극이 시작되었다.

네 식구 중 한 명은 다른 가족들보다 오래 버텼지만 내가 사는 뉴욕까지 소식이 전해졌을 땐, 이미 비극이 마무리된 뒤였다. 그러나 어린 소년이 사투를 벌이다 끝내 굴복하고 말았다는 이야기가 줄곧 뇌리에서 떠나지 않았다. 아이는 자기 가족이 어떻게 되었는지 알았을까? 아이는 가족을 따라가기로 결심했던 걸까?

단란한 네 식구로 이루어진 한 가족이 살았다. 그리고 그 가족은 이제 사라지고 없다. 남은 것은 아픈 가슴뿐이다. 나 그리고 많은 다른 이가 가슴 아파했다.

하지만 슬픔의 언저리에서는 가늠하기조차 어려운 또 다른 것이 남았다. 친구들과 나는 어린 시절 살았던 오리건의 작은 도시에 속속 모여들어 특별한 추모식을 갖기에 이르렀다. 우리가 서로 상실의 상처를 보듬으면서 상실에 정면으로 맞서는 과정에서, 나는 어떤 명료한 진실, 나아갈 길 또는 나침반을 찾았다. 비극은 어떻게 우리를 변화시키는가? 우리는 어떻게 자신을 변화시키는가? 우리는 어떻게 현실에 현명하게 대처할 것인가? 죽음의 현실뿐 아니라 삶의 현실에 어떻게 대처할 것인가? 슬픔이 뼛속까지 스며들면서, 전에는 미처 알지 못했던 깊은 애도를 경험하면서 나는 어떤 신성(神聖)을 발견했다. 최근에 세상을 떠난 우리의 친구들이 우리를 지켜보고 있던 걸까? 신이었을까?

물론, 이런 초월적인 애도가 영원할 수는 없다. 우울함과 상실의 끔찍함이 거듭 엄습하지만 생활은 다시 제자리를 찾아간다. 그리고 결국 상실은 정상화된다. 상실은 일상의 일부로 자리 잡게 되고, 삼 년 혹은 오 년쯤 지나면 당신은 변하긴 했지만 괜찮아진다. 하지만 여전히 세상을 떠난 친구의 목소리가 귀에 생생하고, 우리는 아직 그들에 대한 이야기를 나누며, 매일 그들에 대해 생각한다. 그리고 여전히 그들에 관한 질문을 곰곰 생각하게 된다. 가족 중 누군가는 식구들이 모두 죽었다는 걸 알았을까? 그래서 따라가기로 결심했던 걸까?

이런 끈질긴 질문에 휩싸여 있다가, 사고 후 칠 년쯤 지난 어느 날, 안개에서 빠져나오듯, 아주 낯선 한 사람이 떠올랐다. 그녀의 이름은 미아. 나이는 열일곱으로, 첼로를 연주하는 소녀다 (나는 첼로에 대해서는 문외한이고 클래식 음악에 대해서도 잘 알지 못했으니 첼리스트라는 인물은 내게 새로웠다). 미아는 세상을 떠난 내 친구들과는 아무 관련이 없었다. 하지만 나는 미아를 만나자마자 그 아이와 내가 어떤 여정에 오르리라는 걸 알았다. 그것은 수년 동안 내가 고민했던 질문에 대한 답을 찾는 여정이었다. 선택해야 한다면 당신은 어떻게 할 것인가? 이 책을 쓰기 시작했을 때, 나는 미아의 답이 무엇이 될지 몰랐지만, 미아와 내가 함께 만들어나가는 소설 속 삶에서 미아 스스로 결정하리라는 건 알고 있었다.

이 책을 쓰면서 많이 슬펐느냐고, 이 책을 쓰기 어려웠느냐고 많은 사람이 내게 묻는다. 감정이 북받쳤던 것은 맞다. 나는 눈물을 쏟으며 자판을 두드렸다. 하지만 어렵지는 않았다. 그 반대였다. 나는 비극이 일어난 후에 깨달았던 초월적인 은총을 다시 느꼈다. 어쩌면 그것은 내가 사랑했던 친구들을 어느 정도 모델로 삼아 인물들을 창조했고, 그렇기에 내가 다시 그들과 친밀한 조우를 할 수 있었던 때문인지도 모르겠다. 이 소설을 쓰는 동안 그들이 내 방 안에, 바로 내 곁에 있는 것만 같았다.

어떻게 보면 친구들은 정말로 내 곁에 있었다. 어떻게 보면 한 번도 내 곁을 떠난 적이 없었다. 그리고 그걸로 충분했다. 그렇지 않은가? 그것이 바로 우리가 상실을 극복하는 방법이다. 사랑은 결코 죽지 않으며 사라지지도 희미해지지도 않는다. 당신이 사랑을 놓지만 않는다면.

사랑은 불멸을 가능케 한다.

이 책이 빛을 볼 수 있도록 짧은 시간에 많은 사람이 힘을 모았다. 그중 제일 처음 힘을 준 사람은, 책에 대한 내 생각을 이야기했을 때 (긍정적인 의미에서) 울음을 터뜨린 질리언 앨드리치이다. 질리언은 이 소설을 시작하는 데 상당한 동기부여가 되었다.

태머라 글레니, 일라이자 그리스월드, 킴 세빅 그리고 숀 스미스가 바쁜 중에도 시간을 내어 초고를 읽고 격려를 아끼지 않았다. 내게 무엇보다도 필요했던 일이 아닌가 싶다. 이들의 너그러움과 우정에 감사한다. 세상을 살다보면 힘을 잃지 않도록 도와주는 이들이 있는데, 내게 그런 사람이 되어준 마저리 잉걸에게 고마움을 전한다.

세라 번스는 진정한 의미의 에이전트가 되어주었고, 엄청난 지력과 통찰, 열정과 온기로 무장하고 내가 쓴 글을, 읽어야 할 이들에게 인도해주었다. 이 책에 관한 한, 그녀는 코트니 해머, 스테퍼니 캐벗과 함께 기적이 일어나게 만든 주인공이다. 에릭 양 에이전시 김희순 대표에게도 감사를 전한다.

펭귄 출판사의 뛰어난 편집자 줄리 스트라우스-게이블은 (나는 물론이고) 미아와 가족에게 피붙이 같은 극진한 관심과 사랑을 보여주었다. 또한 스테퍼니 오언스 루리, 돈 와이스버그 그리고 발군의 기량을 발휘해준 영업, 마케팅, 홍보와 디자인 팀들은 이 책에 실로 열과 성을 쏟았다. 김미정 씨를 비롯한 문학동네 식구들 모두에게도 고마움을 전하고 싶다.

음악은 이 소설에서 커다란 부분이며, 나는 요요마―그의 음악은 미아의 이야기에도 상당히 등장한다―와 글렌 핸서드와 마르케타 이르글로바에게서 많은 영감을 받았다. 특히 글렌과 마르케타의 노래 〈Falling Slowly〉는 이 책을 쓰면서 이백 번도 넘게 들었을 것이다.

작업 내내 따스한 고향이 되어준 나의 오리건 팀, 그레그와 다이앤 리오스 그리고 기품과 품위와 관용으로 늘 나를 감동시키는 존과 페그 크리스티에게 감사한다. 오랜 친구이자, 내겐 몹시 다행스럽게도 응급실에서 일하는 제니퍼 라슨 박사에게, 여러 의학 정보 중에서도 글래스고 코마 스케일에 대해 설명해준 데 고마움을 전한다.

언제나 든든한 응원군이자 꾸준한 팬으로 나의 결점(다른 건 몰라도 직업적인 것)을 간과하고 나의 성공을 당신의 성공인 듯 (그들의 성공이기도 하다) 축하해주는 부모님 리 포먼과 루스 포먼 그리고 내 형제들 타마 샘하트와 그레그 포먼에게 고맙다.

부모들이 자식을 위해 인생을 바꾼다는 사실이 이 책에서 얼마나 큰 부분을 차지하는지 나는 처음에는 제대로 인식하지 못했다. 나의 아이 윌라 터커는 매일 내게 이 점을 가르쳐주며, 때로는 나를 너그러이 용서해주기도 한다. 내가 내 머릿속 이야기에 푹 빠져 자기와 놀아주지 못할 때에도.

무엇보다도, 남편 닉 터커가 없었다면 그 무엇도 가능하지 않았을 것이다. 모든 것이 다 그의 덕이다.

마지막으로, 너무나 많은 면에서 영감을 주고 세상에 불멸성이 있음을 매일 보여주는 R.D.T.J.에게 가장 깊은 감사를 보낸다.

지은이 **게일 포먼**

〈네이션〉〈엘르〉〈코스모폴리탄〉〈뉴욕 타임스〉 등 다양한 매체에 글을 써온 저널리스트
이자 소설가. 2007년에 『제정신인 소녀들』을 발표하며 소설가로 데뷔했다. 2009년에 나온
두번째 소설 『네가 있어준다면』은 출간 후 많은 독자들의 마음을 울리며 〈뉴욕 타임스〉
베스트셀러, 아마존 '2009 올해의 책', 〈퍼블리셔스 위클리〉 '2009 올해의 책'에 선정되
었고 영화로도 제작되었다. 2011년 4월 후속작 『너를 다시 만나면』이 출간되어 아마존
'이달의 책'으로 선정되었다.

옮긴이 **권상미**

한국외대와 동대학 통번역대학원을 졸업한 뒤 캐나다로 날아가 오타와 대학에서 번역학
석사학위를 받고 박사과정을 수료했다. 현재 캐나다에서 회의통역사로 일하며 영어와 스
페인어 책을 번역하고 있다. 옮긴 책으로는 『사소한 것의 사랑』 『이렇게 그녀를 잃었다』
『일요일의 카페』 『나우 이즈 굿』 『올리브 키터리지』 『드라운』 『오스카 와오의 짧고 놀라운
삶』 『빌 브라이슨 발칙한 유럽산책』 『빌 브라이슨 발칙한 미국 횡단기』 등이 있다.

문학동네 세계문학

# 네가 있어준다면

1판 1쇄 2010년 12월 10일 | 1판 11쇄 2017년 12월 4일

지은이 게일 포먼 | 옮긴이 권상미 | 펴낸이 염현숙
기획 이현자 | 책임편집 김경미 | 편집 이현자 오영나
디자인 송윤형 이원경 | 저작권 한문숙 김지영
마케팅 방미연 함유지 강하린 | 홍보 김희숙 김상만 이천희
제작 강신은 김동욱 임현식 | 제작처 (주)상지사P&B

펴낸곳 (주)문학동네
출판등록 1993년 10월 22일 제406-2003-000045호
주소 10881 경기도 파주시 회동길 210
전자우편 editor@munhak.com | 대표전화 031) 955-8888 | 팩스 031) 955-8855
문의전화 031) 955-8889(마케팅) 031) 955-2652(편집)
문학동네카페 http://cafe.naver.com/mhdn

ISBN 978-89-546-1344-6 03840

**www.munhak.com**